감
꽃

떨
어
질

때

감꽃 떨어질 때

— 정형남 장편소설

산지니

작가의 말

　흐르는 물에 얼굴을 씻으니 어제의 그 물이 아님에랴. 그
게 세월의 진면목이 아니겠는가.
　매년 감꽃 떨어질 때면 아버지의 목소리가 해조음으로 다
가온다.
　아버지의 실체, 그 존재감은 그림자인가? 그러나 그림자
가 있기에 빛이 가까이에 있음에랴.

동트는 새벽
어산재(語山齋)에서

차례

들머리 :

세월, 그 아릿한 기다림

찔레꽃 향기가 우람한 감나무를 얼싸안았다. 여름의 전령
사처럼 미세한 바람이 연초록빛 감나무 잎을 어르자, 찔레
꽃 향기는 미풍에 실려 나가 상큼 실개천에 떠밀려 들판으
로 퍼져 나갔다. 뒤질세라 감꽃이 꽃망울을 터뜨렸다. 여린
감잎 속에 수줍게 숨어 찔레꽃 향기를 이슬로 머금었다. 달
착지근하면서도 입술 위에 떫은맛이 은근슬쩍 묻어나는 감
꽃은 그렇게 피어났다.

내 나이 일흔셋. 감꽃이 떨어질 때면 비긋이 봉창문을 열
듯 아장걸음마의 어린 시절로 돌아가 아직도 아버지를 오
매불망 기다렸다.

우리 공주, 감꽃이 떨어질 때 아버지가 돌아오마.

나는 이른 아침 이슬에 젖은 감꽃을 줍고 있었다. 아버지
는 구름안개에 젖은 눈길로 나의 머리를 쓰다듬었다. 대문
을 나선 아버지는 휘움한 산모롱이를 돌아나가 마을 뒷산
으로 숨어들 듯 사라졌다. 아버지의 뒷모습은 어딘지 모르
게 외롭고 쓸쓸한 기운이 서린 가운데 비장감이 감돌았다.

문지방에서 그 모습을 지켜보던 어머니는 저고리 고름으로
눈시울을 찍어 냈다. 그렇게 대문을 나선 아버지는 여지껏
돌아오지 않았다.

그날 이후, 감꽃이 떨어질 때면 감나무 아래에서 감꽃을
주우며 아버지를 기다렸다.

꼭 돌아오실 거야. 간밤에 꿈을 꾸었거든.

나는 꿈속에서 보았던 아버지의 모습을 떠올렸다. 아버지
는 집을 나설 때의 그 차림새로 미소를 지으며 대문을 들어
섰다. 나는 너무나 놀랍고 반가워 소리쳐 내달았다. 그런데
어딘지 피로에 지쳐 보였다.

우리 공주, 아직도 상큼한 얼굴이구나!

아버지는 나를 덥석 안았다. 나는 아버지의 목을 꼭 끌어
안은 채 목이 메었다. 그런데 이상한 일이었다. 반가움과 그
리움에 겨운 한순간이 지나자 아버지는 갑자기 무력감에 젖
으며 감나무 그늘 아래 주저앉았다. 미풍이 들이치고, 감꽃
이 흰 눈송이처럼 아버지의 머리 위에 내려앉았다. 그리움
으로 문드러진 허망한 꿈이었다.

바로 이 자리야.

나는 꿈속에서 아버지와 만났던 자리에 조용히 앉았다.
나도 모르게 그렁한 눈물 한 방울이, 치마폭에 주워 담은
감꽃 위로 떨어졌다. 나는 눈물로 얼룩진 감꽃을 하나하나

실에 꿰었다.

또 부질없는 짓을 하는 게냐?

툇마루에서 어머니는 한숨 섞어 나무라며 설핏 눈을 흘겼다. 살랑거리는 바람결에 감꽃이 떨어지기 시작한 어느 날이었던가.

니, 아부지는 돌아오지 않을 것이다.

어머니는 정한으로 문드러진 얼굴로 지그시 입술을 깨물었다. 감꽃이 우수수 떨어지는 감나무 아래에서 먼산바라기로 아버지를 기다리는 나의 모습을 애잔한 눈길로 쓸어안은 그 눈가에 금방이라도 이슬이 맺혀 날 듯하였다. 어머니도 그전에는 은근히 아버지를 기다렸다.

아주 먼 곳으로 갔지 싶다.

어머니는 한숨 끝에 체념의 그늘을 드리우며 그날부터 아버지가 떠난 날을 기려 정한수 떠놓듯 기제사를 올렸다.

아버지가 간밤 꿈에 오셨어요. 피로에 지친 몸으로 미소를 안고 오셨어요.

그 순간 어머니는 흠칫 몸을 떨었다.

니, 아부지는……. 아니다. 부엌에서 타는 냄새가 난다.

무언가 말하려다 어머니는 부엌으로 내달았다. 아버지의 기제사를 지내기 위해 불 위에 음식을 올려놓았지 싶었다. 나는 그 미세한 행동을 놓치지 않았다. 나는 다시금 정성스레 감꽃목걸이를 만들었다. 아버지의 영정 앞에 감꽃목걸이를 올려놓으면 마치 살아생전 감꽃목걸이를 목에 두르고 파안대소하던 아버지의 모습이 눈앞에 다가왔다.

그렇게 올려놓으니까 싫지는 않구나!

어머니는 가만한 한숨과 함께 어린 딸의 정성을 받아들였다. 그럴 적마다, 엄마는 몰라. 아버지는 꼭 돌아오실 거야, 마음속으로 다짐하곤 하였다. 그랬다. 나는 어머니의 체념과는 달리 아버지가 남기고 간 약속의 말을 쉽게 지울 수 없었다. 해마다 감꽃이 흐드러지게 피어 바람에 우수수 떨어지면 감꽃을 주워 모으며 아버지가 돌아오시기를 마음속으로 기원하였다. 어머니의 부질없어 하는 눈초리를 짐짓 외면한 채 아버지를 기다리는 마음으로 치마폭에 주워 모은 감꽃을 하나하나 정성스레 실에 꿰어 감꽃목걸이를 만들었다. 달착지근하면서도 약간은 입술 위에 떫은 여운을 남기는 감꽃을 머금으며 아버지와의 약속을 감꽃목걸이에 각인시켰다.

나의 아버지 조영은 비록 짧은 기간이었지만 나라 잃은 울분을 산야에 뿌렸다. 그렇다고 처음부터 의병에 가담한 것은 아니었다. 다소 늦게 결혼한 신혼의 단꿈에서 아직 깨어나지 못한 때문이기도 하였는데, 어여쁜 아내와의 신접살림은 마냥 행복하였다. 부모님으로부터 물려받은 전답은 비록 보잘것없었으나, 천성이 부지런한 데다 학구열도 남달라 주위로부터 신망을 얻었다. 신실하고 성실한 데다 총명하여 매사를 허투루 보아 넘기지 않았다.

그 위에 일찍부터 약초에 대해 남다른 관심을 가졌다. 한의원이었던 외조부의 영향으로 약초를 접하였고, 동의보감 같은 의학서적도 비교적 쉽게 접할 수 있었다. 게다가 외손자의 성품을 귀히 여긴 외조부께서 틈틈이 의학적 지식을 전수해 주었다. 아버지는 시간만 나면 가까운 산뿐만 아니라 전국의 산야를 순례하듯 찾아다니며 진귀한 약초며 야생초를 채취하여 연구하였다. 주위에서는 그런 아버지를 무심하게 보아 넘기지 않았다. 이웃들은 장차 한의원으로 거듭날 것이라고 믿어 의심치 않았다. 그렇던 아버지가 느닷없이 의병에 가담할 줄이야. 일제가 이 나라를 강탈한 비극이 빚어낸 운명이었다.

제 1 부

운명의 갈림길

그날은 회창 장날이었다. 조영은 장을 보기 위해 전날부터 준비를 하였다. 겨우내 얼었던 땅도 풀리고, 산천초목도 파릇하니 움 솟는 봄, 어김없이 돌아온 춘궁기여서 벌써부터 아낙네들은 물론 코흘리개 아이들까지 산과 들에 나가 여린 새 쑥이며, 고사리, 두릅, 머위, 냉이, 달래, 그 외에도 먹을 만한 산채나 채소 따위를 바구니에 캐 담았다. 남정네들도 뒤질세라 칡이며, 더덕이며, 약초를 캐는 한편, 한 해의 농사를 짓기 위해 땅을 갈아엎었다. 그들에게 유일한 희망은 어쨌거나 올해는 풍년이 들기를 바라는 마음이었다. 제일 먼저 눈에 들어오는 것은 새파란 보리 싹이었다. 한겨울 추위를 이겨 나온 푸릇한 보리는 당장 보릿고개를 쉬어 넘게 할 것이었다. 지성껏 밟아 주고 푹신하게 두엄더미를 깔아준 정성으로 보리는 봄 햇살 아래 잘도 자랐다.

보리밥 풋나물을 양 맞춰 먹은 뒤에
모재를 다시 쓸고 북쪽 창가에 누웠으니

눈앞에 빈 하늘가 뜬구름이 오락가락하는구나.

보리는 그렇게 보릿고개를 시름없이 쉬어 넘게 하였다.
조영은 지난 가을부터 채취하여 겨우내 그늘진 처마 밑에서
찬바람 눈서리로 말린 약초와 이른 봄 고개를 내민 상긋한
약초를 걸망태에 담아 메고 집을 나섰다. 회창 장터와는 상
당한 거리여서 아침 일찍 집을 나서야만 하였다. 아내는 어
제 뒷산에서 따 온 고사리를 정갈하게 다듬어 엮은 것을 내
주었다. 고사리는 장터거리 국밥집에 가져다주면 알아서 값
을 쳐 줄 것이었다.

조영은 이웃집 삼수와 나란히 마을을 벗어났다. 삼수는
중닭 서너 마리를 짚망태에 담아 들었다. 씨암탉도 내다 팔
까 몇 번을 망설이다 씨암탉까지 내다 팔 수 없다는 마누라
의 등 떠미는 소리에 그만두었다.

자네 걸망태는 제법 돈이 될 성 싶으이.

삼수는 약초에 대한 조영의 집착과 박식함에 늘상 부러움
을 담았다. 같이 산에 가는데도 조영의 눈에는 약초가 밟히
고, 삼수의 눈에는 나무등걸 아니면 칡뿌리 따위만 보였다.
주경야독으로 익힌 터여서 그 방면에는 읍내 한의원도 혀를
내두르며 조영을 인정하였다. 그 때문에 조영은 이곳저곳에
서 약초를 주문받았다.

회창 장터거리 약재상에서 연락이 왔더구만.

조영은 어깨에 둘러맨 걸망태를 추스렸다.

자네도 적당한 곳에다 간판을 내걸지 그러나. 손수 약초를 캐다가 싼값으로 팔면 어느 누구보다도 단골손님이 많을 거여. 읍내 한의원은 자네 약초를 헐값으로 사들였다가 엉뚱한 값으로 부풀린다고 하데.

마음이야 굴뚝같지만 아직은 시기상조네. 그리고 읍내 한의원에게는 되도록 약초를 내주지 않네. 자네도 잘 알겠지만 내가 신토불이로 애써 채집한 약초를 일본 놈들을 위해 처방하지 않는가.

그러니께 자네가 간판을 내걸어야 쓴단 말이네. 경제적으로 아직 여유가 없다지만 아닌 말로 면내 장바닥에다 포장을 치면 될 것 아닌가.

자네 말도 모르는 바 아니나 쪼끔만 기다려 보게. 그나저나 자넨 송아지 한 마리를 장만하였다면서?

그렇긴 하네만, 아직은 내 것이 아니네. 재 너머 당숙께서 힘이 부쳐 송아지를 먹여 키울 수 없다면서 맡긴 거네.

어쨌거나, 그놈이 커서 새끼를 낳으면 자네 몫이 아닌가.

그만한 수고는 달게 받아야제.

조영은 삼수의 근면함을 본받았다. 부지깽이밖에 없는데도 소작농이야, 남의 집 잡일이야, 한눈팔지 않고 근실하게 살림을 일구었다. 그의 마누라 또한 암팡지고 야무졌다. 신작로를 나서자 장꾼들이 하나둘 길을 메웠다. 달구지를 앞세우고 가는 사람, 바리바리 이고 지고 어깨 숨을 쉬는 사람, 코흘리개 아이를 둘러업은 아낙네며, 지팡이에 의지한 허리 구부정한 노인네에 이르기까지 벌써부터 마음들이 들떠 있었다. 닷새마다 돌아오는 장날이야말로 잔치 기분임에랴. 모든 사람들의 집합소였고, 정보를 교환하는 열린 공간이었으며, 사돈 팔촌에 이르기까지 안부를 묻는 인심 훈훈한 마당이었다. 막걸리 한 사발, 돼지국밥 한 그릇을 나누며 정담을 주고받았다.

물물교환의 단순한 거래처가 아닌, 시골 인심을 나누어 가지는 광장이었다. 그래서 하릴없이 장날이 기다려지고, 들뜬 기분으로 뒷짐 지고 집을 나서는 반 한량들을 눈 흘김으로 대할 수 없었다. 더구나 회창 장은 인근에서 제법 큰 장이어서 멀리에서까지 선하품을 달고 장을 보러 왔다. 조영과 삼수는 얼마 가지 않아 가까운 이웃들과 어울렸다.

자네는 약초를 납품하러 가는구만. 온 산이 자네 약초밭이여.

아재는 짚망태가 헐거우요.

자네 같잖아 재주가 한 움큼이지 않은가. 땅두릅 좀 캤구려. 팔아 봐야 술값이나 되것는가마는 장날만 되면 족신통이 쑤시는 통에 장구경도 할 겸 소문도 귀동냥하고 말이여. 떠도는 공기가 수상하고 흉흉혀. 점점 나라 잃은 설움이 포승줄처럼 옭아매지 않는가.

그녀러 왜놈들. 나라를 되찾겠다고 일어선 의병들을 비적으로 내몰며 때려잡자고 혈안이 되어 애먼 농투산이들까지 핍박을 하니, 원. 우리들이야 뭘 알겠는가마는 입소문으로는 이곳에서도 의병을 모집한다는구랴.

그래서 왜놈들이 더욱 설쳐 대는 것 아닌감. 이럴수록 입조심, 몸조심해야제. 자칫하다간 왜놈들에게 꼼짝없이 애먼 봉변을 당하이. 마음 같아서는 나도 분연히 일어나서 왜놈들과 맞서 싸우고 싶네만, 처자식이 딸린 몸인지라…….

누군들 그런 의분이 안 들겠소. 더구나 왜놈들 앞잡이로 설쳐 대는 놈들을 보면 구역질이 나요. 그놈들 시상인양 설치고 다니는 꼬락서니라니. 시상이 점점 볼썽사납게 돌아가요.

조영과 삼수는 무리들과 심심찮게 대화를 나누며 파청재에 이르렀다. 제법 가파른 고개여서 장꾼들이 쉬엄쉬엄 쉬어 가고 있었다.

우리도 한숨 돌리고 갈까?

삼수는 짚망태에 든 중닭들이 푸드득거리자 안정을 시킬 요량으로 먼저 자리를 깔고 앉았다. 조영은 삼수 곁에 걸망태를 내려놓았다. 삼수는 짚망태 속을 들여다보았다. 닭들이 금세 조용하였다. 눈망울이 또릿하였다. 그 모습을 바라보노라니 마음이 울적하였다. 이놈들을 온전히 집에서 키울걸 그랬나? 사는 사람이 없으면 다시 집에 가져와 키우리라. 대체로 마음과는 달리 장바닥에 물건을 내놓으면 마음이 조급하여 어거지로 떠넘기기 마련이었다. 파장에 떠리미는 그래서 생겨났는지 몰랐다.

막걸리라도 한 사발 들이켰으면 목울대가 시원하것네.

이 사람아, 이슬도 채 마르지 않았는디 무슨 술타령인가?

해장술이 있지 않는가. 간밤에 또랑 건너 야시네 집에서 갱편을 뜯는답시고 술잔깨나 들이켰더니 속이 그렇네.

또 노름판을 벌였는가?

큰판은 아니었고, 몇 사람 모여 추렴조로 어울렸네.

방금 갱편을 뜯었다고 하지 않았는가?

나야, 워낙 그쪽으로는 젬병이어서 술값이나 우려내자고 억지를 부렸제. 그나저나 장터거리 주막집에서 시원스럽게 막걸리 한 사발을 들이키며 주막집 아낙네가 내뽑는 그놈의 육자배기 한 대목을 들어야것네.

육자배기라면 자네 아닌가.

조영은 평소 삼수의 목청을 인정하였다. 지게목발을 두드리며 내뽑는 가락은 혼자 듣기에 아까웠다.

나사, 동네무당이나 다름없네.

그럴 때는 겸손의 미덕을 내보이네. 어쩌? 한 대목 해볼랑가?

아서. 맨숭한 정신에 무슨 소리가 나오것는가. 생각 같아서는 개좆 같은 시절 이판저판 다 버리고 간장이 서늘한 폭포수 아래에서 득음의 경지로 나가고 싶네만, 시상이 어디 그런가. 목구멍이 포도청이라고, 걸리는 것이 많지 않은가.

조영은 삼수의 말에 머리를 끄덕였다. 삼수는 노모를 모시고 있었는데, 노모의 등쌀에 못 이겨 일찍 장가를 들어 자식을 두었다. 마을에서 효자로 인정받는 만큼 가정사에 충실하였다. 하긴, 소리꾼으로 나선다 해도 나라 잃은 설움을 온전히 떨쳐 버릴 수 없을 터였다. 오히려 울분만 더욱 가슴에 채여 피멍울이 들 것이다. 두 사람은 뒤따라온 장꾼들이 쉬어 갈 요량으로 다가오자 자리에서 일어났다. 그때였다. 말발굽소리가 요란하게 지축을 흔들었다.

뭔 놈의 행차란가?

삼수는 마뜩찮은 얼굴로 소리 나는 쪽을 돌아보았다.

보나마나 왜놈들의 행군이것제. 장터거리에서 검문검색을 당할 모양이네.

씨펄, 의병을 색출한답시고 에먼 무지랭이들을 족치겠구먼.

그러게. 뒤돌아설 수도 없고 몸조심하세나. 손가락총이 따로 없응께.

제간 놈들이 우리를 잡아다 주리를 틀어봐야 나올 게 뭐가 있것는가. 어서 걸음이나 옮기세.

저놈들을 먼저 보내야제. 자칫 말발굽에 밟힐지 모르네.

두 사람뿐만 아니라 앞서거니 뒤서거니 오던 장꾼들도 한옆으로 비켜났다. 말을 탄 일본군 장교와 장총을 메고 긴칼을 찬 왜병들이 보무도 당당하게 나타났다. 누군가 그들에게 손을 흔들었다. 거만하게 말 위에 앉은 장교가 만족한 웃음을 지었다. 그 순간이었다. 천지를 진동하는 총소리가 울렸다. 그와 동시에 말 위의 일본군 장교가 비명을 지르며 굴러 떨어졌다. 숨 돌릴 사이 없이 총알이 비 오듯 하였다. 조영과 삼수는 머리를 땅에 박았다. 이쪽저쪽에서 매복하고 있던 의병들이 함성을 지르며 일제히 뛰쳐나와 왜병들을 무차별 난도질하였다. 미처 예상하지 못하였던 기습공격을 받은 왜병들은 독 안에 든 생쥐 꼴이 되어 의병들의 칼날 아래 쓰러졌다. 처절한 육탄전이었으나, 의병들의 일방적인 승리였다.

이 사람아, 무얼 넋 놓고 있어? 어서 일어나 뛰어.

삼수가 조영의 의식을 흔들어 깨웠다. 눈을 들어 보니 왜병들이 피를 흘린 채 널브러져 있었고, 의병들은 왜놈들로부터 노획한 전리품을 추스르고 있었다. 일사분란하고 민첩한 행동이었다. 조영은 아직도 넋이 나가 있었다. 총소리를 들어 본 것도 처음이었고, 장칼로 수숫대 베듯 왜병들을 쓰러뜨리는 광경도 처음 목격하였다. 선혈이 낭자한 전쟁터가 따로 없었다.

어디로?

어디긴 어디여. 저 사람들을 따라가야제.

의병들을? 장은 어쩌고?

시방 정신이 있는 거여, 없는 거여? 이렇게 분탕질을 쳤는디 장이라고 온전히 서것는가? 보나마나 저놈들이 떼거지로 내달려 와 의병들을 색출한답시고 장터를 쑥대밭으로 만들 텐디. 우리처럼 젊은 축들은 볼 것 없이 표적이 될 것이여.

그럼, 집으로 돌아가야제.

허어, 이런 답답한 노릇이 있나. 그 좋은 머리가 오늘은 왜 안 돌아가는 거여? 뒤돌아 가다 왜병들과 마주치면 어쩔 것이여. 볼 것 없이 길목을 봉쇄하고 있을 것인디. 집이야 나중에 한숨 돌리고 둘러 가면 될 것 아닌가.

이거, 진퇴양난이 따로 없구만. 저 사람들도 따라나설 모양이네.

조영은 삼수의 말이 일리 있다고 생각하였다. 일단 피비

린내 나는 이곳으로부터 벗어나기로 하였다. 삼수 말처럼 집이야 에둘러 가면 될 것이다. 두 사람은 젊은 장꾼들과 함께 의병들의 뒤를 따랐다. 그게 제일로 안전할 것 같았다. 의병들은 일사분란, 민첩하고 재빨랐다. 의병들의 흰 무명옷은 왜병들의 선혈로 얼룩져 있었는데, 숨 가쁘게 가파른 산길을 노루처럼 내달았다. 산길을 훤히 꿰뚫고 있었다.

어이, 우리는 이쯤에서 그만 나앉세.

조영은 가쁜 숨을 몰아쉬는 삼수를 돌아보았다. 조영이야 매일같이 산을 타는지라 별반 어려운 줄을 모르겠는데, 삼수는 농사일에 잔뼈가 굵었다고는 하나 아무래도 힘들지 싶었다.

여기서 주저앉으면 의병들에게 의심을 살지도 모르네. 오늘 보니 자네, 영 머리 회전이 엉망이여. 넋이 나간 거여.

무슨 의심?

생각해 보게. 이까지 뒤쫓아 와서 뒤돌아서면 행여나 왜병 첩자로 오인받을 소지가 다분하지 않것는가.

딴은 자네의 심려 깊은 우려도 그럴듯하네. 끝까지 따라가 보세. 하여간 안전지대까지 갈 수밖에 없겠네. 아니지. 이참에 우리도 의병의 대열에 합류해 버려?

그 순간 꽃다운 아내의 얼굴이 눈앞에 다가왔다.

아니야. 집으로 돌아가야 해.

조영은 마음을 돌려세웠다.

자리에서 막 일어서려는데 소리 없는 총구가 등 뒤에 와 닿았다.

순순히 따라오는 게 좋을 거야.

왜 그러시오? 우리는 아무 죄도 없는디.

삼수가 주저앉듯 말하였다.

너희 놈들이 아무래도 수상하단 말이여.

두 사람은 대책 없이 연행되었다. 같이 뒤따라 온 사람들도 마찬가지였다.

두 사람은 지치고 허기진 몸으로 사력을 다하여 의병들의 뒤를 따랐다. 의병들이 도착한 곳은 대원사였다. 대원사는 파청재로부터 수십 리 떨어진 거리였는데, 백여 리 이상의 산길을 우회하여 행군한 것이다. 왜병들을 따돌리기 위한 전술적인 강행군이었다. 의병들은 비로소 승리에 도취하였다. 서로서로 얼싸안고 기쁨을 나누는 가운데 서둘러 음식을 장만하였다. 백주 대낮에 싸움을 하고 백여 리 넘게 산길을 강행군하였는지라 지치고 허기진 것이다. 그들은 양껏 음식을 들었다. 그리고 곧바로 군기를 다잡고 사방에 초병을 세워 경계를 게을리하지 않았다. 그때까지 조영과 삼수는 함께 따라온 젊은 장꾼들과 한쪽에서 긴장한 가운데 엉거주춤 동정을 살폈다.

저자들은 어떤 자들이냐?

점고를 끝마친 의병대장이 그들을 발견하고 부하장졸에게 물었다.

무언가 의심스러운 자들입니다. 저들을 심문하면 알지 싶습니다.

부하장졸의 말에 의병대장은 그들을 따로 불러 심문하였다. 의병대장은 키가 훤출하게 크고 눈빛이 강렬하였다. 선비다운 풍모와는 달리 사람을 단숨에 꿰뚫듯 하였다.

파청재에서 이곳까지 다급한 마음으로 뒤따라 왔단 말이지?

넋이 나간 상태로 무조건 안전을 위해 뒤쫓아 왔습니다요.

혹시 왜놈들의 끄나풀이 있을지 모르겠습니다.

아니다. 보아하니 순진무구한 우리네 농민들이다. 나도 가난한 시절을 살았는지라 저들의 눈빛을 보면 안다.

의병대장은 부하의 의구심을 잠재웠다.

그렇다고 순순히 집으로 돌려보낼 수는 없습니다. 만에 하나 왜놈들의 핍박이 두려워 우리의 소재를 말하기라도 한다면 분명 후환이 뒤따르지 않겠습니까.

그게 고민일세. 자네들, 기왕에 여기까지 왔으니 나라에 몸 바칠 생각은 없는가?

의병대장이 근엄하게 매슬러 보았다. 조영과 삼수는 화들짝 몸을 곧추 세웠다. 그리고 잠시 생각에 잠겼다. 조영은 벌건 대낮 파청재에서 벌어진 전투를 다시 한 번 떠올렸다. 가증스러운 왜병들이 외마디 비명소리와 함께 추풍낙엽처럼 쓰러지던 모습은 말할 수 없는 희열을 안겨 주었다. 천하를 호령하던 잔인한 무리들이 속수무책 피를 흘리며 쓰러질 줄이야, 감히 상상이나 하였던가. 자신도 모르게 두 주먹을 불끈 쥐었다. 이참에 싸움터로 나가는 것도 대장부 기개 아니겠는가. 나라 잃은 백성이 온전한 백성인가. 좋다. 오늘부터 대열에 합류하여 기꺼운 마음으로 왜놈들을 이 땅에서 몰아내자. 조영은 아내의 모습을 번갈아 떠올리며 갈등을 일으킨 끝에 삼수를 돌아보았다. 삼수는 넋이 나간 얼굴로 체념의 빛을 드리웠다. 조영과 같이 따라온 사람들도 굳건히 대열에 합류하였다.

그럼, 보국안민의 깃발을 머리에 꽂고 훈련을 받도록 하라. 그리고 자네는 생업이 무엇인가? 등짝에서 약초 냄새가 나는구만.

이 친구는 약초를 캐고 연구합니다. 처방도 하고요.

삼수가 조영 대신 등을 떠밀듯 말하였다.

그래? 그거 잘 되었다. 그렇지 않아도 부상자들을 간호할 사람이 필요하였는데 목마름을 해갈하는 기분이다.

의병대장은 조영의 어깨를 기꺼운 마음으로 두드렸다. 그리고 의병으로서 지켜야 할 사항을 숙지시켰다. 조영과 삼수는 전혀 생각지도 못한 의병이 되어 비지땀을 흘리며 훈련을 연마하였다.

아득한 눈길

봄 햇살이 서녘으로 기울었다. 저녁노을이 봄기운을 머금은 새파란 보리밭을 붉게 물들였다. 봄은 마음을 여리고 파릇하게 수놓았다. 수북하게 쌓인 낙엽을 밀치고 소리 없이 움 솟는 새 쑥이며, 고사리, 머위, 달래, 냉이 따위가 한껏 입맛을 돋우었다. 봄날의 새순은 전부가 밥상 위에 올릴 수 있어 신선한 미각을 자극하였다. 방금 알에서 깨어난 병아리가 종종걸음으로 어미의 뒤를 따르더니 어미의 날갯짓 속에 지친 몸을 파고들었다.

이 양반이 해가 다 저물어 가는디 아직도 장터거리에서 죽치고 있는가 보네.

소도댁은 부엌에서 나오며 사립짝을 내다보았다. 그녀의 치맛말기에 저녁연기가 포실하니 뒤따랐다. 아궁이 솥에서는 밥물이 포르라니 넘쳐흐르고, 숨죽인 장작불 위에는 된장찌개를 올려놓았다. 아무리 늦어도 해거름에 돌아오는 남편이었는데, 별일도 다 보겠다고 지릅떠 눈을 흘겼다. 그러나 남편은 해가 서산 너머로 숨어들고 밤이 으슥한데도 돌아올 줄 몰랐다.

아니, 이이가 어찌된 거여?

소도댁은 한 점 의구심을 베어 물었다. 한 번도 이런 적이
없었는데 영문 모를 일이었다. 남들처럼 술이 과한 것도 아
니었고, 노름판이나 기웃거리고 작부들에게 한눈 파는 짓은
더더욱 거리가 멀었다. 오로지 가장으로서 아내만을 위하였
다. 일자무식꾼도 아니어서 자신의 체신이며 사리분별을 누
구보다도 잘 알았다.

소도댁은 시간이 흐르면서 점점 초조하였다. 기다리는 시
간이 이렇게 더딜 줄이야. 한 숟갈 우겨 넣은 밥숟갈도 제대
로 넘어가지 않았다. 어찌된 연고제? 자정이 넘고 새벽으로
치달았다. 새벽닭이 홰를 칠 때까지 곱다시 뜬눈으로 밤을
밝혔다. 이제는 기다림을 넘어 불안과 온갖 불길한 예감이
뒤숭숭하게 얽히고설키면서 뒷골이 터져 나갈 듯하였다. 날
이 밝기가 무섭게 허정걸음으로 삽짝을 나섰다. 삼수네 집
을 찾아들었다. 삼수네도 마찬가지였다.

이것이 무슨 영문인지 모르것네. 난 기다리다 깜박 잠이
들었는디, 새벽참에 눈을 떠 보니 여직 돌아오지 않았네. 평
소 술은 좋아해도 술청에 나앉아 밤샘하는 법은 없었는디
무슨 조화인지 모르것네.

삼수네도 눈을 뒤룩거리기는 마찬가지였다.

누가 또 장에 갔을게?

홍식이 할아부지가 갔다는디 한 번 물어나 보세.

두 아낙네는 홍식이 할아버지를 찾았다. 노인장은 부지런하게도 소죽을 끓인 다음 고샅을 쓸고 있었다. 입에 문 곰방대와 문드러진 싸리빗자루가 썩 어울렸다. 칠십 넘은 노인네가 근력 하나는 대단하였다.

집에 안 들어왔다고? 장에서도 두 사람을 못 봤는디.

정말인감요?

좁다면 좁은 장바닥에서 모를 리가 있것는가.

그럼 어찌된 노릇일까요? 호랑이한테 물려가지는 않았을게고…….

가만, 파청재에서 한바탕 싸움이 벌어졌다는디.

싸움이라고라우? 대낮에 뭔 쌈을 했다요?

왜놈들과 의병이 한판 붙었다고 하데. 의병들의 기습공격으로 왜놈들이 혼구멍이 났다는구만. 어찌나 속이 후련한지. 나도 구경했어야 혔는디, 일찍허니 파청재를 넘는 바람에 그 아까운 광경을 놓쳐 버렸네.

허면 엉겁결에 그 속에 휩쓸려 변괴라도 당한 걸까요?

두 아낙네는 금세 얼굴색이 변하였다. 가슴이 옥죄어 들었다.

듣기로는 이쪽은 아무도 총칼에 당한 사람이 없다고 하

드만. 왜놈 대장과 수하 졸개들만 죽거나 부상당했다제. 아무튼 번갯불에 콩 볶듯 어찌나 전광석화같이 왜놈들을 무찔렀는지, 왜놈들이 숨 쉴 틈이 없었다는구랴.

홍식이 할아버지는 제풀에 흥분을 하며 입에 물었던 곰방대를 담벼락에 탕탕 두드렸다.

그렇담 이 양반들은 어찌되었을고이.

쬠만 기달려 보게. 운이 나빠 주재소에 붙잡혀 갔는지도 모르니께. 몇몇 사람이 끌려갔다는디, 장 보러 가는 사람들이 무슨 죄가 있것는가. 금방 풀려날 것이여.

참말로 이것이 무슨 일이다요.

두 아낙네는 소득 없이 돌아서 나와 의병과 왜놈들이 한바탕 전투가 벌어졌던 파청재로 종종걸음쳤다. 파청재는 언제 싸움이 일어났느냐는 듯 아무런 흔적도 찾아 볼 수 없었다. 죽어 넘어진 시신도 없었고, 피 흘린 흔적도, 화약 냄새도 나지 않았다. 주위사람들을 붙들고 물어보았으나 잔뜩 겁에 질린 얼굴로 말문을 닫았다.

장 보러 가다가 파청재를 넘지 못했다면 싸움 구경에 넋을 놓았다가 왜놈들에게 끌려갔거나, 아니면 겁에 질린 나머지 냅다 산속으로 들고 뛰었것제. 보통 상황이 아니었응께.

노인 하나가 딱하다는 듯 측은지심으로 말하였다. 아무

래도 왜놈들에게 끌려갔지 싶다고 무게를 달았다. 노인네 마을 청년 하나도 소식을 몰라 한다는 것이었다. 두 아낙네는 청년이 사라졌다는 집을 찾았다.

우리 아들만 쏙쏙이바람에 건듯 불려 간 줄 알았는디 그쪽 남정네들도 집에 안 돌아왔다고?

청년의 노모가 한숨부터 내쉬었다. 장가들 나이라고 하였다.

왜놈들이 전리품 대신 끌고 갔을 거라고 하던디, 이 일을 어짜면 좋을께라우?

그라면 이만저만 낭패가 아니제. 불문곡직 의병의 첩자 아니면 끄나풀로 내몰며 무자비하게 고문을 할 텐디…….

하이구메, 그럼 볼 것 없이 죽은 목숨 아니요? 무슨 지랄 맞은 시상이요, 재수가 없기로서니…….

두 아낙네는 새파랗게 질린 낯빛으로 발을 굴렀다. 눈앞이 아득하였다. 마른하늘에 날벼락이 따로 없었다.

왜놈들에게 끌려갔다면 대책이 없것지만 노력은 해 봐야 쓰지 않것는감. 다행이 무죄로 풀려나면 그런 요행이 없을 것이고…….

실낱같은 희망사항이 아니것소.

그렇다고 가만히 앉아 있을 수도 없고, 주재소에 가서 한 번 알아나 보세.

노인네의 제안에 두 아낙네는 행보를 함께하였다. 노인네는 옷 갈아입을 엄두도 내지 못하고 주재소로 내달았다. 두 아낙네는 곱다시 아침을 걸렀는데도 배고픈 줄 몰랐다. 주재소는 조용한 가운데 침울하고 살벌한 공기가 떠돌았다. 그렇잖아도 주재소 앞만 지나치면 머리가 쭈뼛하고 오금이 저리는데, 그야말로 좌불안석이었다. 자라 모가지처럼 잔뜩 움츠린 마음으로 대책 없이 서성거리자니 더욱 심란하였다. 겨우 심부름 나가는 급사를 붙들고 사정하다시피 주재소 동정을 물었다.

잡혀온 사람은 다들 돌려보내고 한 사람도 없구만이라우. 보충부대가 곧 온다고 했응께 어서들 돌아가시오.

급사는 손사래를 치며 바삐 우체국 쪽으로 종종걸음쳤다. 세 사람은 대책 없이 돌아섰다. 허정한 걸음걸이가 어떻게 땅에 닿는지 몰랐다.

기다려 보세나. 하늘로 솟구쳤는지, 땅속으로 들어갔는지 모르겠으나, 살아 있다면 소식이 있것제. 왜놈들한테 끌려가지 않은 것만도 천만다행으로 여기세. 하늘이 돕고 조상이 보살폈다고 생각해야제.

노인네는 일말의 희망을 가슴에 지니고 두 아낙네와 헤어졌다. 그러나 두 아낙네의 마음은 그게 아니었다. 더욱 궁금증이 배가되면서 불안의 그림자가 덮쳐 눌렀다.

암만해도 급사가 모르쇠로 나온 성 싶으이.

그러게 말이네. 그놈들의 속내를 당최 알 수가 없으니. 하긴, 또 모르제. 방금 노인네 말처럼 놀란 꿩 새끼맨치러 어느 수풀더미 속에 은신하고 있는지.

지금이 언제라고 아직까지 수풀더미에 머리 처박고 있것는가?

허면, 의병들 속에 묻혀 갔을게?

비약은 금물이여. 총칼이 어떻고롬 생겼는지도 모르는디, 설마하니 의병들의 뒤를 따라붙었겠는가.

답답해서 하는 소리네. 아무나 의병이 될 수는 없제. 차라리 의병이라도 됐다면 수절과부로 꿋꿋이 살것네만, 생사를 알 수 없는 지금, 그런 절박하고 한가한 생각은 치마꼬리에 매달아야제.

소도댁은 삼수네와 헤어져 집에 들어서기가 무섭게 허기지고 기진한 몸을 토방마루에 뉘었다. 아침도 굶고 한나절 애간장을 태우며 발품을 하였는지라 운신을 할 수 없었다. 이것이 무슨 변고인고이? 소도댁은 망연한 눈길로 허공을 바라보았다. 졸지에 가장이 행방불명이 되었다고 생각하자 억장이 무너졌다. 행방이 묘연한 만큼 눈앞이 아득하였다. 분명 파청재에서 증발되었다. 시신도 찾을 수 없고, 아무리 머리를 쥐어짜도 미궁 속이었다. 무게 중심이 자꾸만 주재소로 향하였다.

소도댁은 열병을 앓듯 한밤을 꼬박 지새웠다. 뒤숭숭한 한밤이었다. 날이 훤히 밝아서야 겨우 몸을 추스르고 늦은 아침을 들었다. 모래알을 씹는 듯하였다. 몇 번이나 목이 메어 냉수를 들이켰다. 아무리 반찬새가 없고 식은 밥을 먹을망정 남편과의 밥상은 따뜻하고 정겨웠다. 입이 미어지게 밥숟갈을 우겨 넣는 남편의 모습을 바라보노라면 저절로 웃음이 비어져 나왔다. 행복은 남편의 굳건한 사랑 속에 피어나는 법인가. 새삼 남편의 존재가 우람하게 다가왔다. 한 송이 탐스럽고 향기로운 꽃은 뿌리가 튼실한 때문이리라. 남편은 바로 거대한 나무요, 굳건한 뿌리였다.

어야, 신랑은 어디 갔는가?

침울한 집안 분위기가 아지랑이처럼 담 너머로 퍼져 나갔는지 이웃집 순복이 할미가 삽작을 들어섰다. 이웃집이라야 마을과는 한갓져 왕래가 잦은 편은 아니었다.

장에 갔다가…….

소도댁은 말끝을 흐렸다. 잘못 말하였다가는 순복이 할미의 입살에 무슨 오해의 말 가지가 뻗어날지 몰랐다.

으응, 처갓집이라도 들렀나 보구만. 봄이 돌아오니께 녹작지근하게 삭신이 풀려갖고 약초 뿌리나 얻으러 왔구마는. 언제 올 건고?

곧 오것지라우. 한가한 행보는 아닌께요.

암만, 그래야제. 마음은 벌써 바쁠 것이여. 오거들랑 잊어 뿔지 말고 전해 주게.

뭣하면 휑허니 읍내 의원에게 진맥이라도 받아 보지 그라 시오.

어따, 진맥은 해 보나 마나여. 늙은이 삭신인께. 누가 뭐라 해도 자네 신랑이 제일로 믿음직혀. 내 말 알것는가?

순복이 할미는 찔끔 여운을 남기고 돌아섰다. 순복이 할 미뿐만 아니라 건너 마을 노인네들까지 심심찮게 남편에게 서 몸에 좋다는 약초를 얻어 갔다. 남편은 그만큼 노인들을 위하였고, 기꺼운 마음으로 정성을 다하였다.

*

소도댁은 늦은 아침상을 물리고 새 쑥이라도 캘 요량으 로 뒤울안으로 돌아 나갔다. 영 일손이 겉돌았다. 건성 머위 대궁이를 쥐어뜯듯 바구니에 담아 들고 안마당으로 나왔 다. 장닭이 호위라도 하듯 암탉을 몰고 채전밭으로 들어갔 다. 그 뒤를 병아리들이 종종걸음으로 뒤따랐다.

남편을 기다리는 마음은 하루, 이틀, 열흘, 애간장을 태우 며 지나갔다. 정말 어디로 간 것일까? 가슴이 바삭바삭 타

들어 갔다. 그렇다고 무작정 집을 나서 찾을 수도 없는 노릇이었고, 마냥 앉아서 기다리자니 하루하루가 지옥처럼 느껴졌다. 앞산도 첩첩하고 뒷산도 첩첩하였다. 고작 삼수네와 마주 앉아 장탄식만 하였다.

이러다가는 우리가 병 나겠네. 도대체 어찌된 영문일게?

그걸 알면 이렇게 넋이 나가 있것는가.

오가는 대화가 고작 그것이었다. 눈은 퀭하니 들어가고 입술은 하얗게 타들어 가 몰골이 말이 아니었다. 보름이 지나자 구장이 찾아왔다.

소문으로 듣자니 동생이 출타를 하였다면서요? 아직도 소식이 없소?

구장은 산송장이나 다름없는 소도댁을 보는 순간 쯧, 혀를 찼다. 한참 신혼의 단꿈에 젖어 있을 가장이 온다 간다 말없이 집을 나갔으니 귀신이 곡할 노릇일 터였다. 더구나 곁눈질 한 번 하지 않는 성실한 사람 아닌가. 구장도 어려서 서당에 다녔고, 착실하게 몸가짐을 추스르며 조상과 가정을 위하고 마을 일을 맡아 하였다. 조영이 젊은 시절 자신의 모습만 같아 믿음직스러웠다.

귀신에 홀렸는지 백년 묵은 여시에게 넋을 잃었는지 종적을 모르겠구만이라우.

소도댁은 혹시나 반가운 소식이라도 달고 왔는가 싶어

한 가닥 기대를 걸었다. 평소 남편은 구장과는 마음을 열고 살았다.

삼수와 회창 장을 보러 갔다가 돌아오지 않는다고 들었는디, 거, 참. 요상한 일이 아닐 수 없소.

바깥소식을 훤히 꿰뚫어 알 것인디, 귀동냥도 못했는갑소이.

소도댁은 한 가닥 기대감을 접으며 금방이라도 봄비가 추적추적 내릴 것 같은 하늘을 올려다보았다. 질금질금 봄 장마라도 질려나.

마음고생이 말이 아니겠소만, 주재소에서 신원 파악을 해오라 해서요.

지발 덕분에 행적이나 찾아 주면 고맙것소. 죽었는지 살았는지 그것부터 알고 싶구만요.

그럼, 정말 동생이 어찌된 줄을 모른단 말이오? 사전에 귀 띔이라도 흘려듣지 않았는가요?

구장은 소도댁이 모르쇠 작전으로 연막을 피우는 게 아닌가 하는 마음이 뜬구름처럼 스치고 지나쳤다.

귀동냥이라도 흘려들었다면 뭣 땜새 애달복달하것소. 갑자기 사람이 사라졌으니 환장할 노릇이제라우.

그날, 그런께 파청재에서 의병과 왜놈들이 한바탕 전투를 벌였는디, 저기 웃마실과 뒷등 너머 마을 청년 몇 사람도 똑같이 사라졌다는군요. 주재소에서는 조선인 사상자는 한 사람도 없었다는디⋯⋯.

듣기로는 헌병대장이 총을 맞고 말 위에서 굴러 떨어져 죽었다는 소문이 파다하던디요.

곧바로 후임자가 왔지요. 그나저나 행방을 알 때까지 귀찮게 생겼소. 의병대열에 묻혀 갔는가, 잔뜩 의심을 합디다.

총칼을 다룰 줄 모르는 사람이 무슨 용기로 의병이 될랍디요. 더구나 홀홀단신도 아닌디. 하긴, 그렇게라도 살아 있다면 다행이것소만.

총칼이야 훈련을 받으면 금방 사용할 수 있지요. 의병들 대부분 농투산이들 아니오. 나도 딸린 가솔이야, 여건만 허락한다면 지금이라도 의병이 되고 싶소. 이 무슨 지랄 같은 세상이요, 그래.

구장은 자신도 모르게 두 주먹을 말아 쥐었다. 평소 샌님처럼 양순한 모습과는 달랐다.

아무튼, 주재소에서 수시로 들락거리며 염탐하러 올 것인께 마음 단단히 묶으시오.

구장은 위로의 눈길로 일별하고 돌아섰다. 구장이 돌아가자 마음이 더욱 산란하고 뒤숭숭하였다. 정말 의병에 합류하였다면 장한 일이나, 죽음을 초개같이 여기는 의병활동은 바람 앞에 등불 격일 터였다. 이 일을 어쩔끄나. 나야 왜놈들에게 시달림을 받는다 해도 감내할 수 있지만, 풍찬노숙, 고단한 의병 노릇을 어찌 감당할 것인가. 소도댁은 남편이 총칼을 메고 왜놈들과 맞서 싸우는 모습을 상상하자 후두둑 가슴이 떨렸다.

구장이 다녀간 뒤로 소도댁은 더욱 안정을 찾지 못하였다. 혹시나 남편에 대한 소식을 전해 주는 사람은 없을까 때없이 기다리기도 하였고, 불쑥불쑥 불길한 악몽이 떠올라 진저리를 쳤다. 잠 못 이루고 뒤척이다 설핏 잠이라도 들라치면 피투성이가 된 채 논두렁에 쓰러져 있거나, 가파른 산길에서 올무에 걸린 짐승처럼 비명을 지르는 남편의 목소리에 놀라 경기에 들려 난 사람처럼 모둠으로 솟구쳐 일어나곤 하였다. 그런 날이면 이마에 식은땀이 맺히나 떨리는 가슴을 안고 한밤을 꼬박 밝혔다.

구장이 다녀간 닷새 뒤, 일본헌병이 들이닥쳐 잡아끌 듯 주재소로 연행하였다. 삼수네와 함께였다. 삼수네는 주재소를 들어서기도 전에 까무라칠 듯하였다. 삼수네 등에 업힌 갓난아이도 겁에 질려 울음을 터뜨렸다.

댁의 남정네들이 집을 나간 동기가 뭐야?

헌병대장은 다짜고짜 매서운 눈초리로 심문하였다. 심약한 아낙네들에게 의자에 앉으란 말 한마디 없었다. 주재소는 일본 헌병들이 임시로 파견되어 그들의 독무대나 다름없었다. 주재소 순사들은 엉거주춤 뒷자리에 나앉아 있었다. 그래서인지 분위기가 더욱 살벌하였다.

지들은…….

눙치지 말고 이실직고하는 게 좋을 거야.

헌병대장은 험상하게 으름장을 놓았다. 삼수네는 벌써 간이 떨어진 모습이었다.

지들도 어찌된 판인지 도통 모르겠구만이라우.

소도댁은 간신히 기어들어가는 목소리로 말하였다. 허리에 찬 긴 칼이 언제 날을 세울지 몰랐다.

모르다니? 부부 사이에 은밀하게 오고간 말이 있을 게 아닌가?

헌병대장은 발을 탕 굴렀다. 에구메야! 삼수네는 새파랗게 질리며 속으로 비명을 질렀다. 질금. 아랫도리가 축축하게 젖었다.

참말로 몰라라우. 평시처럼 장에 간다고 나갔는디…….

전투가 벌어질 그 시간에 맞추어 장에 간답시고 집을 나셨다? 의병 놈들과 사전에 교감이 있었던 게 아닌가? 순진한 척 위장을 하고서 우리의 동정을 염탐한 의병 놈들의 끄나풀이 아닌가 말이야. 아니면 우리 부대가 어떻게 그 시간에 파청재를 넘는다는 것을 알았겠나?

아니라우. 우리 남편들은 참말로 순박한 사람들이랑께요.

소도댁은 꽉 막힌 가슴으로 도리질하였다.

왜, 말을 못하는 거야? 듣자니 당신 남편은 제법 유식하고 산야를 내달으면서 약초를 채취한다면서? 약초를 캔답시고 이 산 저 산 다니면서 암암리에 의병들과 내통하지 않았나? 겉으로 순박한 척 보이는 그런 놈들이야말로 가장 불순한 사상을 지닌 놈들이야. 내 말 알아들었나?

지가 한집에 살면서 어찌 남편의 속내를 모르겄소. 우리 집 양반은 절대로…….

우리 집 양반? 거기에 불순한 동기가 숨어 있지 않는가 말이야. 동학도들도 순진한 농투산이로만 알았는데, 그게 아니지 않았는가. 아무리 시침을 떼도 결국에는 순순히 자백할 수밖에 없을 거야. 무슨 말인지 알아듣겠어?

그 말에 삼수네는 그 자리에 주질러 앉으며 넋을 놓았다. 세상에나, 주리를 틀 셈인가, 거꾸로 매달아 고춧가루 물을 들이부을 것인가. 그렇지 않아도 심심찮게 주재소 바깥까지 비명소리가 들린다고 하였다. 파청재 전투 이후에는 더욱 혈안이 되어 무고한 사람을 잡아다가 족친다고 하지 않던가. 그때 연락병인 듯한 병졸이 급히 내달아 귓속말을 하였다.

오늘은 그대로 돌려보낸다. 하지만 다음에는 단단히 각오해야 될 거야. 도망칠 생각은 추호도 하지 말라. 어느 때고 감시의 눈을 벗어나지 못할 테니까.

헌병대장은 엄포를 놓듯 일갈하고 군도를 절그럭거리며 급히 말을 타고 나갔다. 부하 몇 명이 장총을 둘러메고 그 뒤를 따랐다. 소도댁과 삼수네는 헐거운 걸음으로 주재소를 나왔다. 햇살이 눈부신 가운데 어떻게 제대로 발을 딛고 왔는지 의식이 없었다.

장차 이 일을 어찌하면 좋을게? 저놈들이 암만해도 의병 쪽으로 의심을 내몬 듯 싶으네. 우리를 비비틀어 죽일 모양이시.

삼수네는 아직도 제정신이 아니었다. 혼이 다 빠져나간 헛깨비 형상이었다.

어쩌자고 이런 시련과 고통을 받게 되었는지 모르것네. 원센 놈의 시상.

소도댁도 정신이 나가기는 마찬가지였다. 생각만 해도 아득하고 몸서리쳐졌다. 도대체 어디를 갔기에 모진 고통을 안겨 주는가. 새삼 남편의 행동이 밉상하게 다가왔다.

차라리 어디서 죽은 시체라도 보았으면 좋것네. 아니제. 그전에 우리가 죽것네.

삼수네는 심통스러운 얼굴로 먼산바라기를 하였다. 그 눈가에 눈물이 맺혀 있었다.

가마골

이보게, 산골의원. 대장님께서 부르네.

의병대장의 수발을 담당한 의병이 내달았다. 우락부락한 생김새와는 달리 매번 전투능력이 뛰어났다. 화순탄광에서 일을 하다 일본 놈들의 심기 불편한 언사에 마음이 뒤틀려 뒤통수를 짓이기고 도망쳐 온 사내였다. 자상한 면도 있어 대장이 신임할 만하였다.

무슨 일이지?

조영은 허리를 폈다. 방금 전의 전투에서 삼수가 부상을 당하여 급히 치료하는 중이었다. 삼수뿐만 아니라 며칠 전의 전투에서도 부상자들이 생겨나 조영을 필요로 하였다. 조영은 손수 산에서 약초를 캐다가 치료를 전담하는 까닭에 이제는 대장은 물론 대원들도 신뢰를 하였다.

산골의원을 급히 부른 건 물어보나 마나 아니겠어. 어서 가 보시게.

대장님께서 다치기라도 하였나? 조영은 머리를 갸웃하였다. 함께 전투를 하며 곁에서 지켜보았지만 불상사를 당하지 않았다. 그리고 의병대장은 잠깐 전투를 지휘하고 잽싸게 다음 행선지를 확보하였다. 주도면밀하게 얼굴을 드러내지 않았다. 사전에 전략회의를 마치면 진중 일은 참모들에게 맡기고 외부로 나가 몸을 숨겨 가며 새로 의병을 모집하고, 지방 유지들을 찾아다니며 군량을 조달하였다. 그런 관계로 일본군 토벌대가 혈안이 되어 의병대장을 잡으려 했지만 신출귀몰한 존재였다. 그 위에다 가명까지 덧씌워 도무지 그 실체를 아리송하게 하였다. 실지로 부하장졸들도 의병대장의 본래 이름을 잘 몰랐다. 참모진들을 비롯하여 측근들만 의병대장의 실체를 제대로 알 정도였다.

의병대장의 그 같은 활약상을 두고 세간에서는 홍길동이나 임꺽정을 입에 올렸으나, 준수한 선비 모습인 의병대장은 안온하고 강직한 기상을 지니고 있었다. 세상 사람들이 볼 때 의병대장이라고는 생각지 못할 풍모였다. 진중에 들어와서도 소리 없이 부하들을 가만가만 살폈고, 한마디 명령을 하달하고 그림자처럼 자리를 떴다. 신변노출을 지극히 꺼려하는 행동 가짐이었다.

이쪽으로 앉게나. 자넨 우리에게 특별한 존재야.

조영이 가벼운 몸가짐으로 의병대장 앞에 서자 의병 대장은 얼굴 가득 미소를 지으며 자리를 권하였다. 조영은 약초를 캔답시고 몸을 단련한 데다 군사훈련을 받은 터라 몸가

짐이 가볍다지만, 의병대장은 선비 모습인데도 재빠르기가
이루 말할 수 없었다. 호랑이나 사자의 몸가짐이었다.

전하실 말씀이라도 있으십니까?

다른 게 아니고, 부상병들을 보다 안전한 곳으로 보내려
고 하는데 치료를 전담할 사람이 필요해서네.

이곳도 안전하지 않습니까?

아니야. 언제 어느 때 왜놈들이 기습공격을 할지 모르네.
국가와 민족을 배반한 밀정 놈들이 눈과 귀를 모두고 있어
언제 전투장으로 변할지 모르네. 멀쩡한 사람들이야 신속
히 대처할 수 있지만 부상병들은 어디 그러겠는가. 해서 따
로 안전한 곳을 마련하였어. 부상병들만을 위한 곳은 아니
네. 우리의 무기를 가다듬는 제련소이기도 하네. 부상병들
이 완치되면 그곳에서 무기를 담금질하는 데 일조를 할 것
이고…….

성심껏 보살피겠습니다.

조영은 의병대장의 신중하고 사려 깊은 배려에 머리를 조
아렸다.

부탁하네. 오늘이 음력 열사흘이고 날씨도 좋으니, 달이
훤히 뜰 것이네. 밤을 도와 부상병들을 호송하게. 여기 이
친구가 앞장서 길을 안내할 걸세.

의병대장은 곁에 앉은 참모를 가리켰다. 조영은 물러나와

삼수를 돌보고 다른 부상자들도 간호하였다. 다리를 상한 사람, 옆구리에 총알이 스친 사람, 군도로 어깻죽지가 째진 사람, 눈을 다친 사람, 치료할 때마다 비명소리와 앓는 소리가 처절하였다.

조영이 의병에 가담하고 접전을 벌인 전투는 파청재 전투를 목격한 이후 여러 차례 이루어졌다. 대원사 전투는 파청재 전투에서 거둔 승리의 여세를 몰아 대원사에서 몇 시간 동안 용전분투, 치열한 총격전 끝에 일본순사 두 명을 사상시키는 전과를 올렸다. 서봉리 전투에서는 일본기병대와 순사토벌대를 맞아 접전 끝에 두 명을 사살하였다. 문덕 진산 전투는 일본군 세 명을 중경상 입혔고, 복내장 습격은 복내 주둔 기병대를 급습하여 숙사와 마구간을 불 지르고 공용서류를 소각하였으며, 무기를 남획하는 쾌거를 올렸다. 하진 전투와 쌍암 전투, 웅치 전투, 병치 전투, 마륜 전투에서는 일본군을 다수 사살하거나 부상을 입혔다. 송곡, 박곡 전투는 일본헌병 여섯 명을 살상하는 대첩을 거두어 일본군의 간담을 서늘하게 하였고, 경계심을 한층 자극하였다.

그밖에 사평 전투, 청포 접전은 오랜 시간 교전하였으나 성과를 거두지 못하고 퇴각하였는데, 아군의 부상자가 다수 발생하였다. 흥양주재소 습격과 겸백 접전에서는 일시에 수비대를 공격하여 총기를 습득하였다. 죽산 전투와 매정 전투에서는 일본군 광주 수비대와 나주 수비대를 맞아 일본군 수비대 다수를 살상하였다. 삼수는 죽산 전투에서 부상을 입었다.

조영은 저녁을 들고 나서 다시 한 번 부상자들을 치료한 다음 그들을 앞세우고 인솔자의 뒤를 따랐다. 부상자들은 부상을 당하였음에도 불타는 의지는 충만하여 강행군을 마다하지 않았다. 건강한 몸을 되찾으면 곧바로 전투에 나서 겠다는 의지가 넘쳐났다.

우리를 어디로 데려가는 건가?

삼수는 영내를 벗어나는 것이 불안한 나머지 궁금함을 담았다.

나도 잘 모르겠네만 더 안전한 곳으로 가지 싶네.

자네도 가는 곳을 모른다고?

인솔자가 알아서 모실 것이네. 더 좋은 곳에서 하루 빨리 완쾌되어 대원들과 합류하는 게 소원 아닌가.

그렇긴 하네. 자네가 곁에서 치료를 해 준다니께 마음 든든하이. 이곳에 와서 자네는 볼 것 없이 명의여.

삼수는 다시금 조영의 정성이 깃든 치료를 고마워하였다. 이웃하며 친구로 지내면서 한낱 산이나 헤매는 약초꾼으로 알았는데 그게 아니었다. 혼자 연구하고 경험한 지식을 밑거름으로 부상자들을 돌보았다. 약초에 관한 지식뿐만 아니라 올곧이 익힌 의술을 유감없이 발휘하였다. 민간처방에서부터 째고 봉하는 의술까지 한다 하는 의원을 능가하였다. 신기한 감마저 들었다.

인솔자는 휘영청 밝은 달을 등지고 산을 넘고 개울을 건너 점점 깊숙한 곳으로 들어갔다. 달밤이라지만 부상자들로서는 어디가 어딘지 분간을 하지 못하였다. 산을 몇 개나 타고 넘고 옹챙이 밭과 내를 몇 번이나 건너고 휘돌아, 휘붐한 새벽녘에야 도착한 곳은 그릇을 굽는 가마골이었다. 왕릉처럼 보이는 가마 서너 개가 앞을 가로막았다.

이제 다 왔소. 안심들 하시오.

인솔자는 그 가운데 가장 큰 가마 앞에서 걸음을 멈추었다. 낯선 자들을 반기는 개 짖는 소리에 이어 백발로 어우러진 구레나룻의 중노인이 나타났다. 나이에 비해 도자기처럼 빚어진 골격이 젊은이 못지않았다. 인솔자가 이곳의 주인이라고 소개하였다.

왕명인이라고 하오. 불편한 몸으로 밤길을 오느라 고생들이 많았소.

왕명인은 가마 옆 초라한 막사로 부상자들을 안내하였다. 미리 연락을 받았는지 구들방이 설설 끓었고, 방 안이 잘 정돈되어 있었다. 사방 벽을 둘러 삼층 붙박이 선반을 설치하였고, 그 위에는 종류도 다양한 다기며, 막사발, 주병,

화병들이 진열되어 있었다.

이곳은 부곡이오. 대대로 물레질을 하며 도자기를 빚어 왔소. 그렇다고 무조건 천민 취급을 해서는 안 될 것이오. 고려 유민의 자손이라는 긍지가 핏속에 녹아 흐르기 때문이오. 그리고 여러분들은 완쾌되는 대로 이곳에서 할 일이 있소.

이곳에서 할 일이라니요?

인솔자의 말에 누군가 의문을 달았다. 자신들은 도공들이 아니지 않은가. 완쾌와 동시에 전투에 참가해야 하는데 이곳에 주질러 앉아 일을 하라니. 그 할 일이 무엇인가?

그것은 차차 알 것이오. 여기 왕명인의 지시를 전적으로 받으시오. 나는 이만 돌아가리다. 긴급한 연락사항이 있을라치면 수시로 찾아오겠소. 잘들 계시오.

인솔자는 왕명인이 마련해 준 죽 한 그릇을 선 자리에서 게 눈 감추듯 마시고 서둘러 자리를 떴다.

자, 그럼 충분히 노독을 푸시오. 밤새 불편한 몸으로 산길을 오느라 피로한 가운데 허기가 지겠지만 다소 늦게 아침을 드리겠소. 조영이라 하였소? 당신의 소문은 이곳에서도 들었소. 이곳은 약초가 지천이니께 맘껏 활용해 보시오.

왕명인은 조영의 등을 토닥이듯 은근한 눈길을 주었다.

허어, 우리가 꼭 수용소에 온 기분이구랴.

누군가 너스레로 한마디 하였다.

수용소치곤 방구들이 잘잘 끓어 좋네, 그랴.

부상자들은 피곤하고 불편한 몸을 이기지 못하고 퀴퀴하게 땀 배인 이불을 둘러썼다. 조영도 삼수 곁에 몸을 뉘었다. 창밖은 점점 밝아오고, 곧바로 코 고는 소리가 들렸다.

*

아침 겸 점심을 든 조영은 아직도 피로가 덜 풀린 몸으로 밖을 나섰다. 바람도 쏘일 겸 주위를 살펴보기 위해서였다. 가을로 접어든 햇살은 새벽 찬 기운과는 달리 쨍글쨍글 눈이 부셨고, 산천은 단풍으로 물들고 있었다. 마을 어귀 우람한 은행나무 잎은 노랗게 물들었고, 감나무 가지에 홍시가 매달려 있었다. 어느 한가한 시골마을과 다름없었다. 조영은 물큰 떠나온 집이 눈앞에 다가왔다. 놀란 토끼처럼 지레 쫓기듯, 장터 가는 길에 의병들의 뒤를 쫓아가다 불심검문에 걸려든 사람처럼 의병이 되었기에 아내는 소식을 몰라 얼마나 애간장을 태울까? 의병에 가담하였다는 정보라도 흘러들어 주재소에 끌려가 모진 고문이라도 받지 않을까. 전투를 하지 않는 날은 문득문득 사랑하는 아내가 몹시도 보고 싶었다.

아직 노독이 덜 풀렸을 텐디 나오셨소?

왕명인이 구레나룻을 바람에 나부끼며 다가왔다.

약초가 많다기에 산을 둘러볼까 하고요.

부지런도 하시오. 계곡을 사이에 두고 동소산과 국기봉이 이쪽저쪽에 있소. 나를 따라오시오.

왕명인은 국기봉 산길을 타고 올랐다. 사람의 발길이 잦았는지 산길이 잘 나 있었다. 산허리 중간쯤 올라 부곡 가마터를 내려다보니 소나무 언덕이 동산처럼 부풀어 감싸고 있었다. 설핏 지나치면 눈에 들어오지 않을 집 몇 채가 숨은 듯 엎드려 있었다. 굴뚝에서 피어오르는 연기만 아니라면 쉬이 지나칠 법하였다.

소나무 언덕이 천혜의 은신처를 만들어 줍니다.

소나무 숲을 오르는 저곳이 구산제요. 우리네 조상들이 대대로 은거해 오며 도자기를 빚어 왔소.

왕명인은 한숨 돌리고 나서 앞장서 산을 올랐다. 조영은 뒤따르며 구절초를 비롯하여 약초를 눈여겨보기도 하고 손쉬운 약초는 가벼운 마음으로 채취하였다. 영지버섯이 있는 것으로 보아 예사 산이 아니었다. 갑자기 계곡물소리가 진동하였다. 싱그러운 향기를 실어 나르는 계곡물소리는 귀를 번듯 열리게 하였다.

이 계곡 꼭지점이 두문골이오. 그곳에도 가마터를 일구었소. 부곡도요지보다 규모는 작지만 앞으로 여러분 동지들이 할 일을 맡아 할 곳이오.

두문골이라면 가만있자, 고려가 망하고 절개를 지킨 고려 유민들이 찾아든 곳을 연상시킵니다. 두문동 칠십이현이 그 대표적인 인물들이라는 것을 귀동냥해 들었습니다만…….

바로 알아보았소. 우리네 조상들도 고려가 망하자 이곳에 숨어들어 도자기를 생업으로 삼았소. 두문골은 거기서 유래된 지명인디, 천대받아 온 지난한 세월 속에서도 마음만은 어느 누구보다도 굳고 높은 절개를 간직하였소.

왕명인은 조상에 대해 감회 어린 표정을 지었다. 이런 곳이 있는 줄을 몰랐다니. 조영은 새삼 좁은 안목을 열없어하였다. 그렇게 세상인심과는 무관하게 오늘에 이르기까지 살아온 것이다.

어떻게 의병대장과는 인연이 닿았는지요?

우연찮게 장터 옹기전에서 알게 되어 자리 제공을 하였소. 의병대장과 뜻이 맞은 게지요. 은신처로는 그만 아니오.

허면, 우리가 할 일이 무엇인지요?

무기를 달구어 재생하는 것이오.

무기를요?

두문골 가마터에서 의병들이 사용할 무기를 담금질하는 것이오. 일본 놈들로부터 노획한 전리품을 새롭게 불에 담

금질하여 두들겨 만들고, 쓰다 버린 농기구를 모아 무기를
만들 것이오.

　우리가 사용한 무기도 이곳에서 두들겨 만든 거요?

　물론이지요. 다는 아니지만. 지금까지는 부곡 가마터에서
그 일을 비밀리에 해 왔소만, 점점 일본 놈들이 냄새를 맡고
서 주시를 하는 것 같소. 더구나 저 위쪽 광산을 눈여겨 알
아차린지라 언제까지 비밀을 보장할 수 없소. 보다시피 광
산과 부곡은 지척 아니오. 더구나 여러분 동지들은 의병들
이라 금방 낯선 얼굴로 눈 밖에 날 것이오. 그래서 보안상
두문골 가마터로 옮겨갈 것이오.

　부상병들을 이곳으로 보낸 연유를 알았습니다.

　무기를 새롭게 달구어 만드는 일도 일선에 나가 싸우는
것 못지않을 것이오. 나라를 위한 충성심은 다를 바 없지 않
을 게요.

　그렇게 동지들에게 이르겠습니다.

　계곡을 거슬러 한참을 오르자 연꽃방석을 닮은 분지가
나타났다. 첩첩산중, 완전히 세상과는 절연한 곳이었다. 아
름드리 복사꽃나무가 입구를 가로막아 더욱 절연한 경개였
다. 두어 기의 가마와 여섯 가구의 움막이 정겹게 머리 맞대
고 있었다. 왕명인은 그곳을 지키고 있는 도공을 소개시켰
다. 오십 줄에 접어든 장년으로 유난히 눈썹이 짙었다.

무인이라고 하오. 부상병들을 돌보신다고요? 우리도 의원을 필요로 하지 싶소. 워낙 깊은 산속이라 대처 의원을 찾는다는 것은 꿈도 꿀 수 없소.

무인은 처음부터 조영을 의원으로 불렀다.

앞으로 한 식구처럼 대해 주시오.

여부가 있것소. 차분히 차라도 한잔하고 내려가시오.

아닙니다. 곧 내려가 부상병들을 돌봐야지요. 조금 지나면 아주 이곳에서 지낼 텐데요.

조영은 가벼운 발걸음으로 두문골을 내려왔다.

어디를 다녀오는가?

삼수는 기다리고 있었다는 듯 문밖에 나와 있었다. 가벼운 부상이라 곧 정상으로 돌아오지 싶었다.

저, 위쪽에 올라갔었네. 왕명인의 안내를 받아 약초도 캐고 말일세.

그러고 보니 자네에게서 향긋한 냄새가 나는구랴.

조영은 웃음으로 대답하였다. 조영은 부상병들을 치료한 다음 도자기 공방을 둘러보았다. 오랜 손자국이 고스란히 묻어나 시간을 넘나든 숨결이 깃들어 있었다. 여기서 어떻게 무기를 담금질하는 걸까? 조영은 은근히 궁금증이 일었지만 머지않아 몸소 쇠망치를 둘러멜 것이라고 마음을 다독였다. 그 사이 저녁노을이 문지방에 비쳐 들었다. 잠시 문지방에 기대어 노을의 아름다움에 젖었는데 순식간에 어둠이 내렸다. 산골 저녁 해는 금방 잦아들었다. 아내는 오늘도 하염없이 기다리고 있겠지. 인편이라도 닿으면 소식을 전해줄 것인데…….

저녁 묵을 생각은 않고 무슨 상념인가?

삼수가 절뚝걸음으로 방문을 나서며 어깨를 두드리듯 말하였다. 뒤이어 거동이 불편한 동지를 제외하고 부상병들이 나왔다. 저녁은 왕명인 식솔들과 함께였다.

하얀 이밥이구랴. 염치없이 미안한 마음이 드네.

미안해할 것 없소. 복내장에 나가 도자기와 물물교환으로 맞바꾸어 왔소. 올 가을은 비교적 풍년 아니오.

복내장이라고요?

부상병 하나가 왕명인의 말에 크게 반문하였다. 그는 지난번 복내장을 습격하여 일본헌병 두 명과 일제 끄나풀인 통역 한 명을 즉사시키는 데 앞장서 전공을 세웠다.

장터목에 우리와 거래하는 옹기전이 있소.

그 자들을 조심해야 쓸 것이오. 이문을 위해서는 이쪽저쪽 눈치 보아 가며 이간질을 시키는가 하면 인간의 도리까지 저버리니께요.

그 사람은 그런 사람이 아니오. 그곳에서 정보를 얻고 이쪽저쪽 연락을 취하오.

왕명인은 흔연한 얼굴로 말하였다. 옹기전 주인장은 산전 수전 다 겪어 온 터여서 일찍부터 교분을 텄고 의병대장과도 연계를 시켜 주었다.

저녁을 들고 잠들기 전에 부상병들을 한 차례 돌보고 자리에 들려는데 왕명인이 따로 조영을 불렀다. 삼수가 무슨 영문인가 싶어 호기심을 부풀리며 뒤따랐다. 왕명인은 가장 위쪽 으슥한 곳에 자리한 가마로 들어섰다. 이것이 무엇인감? 삼수는 눈을 화등잔만 하게 떴다. 웃통을 벗어부친 사내들이 숫돌에 장검을 갈고 있었고, 가마 안쪽에는 장작불이 불꽃을 일으키며 쇠붙이를 달구고 있었다.

보다시피 의병들을 위해 무기를 담금질하고 있소.

내가 휘둘렀던 장검도 이곳에서 담금질한 거요?

그런 셈이지요. 당신네들을 이곳에 보낸 것은 안전을 위해서도 그랬지만 이 일을 분담해 달라는 것일 게요.

허헛, 그라면 볼 것 없이 대장장이가 된다?

삼수는 너털웃음을 지었다. 칼 가는 것쯤이야 시도 때도 없이 낫과 도끼날을 갈았는지라 어려울 게 없을 터였다. 함마질 또한 떡메를 내리치듯 하면 될 것이다.

이 과정을 눈여겨보시오. 그래야 두문골에서 무인과 호흡이 잘 맞을 게요.

가만있으시오. 두문골이라니요?

삼수는 디룩한 눈으로 반문하였다.

낮참에 왕명인과 둘러본 곳이네.

조영은 삼수의 발뒤꿈치를 누지르듯 대답하였다.

우리 동지들이 그곳으로 옮겨간단 말이여?

그건 나중 일이고, 왕명인 말씀대로 눈여겨 둘러보세.

아따, 이까짓 것이 무어 힘들고 어려운 일이라고 견학인가. 시키는 대로 힘을 꽉꽉 쓰면 될 것 아닌가.

하여간 눈썰미 있게 보시구랴.

그럽시다.

도자기 굽는 가마가 대장간으로 둔갑하다니 기가 막힌 장막전술이었다. 삼수는 점점 자신의 운명이 이상한 곳으로 이끌려 간다고 생각하였다.

유혹의 그림자

어야, 소도댁. 시방 어디 있는 거여?

삼수네가 사립문을 들어서며 숨넘어가는 소리로 소도댁을 찾았다.

여기 있는디 무슨 일이여?

소도댁은 뒤울안 채전밭에서 나왔다. 간밤에 무서리가 내려 암탉 궁둥이맨치러 오동통하게 속이 배인 배추 겉잎이 시들하였다. 진즉 김장을 했어야 하였는데 문득 토심스러운 마음이 들어 미루었다. 남편도 없는데 김장을 해서 무엇하랴.

얼른 마루에 앉아 보게. 아이고, 이 말을 어디서부터 해야 할지…….

삼수네는 꿀꺽 마른침을 삼키고 나서 말의 가닥을 잡자고 하였다.

또 주재소에서 오라고 하던가?

소도댁은 지레짐작으로 넘겨짚었다. 사흘 전에도 주재소에 불려가 한 차례 넋을 잃었다. 고춧가루 물고문은 아니었

64

어도 혼겁을 놓았다. 집으로 돌아오는 발걸음이 쇠사슬에 끌리듯 천근무게였다. 막무가내 남편의 소재를 대라는 위압적인 언사와 말초신경을 곤두서게 하는 폭력적인 고문은 참기 힘들었다.

그게 아니란 말시. 우리 애 아부지와 자네 신랑을 복내장에서 봤드라네.

복내장? 고것이 뭔 소리당가?

소도댁은 하마터면 엉덩이를 찧을 뻔하였다. 마른하늘에 번갯불 같은 소리였다.

웃마실에 사는 태구영감이 그쪽 사돈집에 초상이 나서 갔다가 복내장을 돌아 나오는디, 우리 애 아부지와 자네 신랑이 얼핏 보이드라네.

그 영감 눈썰미야 아직 노망이 들지 않아 똑 부러진다고 하지만 얼핏 보다니?

근게 말이여. 소달구지를 타고 가는디 옆모습과 뒷태가 영락없이 두 사람 같더라네. 털모자를 깊숙이 눌러썼지만.

엇비슷하게 헛것을 보지 않았을게?

소도댁은 믿을 수 없었다. 소달구지를 타고 나타나다니. 그리고 하필이면 복내장인가. 아무리 외진 곳이라지만 복내장까지 왔다면 집을 외면할 수 있겠는가. 도무지 종잡을 수도, 이해할 수도 없었다. 설핏 닮은 사람이 얼마나 많은가.

나도 그렇게 재우쳐 물었더니만 태구영감도 밝은 대낮에 멀쩡한 정신으로 헛것이라도 보았는지 알 수 없는 일이라고 하데.

영감이 착각하였을 것이네. 두 사람이 태구영감을 알아보았다면 그냥 모른 체 지나칠 리 없지 않는가.

누가 아닌가. 하여간 그 말을 듣고 본께 영 맘이 심란하네.

못 들은 걸로 하소. 어쩌면 우리들 마음을 떠 볼 요량으로 노망기가 든 소리를 했는지도 모르겠고…….

자네는 매사가 차분한 만큼 마음이 실하네. 나는 아무리 생각해도 심란한 지경인디.

허투른 미련일랑 싹 접어 뿔소. 두 사람이 복내장에 나왔다면 무슨 억하심정으로 자기 여편네들에게 일자 소식을 외면하였것는가. 상식적으로 도저히 이해가 되지 않네.

자네 말을 들은께 그렇긴 하네.

앞으로 또 허깨비 혼백들이 백주대낮에 얼마나 나올라는지…….

소도댁은 꿈속에 나타난 남편의 허상보다 세상 사람들의 입술 위에 오르내리는 뜬소문이 무엇보다 언짢았다.

그나저나 웬수 같은 양반들이 도대체 어디를 갔을게? 쥐도 새도 모르게 사라졌으니 복통이 터질 수밖에. 일본순사

놈들은 주리를 틀듯 행적을 대라 하고…….

시절이 가면 사연을 알것제.

자네는 똑 어디 있는 것맨치로 생콩하네이. 일본순사 놈들 말대로 정말 의병에 가담하였을게? 듣자니께 의병들이 그렇게나 신출귀몰 한담시러? 동에서 번쩍, 서에서 번쩍하여 일본 놈들이 혼이 다 빠져 이를 갈아부치며 의병을 소탕하기 위해 혈안이 되었다는구랴.

망한 놈의 나라에서 신출귀몰해 봤자제. 차라리 의병에 가담하였다면 얼마나 좋것는가. 장부로 태어나서 제 할 일을 한 것이제. 나는 그렇게 포기하기로 마음묵었네.

그렇게 생각을 여미는 것도 아녀자의 도리제.

삼수네는 공감한다는 듯 코를 핑 풀어 던졌다.

김장은 했는가?

음마, 뻔히 알면서 그러는가? 심란한 이 시국에 김장이라니. 그냥 엄동설한에 한 포기씩 뽑아다 쌈이나 싸 묵제.

우리 김장이나 하세. 그것도 기다리는 마음 아니것는가.

자네는 엉뚱하고도 속 깊은 말을 곧잘 한단 말이여.

우리 집에 왔으니께 우리 김장부터 담그세.

소도댁은 삼수네를 잡아끌 듯 뒤울안 채전밭으로 나갔다. 잡념을 잊기 위해서라도 할 일을 찾아 해야만 하였다.

배추 속이 실하네.

토심스러워 눈 흘기며 내버려 두었는데도 제대로 알속이 박혔네.

소도댁은 남편과 해마다 김장배추를 갈던 때를 떠올렸다. 남편은 따북따북 밑거름을 주며 정성스럽게 갈았다. 더구나 약초 찌꺼기를 수놓듯 놓아 주었다. 그러나 올해는 혼자 힘으로 설렁설렁 갈았는데도 실하였다. 두 아낙네는 부지런히 배추와 무를 뽑고 씻고 절여 숨을 죽이는 한편 무는 땅속 깊이 짚을 깔고 묻었다. 겨울 무시는 산삼하고도 안 바꾸는 법이여. 남편의 말이 귓전에 쟁글 맴돌았다.

아따, 무시 맛도 사근사근 그만이네.

삼수네는 일이 끝나자 토방마루에 퍼질러 앉으며 무를 아삭아삭 베어 물었다. 땀 흘린 만큼 그 얼굴에 조금 전의 심란한 마음과 그늘진 모습이 뭉게구름처럼 떠 가고 없었다. 일손 휘어잡은 김에 삼수네 김장배추도 거들었다. 삼수네는 욕심껏 김장배추를 갈았다. 한 고랑은 겨울 동초로 놔두었다.

*

소도댁이 이웃집 노인에게 김장김치를 두어 포기 돌리고 났을 때 주재소 급사가 사립문 앞에서 기다리고 있었다. 구린내가 나지 않는데 급사만 보아도 가슴이 오두방망이질을 하였다.

오늘은 무슨 파발마냐?

아무래도 낯선 목소리였다.

아따, 난 심부름꾼인디 그렇게 말씀허시오?

싸게 용건이나 말해라.

소도댁은 날벌레를 내치듯 미간을 좁혔다.

이것을 전하라 합디다.

급사는 품에서 통지문을 꺼냈다. 제법 두툼한 걸로 보아 화선지 위에 붓대궁이를 놀린 성 싶었다.

이건 누가 보낸 것이냐?

모르것으면 개봉해 보시오.

급사는 줄행랑을 치듯 내뺐다. 짐작하건대 정식 공문이나 소환장은 아닌 듯하였다. 급사마저 은밀하게 꼬리를 사리는 걸로 보아 통역꾼으로 일본 헌병대장을 따라온 작자가 보낸 것 같았다. 지지난번 주재소에 붙들려 갔을 때 소도댁을 대하는 통역사의 품이 달랐다. 그걸 눈치챈 삼수네도, 소도댁 조심해라이. 암만해도 통역꾼이 요상헌 심뽀로 보는 것 같다. 미끈하고 허여멀끔하게 생긴 작자가 왜놈에게 빌붙어 나라를 배반하다니. 듣자니께 일본 유학물도 쪼깐 묵었다는디, 그런 양심 없는 친일 모리배가 어디 또 있것는가.

단단히 주의를 주었다.

통지문을 펼쳐 보니 아닌 게 아니라 지필묵으로 호리낭
창하게 써내려간 서찰이었다. 솜씨껏 손재주를 내보였는데,
유식함을 뽐내려는 심사였는지 간간이 한문을 섞어 소도댁
언문 실력으로는 다 해독할 수 없었다. 요녀러 작자, 장터거
리 주막집 딸과 정미소 조카며느리를 꼬드겨 아녀자의 마
음을 울린다더니 나에게까지 마수를 뻗쳐? 소도댁은 속으
로 이를 사려 물었다.

주막집 딸과는 몇 번의 꼬임 끝에 눈이 맞고 배가 맞아 돌
아간다는 것이어서 크게 탓할 수는 없다손 치더라도, 정미
소 조카며느리와의 염문은 그 성격이 질적으로 달랐다. 일
찍 조혼을 시킨 끝에 신랑이 공부를 더 하겠다고 서울로 유
학을 떠났는데, 통역사가 그 틈바구니를 비집고 흑심을 품
었다. 흑심을 품게 된 것은 서울로 유학 간 신랑이 무슨 독
서회에 연루되어 신원조회가 내려왔는데, 사회주의 사상에
물든 나머지 항일노동운동을 하기 위해 고향의 주모자들과
연계되어 선동하였다는 것이다. 그것을 빌미로 통역사가 관
여하게 되었는데, 조카며느리를 보는 순간 그 미모에 흠씬
빠져 버렸다. 능히 사회의 지탄을 받아 마땅할 일인데도 권
력을 앞세워 파렴치한 일을 드러내 놓고 자행하였다.

그 마수가 소도댁에게 뻗친 것이다. 인륜이라고는 모르는

개돼지만도 못한 작자였다. 어떻게 하면 그놈의 사추리를 뽑아 내시로 만들어 버릴고? 소도댁은 분김이 차올랐다. 연약한 아녀자의 심약한 약점을 이용하여 자신의 야욕을 채우려는 후안무치한 친일분자. 왜놈들의 농간과 악랄한 수탈에 앞장서 방패막이가 되어야 할 위인이 대놓고 시범을 보이다니. 소도댁은 갖가지 궁리를 하였다. 급한 대로 마수의 손길을 모면하는 일이었다. 은밀히 서찰을 보낸 것은 기회를 틈타 무혈입성하겠다는 선전포고나 다름없었다. 아무래도 구장에게 구원을 요청할 수밖에 없었다. 무엇보다 방어를 튼실히 할 필요가 있었다. 그게 혼자 앉아 대책 없이 당하는 것보다 낫지 싶었다. 소도댁은 그 길로 빈손으로 가기가 무엇하여 김장김치를 담아 들고 구장 집을 찾았다.

혼자 마음 고통이 클 텐디 김장을 하였구랴.

구장댁은 김장김치를 한입 쭉 찢어 맛보았다.

삼수네와 손맛을 맞추었구만이라우.

간도 딱 맞고, 잘 담았네. 갈수록 마음고생이 심하제? 샌님 같은 사람이 어디를 가면 간다고 할 것이제, 이때까지 생사람 고생시킬 것은 뭔가, 왜놈들은 또 생떼같이 죄인으로 닦달질하며 주리를 틀다니.

살다가 운수 사나우면 무슨 일을 못 당할랍디요. 팔자가 그러려니 해야지라우. 구장님은 안 계신가라우?

어제부터 누워 있네. 공출이야, 민심소재 파악이야, 면사무소로, 주재소로, 불려 다니면서 심신이 말이 아닌갑네. 말은 드러내 놓고 하지 않아도 토심스럽기가 이루 말할 수 없는가 보네. 갈수록 왜놈들의 행패가 심하지 않은가.

구장댁은 한바탕 사설을 풀어 놓았다. 구장이 꿈뜨적 헛기침을 하며 무릎걸음으로 방문을 열었다.

마침 잘 오셨소. 들어오시오. 안 그래도 한번 가 볼라 했는디.

많이 편찮으신감요.

소도댁은 방 안에 들며 그녀러 작자가 구장에게도 귀띔을 놓았단 말인가? 지레 넘겨짚었다.

오신 용건은 뭐시오? 물어보나 마나겠지만.

이것 좀 보시게요.

소도댁은 서찰을 내보였다. 구장댁의 눈에 호기심이 어리었다.

허어, 사모의 정이 넘쳐나는구만요. 유식이 죄라고 이런 몰염치한 작자가 세상에 또 어디 있을까.

구장은 헛웃음치며 세상을 한탄하였다. 아무리 막돼먹은 세상이라지만 드러내 놓고 아녀자를 능욕하려 들다니.

뭔, 내용인디 헛웃음을 치며 분노하요?

구장댁이 소도댁과 구장을 번갈아 바라보며 궁금해하

72

였다.

통역사 있지 않은가. 그놈이 소도댁에게 일방통행식 연애 편지를 썼네.

위메, 그 오살맞을 작자. 그러다가는 인근 과부살이 든 아녀자와 곱상한 처녀들은 하나같이 제물이 되것소. 금메, 정미소 조카며느리는 우리하고 사돈집 딸인디 그 오살맞을 작자가 그 모양을 만들었네. 친정으로 쫓겨났는디, 친정에서도 받아 주지 않아 머리 깎고 절에 들어갔다 안 한가.

어쨌거나, 대책을 세워사 쓰것소. 높은 하늘에 뜬 독수리처럼 기회만을 노릴 것인디, 우리 마을 사람들 힘으로 그 불량한 심뽀를 두들겨 막아야겠소.

암만, 그래야지라우. 그녀러 좆 몽둥이를 작두날로 잘라 뿌려야 한당께요.

구장댁은 소도댁보다 더 분개하였다. 삼강오륜을 안하무 인격으로 짓밟는 이런 일이 또 어디 있을까.

우선 오늘 밤부터 삼수네와 함께 지내시오.

나라도 같이 있어 줌세. 그녀러 작자, 사립짝만 들어서면 낫으로 사추리를 삭둑 잘라 버릴라네.

아무튼, 방법을 찾아봅시다.

찾아보고 말 것도 없어라우. 허여멀쑥한 얼굴로 찾아오면 삼수네와 짜고 홀림목으로 술잔 속에 청산가리라도 타 먹여 황천길로 보내면 되제.

그리되면 삼수네와 소도댁이 어떻게 되것는가? 아무 소리 말고 다음 일은 내게 맡기고 삼수네와 잠시도 떨어지지 마시오.

두 사람 다 덮치면 어짤 것이오?

낫이나 도끼 같은 연장은 두었다 어디다 쓸 것이여? 지깟 놈이 아무리 연약한 여자라도 두 사람을 감당할 것 같은가?

하긴, 뺀지름하게 생긴 것이 힘은 별로겠드만.

그래도 가벼이 여겨서는 안 될 것이여. 듣자니께 일본에서 검도를 배웠다는디. 일본 헌병대장과 연습시합을 할라치면 막상막하라는 거여.

어따, 일본 헌병대장이 심심풀이로 가지고 놀것지라우.

하여간 조심하는 게 상책이여. 섣불리 대했다가는 무슨 앙심을 풀어 던질지 모르니께. 삼수네와 합심하여 위기를 지혜롭게 넘겨야 해요.

소도댁은 구장의 말을 뒤로하고 삼수네를 찾았다. 삼수네는 삶은 고구마와 김장김치를 내왔다.

그놈의 작자가 자네에게 흑심을 품은 줄 진작 알아보았당께. 오늘 밤은 우리 집에서 함께 자도록 하세.

집 단속은 하고 와야 할 게 아닌가.

누가 집을 떠메 가기라도 할라든가. 원센녀러 시상, 이 팔

74

자가 무슨 갈짓자 신세인가, 그래.

삼수네는 먹성 좋게 삶은 고구마를 보쌈하듯 김장김치에 싸서 입이 미어터지게 우겨 넣었다. 소도댁도 물렁한 고구마를 집어 들었다. 그렇게 번차례로 집을 옮겨가며 밤을 지새웠다.

그런데 희한한 일이 벌어졌다. 통역사가 솔숲에서 거꾸로 매달린 것이다. 야단이 그런 야단이 없었고, 사건치고는 가히 기가 막히고 천하의 웃음거리였다. 거꾸로 매달린 것도 가관인데 흠씬 똥물을 뒤집어쓴 것이다.

어따, 지랄. 속이 시원하구랴. 거, 뭐시냐. 밑에다 장작불만 지피면 영낙없이 오뉴월 개 그슬리댓기 하것데.

살아 있기는 하던가?

꼴딱꼴딱 숨은 들이쉬데.

가만 보아하니 좆 몽뎅이도 얼반 도륙당했는가 보던디.

아주 작살을 내 버렸구만. 씨종자 보기는 글렀어. 우사도 저런 우사가 또 있을까. 누가 그랬을게? 간 큰 사람이 아니고서는 감히 엄두나 낼 일인가.

원한이 뼈에 사무친 사람이 아니고서는 감히 작심을 못 내제.

그렇다면 누굴까? 사대육신 다 놔두고 똥물 뒤집어씌우고 거꾸로 매단 채 연장망태를 도륙냈다면 아무래도 치정과 관계가 있들 않것다고.

옳거니, 바로 그것이네. 아주 야무지게 이를 갈아붙이고서 살인은 살짝 비켜 감시러 복수를 하였네. 그럼, 범인은 좁혀졌는디. 저그, 뭐시냐…….

그녀러 작자가 한두 여자에게 사추리를 내둘렀는가.

그래도 쉽게 가려질 것이구만. 저렇게 큰일을 저질러 놓고 뱃장 좋게 가까운 주위에서 숨을 죽이고 있을 리는 없을 테고.

맞는 말이시. 일본순사 놈들이 가만 놔두것는가. 어쨌거나, 상판대기 부끄러워 낯짝 내놓고 다니지는 못 하것네.

긍께. 뺀드름한 몰골 보지 않아 속이 시원하네. 그녀러 집 구석까지 거드름을 피우는 꼬락서니라니.

사람들은 중구난방 앉으면 통역사의 사건에 대해 무릎공사를 벌였다. 그들의 예견대로 범인은 쉽게 밝혀졌다. 범인은 통역사를 거꾸로 매달면서 자신의 이름을 당당하게 밝혔다는 것이다. 정미소 조카였다. 정미소 조카는 일 년 육 개월 광주형무소에서 복역을 하고 나왔다. 아내를 찾으니 머리 깎고 출가를 하고 없었다. 통역사가 그 장본인이었다. 분김이 차오른 정미소 조카는 한걸음에 내달아 통역사를 덮쳤다. 불문곡직 솔숲으로 끌고 가 몽둥이찜질을 한 뒤 거꾸로 매달고서 연장망태를 절단한 다음 똥물을 뒤집어씌웠다. 그리고 그 길로 만주로 튀었다.

분명 독립군에 가담하였을 거여. 사회주의 물은 들었어도 항일농민운동을 하지 않았는가. 그 때문에 집안이 저 모양 저 지경이 되었고.

똑똑한 사람이여. 두고 보면 봐도 우리 고장에 제대로 된 독립투사가 나올 것이구만.

목숨을 내건 의병대장들이 한둘 아닌디?

그렇긴 헌디, 국제적으로 말일세.

독립운동에 뭔 국제적이고 나라 안이고 구별이 있것는가.

그래도 안 그렇단 말이시. 국지적이고 소규모적인 독립운동과 시야를 한껏 넓힌 국제적 독립운동과는 성격이 다소 다르지 않것는가.

허헛, 유식한 소리는 혼자 다 하는구만. 그나저나 통역사를 잃었으니 왜놈들이 가만히 있지 않을 것이고, 선량한 사람들을 다 잡것네.

그러게 말이네. 통역사야 또 구하면 될 것이고. 일제에 빌붙어 쥐꼬리만 한 권세를 휘두르고 싶은 사람들이 줄을 섰을 것인께.

사람들은 쉬쉬해 가며 앞으로의 일을 걱정하였다. 소도댁은 자신도 모르게 한숨을 내쉬며 안도하였다. 자신을 대신한 복수만 같아 가슴이 후련하였다. 몹쓸 인사. 마음보를 바로 먹어야제. 삼수네도 마찬가지였다.

어따, 앓는 이가 빠진 것맨치러 시원하기가. 그놈의 작자, 씨종자까지 없애 버렸으니 장차 자손 우환은 없것네. 나는 구장이 공모하여 일을 벌인 줄 알았구만.

구장이 어떻고롬 그렇게 간 큰 일을 할 수 있당가.

허긴, 맞네만. 어쨌든 십 년 묵은 체증이 싹 가시는 기분이네. 속이 뻥 뚫린 기분이여. 나는 은근히 밤마다 겁이 나서 죽을 맛이었네.

아이고, 말도 말게나. 인자 마음 놓고 긴긴밤 잠이나 맛있게 자세나.

소도댁은 평상한 마음으로 돌아왔다. 아닌 게 아니라 잠자리가 호젓한데도 그렇게 편안할 수가 없었다. 그러나 평상한 마음은 잠시뿐이었다. 삼수네와 함께 주재소에 불려 갔다. 일본순사의 눈초리가 매서웠다.

당신 남편들이 복내장에 나타났다는데 사실이렷다?

두 아낙네는 찔끔하였다. 어느 귀신이 그런 허튼 소문을 일본순사의 귀에 흘려 넣었을까?

지들은 마른하늘에 날벼락처럼 들리는디요.

소도댁은 침착성을 잃지 않았다.

앙큼스럽기가. 정말 맛을 제대로 봐야 말귀를 알아듣겠는가 말이야.

복내장에 왔다면 뭣 땜새 집을 외면하였것어요. 생각해 보시오.

틀림없이 의병이 된 거야.

일본순사는 선선히 수긍하지 않았다. 긴가민가 형체를 알 수 없는 귀동냥일지라도 무언가 냄새가 났다. 갑자기 자취를 감춘 점, 장기간 집과 연락두절이라는 점, 그리고 이번 통역사를 응징한 사건도 은밀하게 정미소 조카와 그들이 연계되지는 않았을까? 그렇다고 아녀자들을 마구 족칠 수도 없었다. 어쩌면 남편들의 소재를 전혀 모를 수도 있다. 하지만 심문을 싱겁게 끝낼 수는 없었다. 두 아낙네는 꼬박 하루해가 기울 때까지 심문을 받았다. 주재소에서 풀려나 사립문을 들어섰을 때 소도댁은 자신도 모르게 신음소리와 함께 자지러졌다.

먹장구름

그날 복내장에 간 조영과 삼수는 그 길로 단숨에 집에 가고 싶었다. 삼수가 완쾌되어 바람이라도 쐬고 세상 돌아가는 인심도 맛볼 겸, 왕명인에게 사정을 한 끝에 어렵게 허락을 받았다. 왕명인은 처음에는 무슨 소리냐는 듯 머리를 가로 저었다. 만에 하나 아는 사람의 눈에 띄기라도 하면 그런 낭패가 어디 또 있겠느냐는 것이었다. 그만한 위험 정도는 모르는 바 아니었으나 두루 동정을 살피고 싶었다. 지지난번 복내장 습격 사건에 참가하였는지라 얼굴 들고 나타난다는 것은 섶을 지고 불속으로 뛰어드는 위험을 안고 있지 않겠느냐는 왕명인의 염려를 설득하였다.

정 그렇다면 되도록 몰라보게 변장을 하시오. 머리끝에서 발끝까지 말이오. 큰 모험이 아닐 수 없소.

왕명인의 말이 아니더라도 조영과 삼수는 서로 마주보며 단단히 위장을 하였다. 소달구지에 큰 그릇과 자기들을 잔뜩 싣고, 그 밑에 그간 보수하고 담금질한 무기를 교묘하게 숨겼다. 소달구지를 뒤집어엎지 않고서는 발각될 염려가 없었다. 동지들의 부러움 섞인 전송을 받으며 소달구지를 몰았다. 새벽같이 나섰는데도 거의 한나절을 허비하였다.

복내장은 여전히 복작거렸다. 문덕, 율어, 겸백까지 아우르는 장이고 보니 두어 번 일본군과의 전투가 벌어졌다고는 하나 시장 인심이 여과 없이 묻어났다. 더구나 복내장은 사금 산지로 유명하여 많은 사람들이 사금을 캐기 위해 몰려들었다. 일제는 재빨리 이권을 챙기기 위해 협곡과 계곡까지 강압적으로 매수하여 생산량을 탈취하였다. 그 때문에 더욱 경계가 삼엄하였다. 의병들이 노렸던 것도 사금과 무관하지 않았다.

거, 순대국 한 그릇 입이 쩍 벌어지도록 묵었음 좋것다.

삼수는 소달구지를 몰고 왔는지라 벌써 배꾸레가 허접하였다. 장에 들어서자마자 그놈의 순대국 냄새가 코를 자극하였다.

가만있으시오. 일이 끝나면 벌죽하게 배를 채워 줄 테니께.

왕명인은 삼수의 뱃속을 헤아렸다. 상처를 치료하는 동안 변변히 먹지 못하였음에랴. 사정이 궁핍하여 멀건 죽 아니면 감자나 고구마로 끼니를 때웠었다.

되도록이면 말을 삼가야 하네.

조영은 떠듬하게 주의를 환기시켰다.

말을 삼가하라니?

생각해 보게. 우리의 얼굴이나 몸피는 변장을 했다지만 목소리만은 어떻게도 위장할 수 없네.

허헛, 벙어리가 되지 뭘.

삼수는 싱겁게 웃었다. 그러면서도 두 눈은 장사꾼들과 갖가지 전들을 휘둘러보았다. 아는 사람이라도 눈에 띌까 걱정스러웠으나 오랜만의 나들이는 염려스러움을 앞질렀다. 왕명인은 소달구지를 한갓진 곳에 자리 잡고 있는 옹기전으로 몰았다. 옹기전은 비교적 한산하였다. 옹기전 주인장은 기다리고 있었다는 듯 구석진 안쪽으로 안내하였다.

오늘은 물량이 좋구랴. 빛깔도 좋고 태깔도 삼삼하네.

언제는 물건이 나쁘던가?

자네가 빚은 도자기는 자존심이 묻어나니께.

이 사람아, 혼이라고 해야제.

그거나 저거나 마찬가지제. 자네들, 물건을 살살 다루어. 옳지, 옳지. 이건 저쪽으로 옮기고. 헌디, 오늘은 도통 안면이 없는 사람들이네.

늘 오던 녀석 하나는 볼일이 있고, 다른 하나는 배앓이를 해서 하는 수 없이 신참들을 모시고 왔네.

그곳도 일하러 오는 사람들이 있는가?

입에 풀칠 정도는 해 주니께 더러 소리 소문 없이 찾아드는구먼.

조심허게. 인심이 너무 후하면 사달이 나는 법일세.

조영과 삼수가 짐을 풀어 나르는 동안 옹기전 주인장은 두 사람을 의식하였다.

이 사람들은 믿을 만하네. 나중에 알겠지만. 요즘 사금 광산은 시세가 어떤가?

한마디로 노다지 아닌가. 그런디 일본 놈들과 그들과 야합한 친일지주들이 매점매석하는 바람에 그들만 좋은 일 하네. 사금밭 가졌던 사람들도 일일 노동자로 전락하였어.

떡을 칠 놈들. 이 나라 강토 골수는 다 빼 가고 그것도 모자라 착취를 일삼으니······.

자네는 착취를 당하지 않았는가?

우리라고 가만두겠는가. 꼬박꼬박 세금을 바치듯 지놈들이 눈독 들이는 물건을 공납하네.

알짜배기만 바친다? 그놈들 도자기 보는 눈썰미는 가히 타의 추종을 불허허니께.

제간놈들이 아무리 눈 벌겋게 뜨고 그래싸도 보다시피 진품은 여기에 있지 않는가 말이여.

그려. 요놈은 상등품이렷다?

옹기전 주인장은 숨겨 온 무기 포대를 슬쩍 매만졌다.

그건 나라를 위한 진품일세.

왕명인은 조영과 삼수에게 눈짓을 하였다. 얼른 소달구지에서 옮기라고. 두 사람은 우지끈 힘을 모두어 무기 포대를 구석진 곳에 옮겼다. 일은 순식간에 마무리되었다. 옹기전 주인장은 주판알을 튕겼다.

오늘은 쪼깐 외상장부를 달아야 쓰것네. 요즘 워낙 옹기 그릇을 사 가는 사람이 적어서.

언제는 안 그랬는가. 다른 물건처럼 녹슬거나 곰팡이 피는 것도 아니고, 하 세월 풍찬노숙 속에 세월을 이고 있지 않는가.

왕명인은 넉넉한 얼굴로 방금 내려놓은 그릇들을 매슬러 보았다.

헌디, 듣자니께 그쪽에도 광산을 일군다매?

논밭뙈기 하나 없는 사람들이 흉년에 소나무 송진 벗겨 묵듯 노다지를 캐겠다고 조금씩 땅을 파 뒤집는디 왜놈들이 그걸 눈독 들이는가 보네.

그렇게 되면 자네들이 제일로 생계를 위협받것는디.

제깐놈들이 강제 철거야 하겠는가마는 잔뜩 신경이 쓰이네.

신경 쓰는 정도가 아니지 않은가. 발 빠르게 차선책을 강구하게. 그놈들이 어떤 놈들인가. 무지막지하게 밀어붙일 것이네.

그래서 다음 장소를 물색해 놓았네만.

두문골 말인가?

그곳밖에 더 있겠는가. 우리가 대대로 터전을 일군 곳인디.

두문골도 연계되지 않을게? 하여간 만사 조심허게.

염려해 주어 고맙네. 물건은 잘 전달해 주고 말이네.

벌써 일어나려고? 가벼이 술 한잔 들고 가게나. 이 사람들과도 생면부지 탈을 벗어야겠고.

옹기전 주인장은 왕명인을 붙들어 앉혔다. 그리고 일꾼을 시켜 건너편 음식점에 술과 안주를 주문했다.

이 두 사람은 의병일세. 여기 복내장 전투에도 참전하였고. 부상을 당하여 우리 가마터에서 치료를 받고 있네. 무기 담금질도 도우면서 말이네. 그리고 이 사람은 부상병들을 치료하는 신토불이 의원일세.

그런가? 어쩐지 그렇게 짐작이 가더라니. 새삼 반갑구랴.

저희들도 마음이 놓이는구만이라우. 생각 같아서는 시장통 먹자골목에 들어가 허리띠 풀러 놓고 돼지국밥에다 막걸리를 들이키고 싶구만요.

거긴 눈들이 많아요. 여기서 흡족하게 드시구려.

옹기전 주인장은 넉넉한 웃음을 담았다. 주문한 술과 안주가 배달되었다. 한눈에 먹음직스러웠다.

이거, 뱃속 회충이 놀라겠는디요.

삼수는 돼지족발부터 집어 들었다. 그리고 막걸리 한 사발을 들이키고 나서 트림을 끄윽 하였다.

몹시 술이 고팠던가 보구만.

인자 시상이 바로 보이오. 부상당한 다리를 안고 배꾸레가 부실했어라우.

양껏 드시구랴.

옹기전 주인장은 왕명인과 조영에게도 거듭 술을 권하였다. 조영도 바지춤을 느슨하게 늦추며 포만감에 젖었다. 문득 아내의 얼굴이 다가왔다. 신혼 때 장터거리에 나가 무엇이 먹고 싶으냐니까 눈을 살풋이 내리깔며 돼지족발을 가리켰다. 단숨에 내달릴 수 있는 지척에 아내가 있는데, 이 무슨 운명의 장난인가. 마음 같아서는 모든 걸 훌훌 털어 버리고 한달음에 내닫고 싶었다.

사네들, 술 잘 대접받고 무슨 상념들인가? 일어들 나세.

왕명인이 생각을 일깨웠다. 무추름하게 일어나는 것이 삼수도 같은 생각에 젖어 있었는가 보았다. 왕명인은 남아 있는 부상병들과 식솔들을 위해 돼지족발을 따로 싸 들고 자리에서 일어났다. 세 사람은 빈 소달구지에 올라 천천히 복내장을 벗어났다. 어느 순간, 조영은 낯익은 눈길과 마주쳤다고 생각하였다. 순간적으로 몸을 웅크렸다. 낯익은 눈빛은 계속 뒤통수를 따라왔다. 틀림없이 웃마실 태구영감이여. 여기까지 장을 보러 올 일은 없을 테고, 무슨 일로 왔을까? 머리를 갸웃하는데 삼수는 눈치를 못 챈 모양이었다. 한잔 술로 포만감을 느낀 나머지 *끄덕끄덕* 졸았다.

부곡 가마골로 돌아온 왕명인은 저녁을 들기가 무섭게 부상에서 일어난 동지들을 불러 모았다. 장에 다녀온 선물로 오랜만에 돼지족발과 더불어 막걸리를 들이켰는지라 모두가 녹작지근하게 마음들이 풀려 있었다.

내가 모이라 한 것은 인자 상처도 아물었고 해서 일거리를 손에 잡아야 쓰것다, 그거요.

암요. 전투대열로 찾아가든지 여기서 불끈불끈 쇠매를 둘러메야겠지요.

그래서 하는 말인디 오늘 밤 이곳을 떠나야겠소.

그럼, 본대로의 귀대인감요?

여러분들은 여기 남아 무기를 담금질하는 임무를 맡았잖았소.

허면 이곳에서 일해야제, 떠나기는요?

의아해할 법도 허겄소만 여러분의 안전을 고려한 결론이오.

어디로 간다는 거요?

여기 조영 동지는 알겠지만 저 위쪽 두문골이오. 그곳에도 가마가 있고 의병들의 최후 은신처이자 무기를 손질하는 곳이오. 그곳 도공인 무인이 총책임자인디 동지들은 그 사람의 고견을 들으면 될 것이오.

허헛, 아주 유배생활이나 다를 게 없겠소.

방금도 말했지만 여러분의 신변을 보호하자는 배려 차원이오. 여러분이 오고 난 뒤부터 이곳이 노출되었소. 그래서 신변에 위험이 닥칠지도 모른다는 것이오.

왕명인은 알기 쉽게 상황을 인지시켰다. 그러나 아직도 그 속내를 정확히 꿰뚫어 보지 못한 동지들이 있었다.

그렇다면 우리들이 이곳에 오는 바람에 위험에 노출되었다는 것이오?

그게 아니고, 왜놈들이 저 위쪽 산등성이에 광산을 개발한다는 목적으로 이곳을 수시로 드나들 거란 말이오. 그들은 이미 이곳에 거주하는 주민들의 인적사항을 거두어 갔소. 따라서 여러분들은 열외자들이오.

자칫하면 우리를 불량선인으로 이유불문 잡아가 주리를 틀겠구려.

이제야 바로 인식하였을 줄 아오. 무슨 긴박한 일이라도 벌어지면 즉시즉시 연락을 취하리다.

말을 마친 왕명인은 옹기전 주인장으로부터 인수받은 이 빠지고 부러지고 무디어진 무기들을 안겨 주었다. 그것들은 불에 달구어져 새롭게 태어날 것이다.

자정이 넘어 조영 일행은 두문골로 향하였다. 달빛은 희끄무레하고 날씨는 금방이라도 싸락눈을 뿌릴 듯하였다. 골바람은 매서웠다. 두문골을 휘돌아 들자 계곡물 소리가 천지를 진동시켰다.

히야, 이리 깊은 곳이 있을 줄이야. 선계(仙界)를 찾아드는 기분이네.

누군가 숨 가쁜 소리를 하였다. 평소와는 달리 아무도 거기에 세마치장단 같은 추임새를 놓지 않았다. 등허리에 땀 배인 모습으로 두문골에 이르자 기다리고 있던 무인이 일행을 맞았다.

*

왕명인의 예상은 들어맞았다. 조영 일행이 두문골로 떠난 며칠 뒤, 일본 헌병대장이 부하들을 데리고 부곡 가마터를 찾은 것이다. 그들이 채굴하는 광산을 가자면 재 너머 쪽에서 가는 길이 훨씬 편하였다. 하여 그쪽으로 길을 넓혔는데도 헌병대장이 출현한 것은 긴장감을 주었다. 주문한 도자기를 가지러 오거나 그것을 빌미로 이곳의 동정을 살필 때도 심부름꾼 아니면 부하직원을 시켰었다.

오늘은 대장님께서 친히 정찰을 나오시고요.

왕명인은 흔연한 얼굴로 맞았다. 또 마음에 들어 하는 도자기 몇 점을 헌납해야 할 터였다.

전원 집합시키시오.

헌병대장은 대뜸 명령조로 말하였다. 부하들이 부동자세로 양옆에 도열하였다. 왕명인은 식솔들을 모이게 하였다.

무슨 일이라도 있는감요? 늘 그 사람들인데요.

됐소. 볼일 보라고 하시오. 풍문으로 들리는 정보에 의하면 무뢰배들이 이곳을 거쳐 갔다고 해서요. 이상 없지요?

그럴 리가요. 불미스러운 일이 있었으면 즉각 알렸지요.

왕명인은 속으로 뜨끔하였다. 무뢰배란 의병을 두고 하는 말일 터였다. 가마를 수색하지 않아 그나마 다행이었다. 아침이면 간밤에 작업한 무기의 잔재를 말끔히 청소한다지만 무슨 냄새를 맡을지 몰랐다.

그건 그렇고, 막사발이나 한번 구경합시다.

여부가 있습니까.

왕명인은 헌병대장을 차실로 안내하였다.

흠, 이건 명품이구려.

헌병대장은 눈을 가느스름하게 뜨고서 막사발을 감상하였다.

마음에 드시면 고이 간직하십시오.

내게 선물한다고요?

여기까지 오셨는데 어찌 빈손으로 보내겠습니까.

고맙소이다. 그런데 한 가지 부탁이 있소.

부탁이라니요?

장차 저 위쪽 광산을 더 확장하라는 상부의 지시인데, 아무래도 인부들이 모자랄 것 같단 말이오. 식솔들이 광부로 일하는 게 어떻겠소? 수익성이 낮은 이 일보다 낫지 않겠소.

저희들이야 대대로 이 일을 업으로 삼아 왔는디요. 가난한 대로 긍지와 자부심으로 살아왔구만요.

왕명인은 순간 손이 부르르 떨렸다. 지금은 이렇게 간곡하게 말하나 장차는 소 몰듯 강압적으로 광부로 내몰 것이었다. 이 일을 어떻게 감당할 것인가.

너무 심려 마시오. 내가 있는 동안은 몇 사람은 남아서 가업을 빛게 할 것이오. 도자기 산업도 대일본제국으로서는 값진 것이오.

왕명인은 더는 할 말을 잃었다. 광산 현지답사를 위해 산길을 오르는 일본 헌병대장의 일행을 넋 놓고 바라보며 길게 장탄식을 하였다.

드디어 일제에 의해 터전을 잃게 되겠구나. 나라 잃은 자의 서러움. 저 윗대 조상들의 전철을 또다시 밟아야 하는가. 고려가 망하자 하루아침에 천민으로 떨어져 부랑자처럼 떠돌다 이곳에 정착하여 오늘날까지 살아왔다. 하필이면 내 대에 이르러 절망을 안겨 주다니. 이 무슨 운명인가. 아니다. 이럴 때일수록 정신을 차려야 한다. 호랑이가 물어가도 정신만 차리면 산다고 하였다. 그렇다고 맹목적으로 일제에 빌붙어 목숨을 부지하고 싶지는 않다. 조상대대로 자존심과 긍지 하나로 살아오지 않았는가.

왕명인은 젊은 사람들을 두문골로 옮기기로 하였다. 쭉 정이들만 남아 있을라치면 저놈들도 강제로 광산으로 내몰지는 않으리라. 왕명인은 시차를 두고 한두 사람씩 두문골로 보냈다. 그리고 더욱 힘을 합쳐 의병들이 사용할 무기를 담금질하도록 하였다. 그런데 심상치 않은 먹장구름이 짓쳐 들어왔다. 목석동 전투가 그것이었다.

최후의 결전

목석동 전투는 가장 장렬한 전투이자, 최후의 항거였다. 보성지구 의병대는 보국안민과 국권회복을 달성하기 위해 우국충정으로 자리를 박차고 일어났다. 무력투쟁을 벌인 의병봉기의 활약 가운데 일본군이 가장 두려워 하는 의병대였다. 많은 무기를 지닌 잘 훈련된 의병대는 어느 지방 의병봉기보다 막강하여 일본군은 이들을 초토화시킬 계획으로 소위 남한 대토벌 작전을 벌였다.

일본군은 거미줄처럼 토벌대를 주둔시키고 병력을 증강하면서 작전을 수행하였지만, 번번이 교묘하고 대담하게 막대한 피해와 인명손실을 안겨 주었다. 일본군은 선무공작과 군수, 면장을 통한 회유책을 앞세워 막강한 토벌대로 하여금 초토화시키고자 혈안이 되었다. 검문검색 강화, 방화, 강포, 정탐꾼으로 주민들의 손발을 묶었다. 차츰 사기가 꺾인 의병들이 자수하거나 흩어지는 현상이 나타났다.

이에 의병대장은 일본군의 무자비한 초토화 작전 앞에 패할 것을 알면서도 끝까지 결사항쟁하겠다는 일념으로 의병들을 고무시켰다. 그리고 의병대를 7개 소부대로 나누어 부대장이 통솔하도록 하였고 최대한 살아남도록 격려하였다. 살아남아야 구국일념으로 항쟁을 계속할 수 있다는 점을 고취시켰다. 그 같은 전의에 불타 전투에 임하자 일본군 토벌대장은 자수하지 않으면 군, 면 전부를 무차별 학살하겠다는 포고문을 곳곳에 붙였다. 도로를 차단하고 검문검색을 강화하여 애꿎은 사람들을 잡아 가두었으며, 식수를 중단시키고 외딴집들을 불 질렀다. 그것도 모자라 의병 가족은 물론 친인척과 우인들까지 구속하는 포악한 만행을 자행하였다.

그와 같은 보고를 받은 의병대장은 포악무도한 그들을 기필코 일망타진해야겠다는 결의로 의병 정예부대로 복내 및 보성의 토벌대를 공격할 계획을 세우게 된 것이다. 그리하여 복내에 주둔하고 있는 일본군 토벌대를 먼저 공격하기로 하고 목석동 외딴집에서 일곱 명의 부장과 작전계획을 세우고 있었다. 그런데 누군가의 밀고로 수백 명의 일본군 토벌대들이 겹겹이 집을 에워쌌다.

너희들은 독 안에 든 쥐다. 저항해도 소용없다. 순순히 나와 항복하라.

최후통첩이나 다름없는 그 소리에 자리를 박차고 일어난 장수들은 완강히 저항하였다. 두 시간여에 걸친 총격전으로 의병들의 총탄이 모두 떨어졌다. 총탄이 떨어진 것을 눈치챈 일본군 토벌대장이 재차 항복할 것을 권하자 의병대장은 분연히 적진 앞으로 뛰어들어 백병전을 벌였다. 중과부적으로 의병대장이 적의 총탄을 맞고 쓰러지자 의병대장의 아들이 아버지를 구하기 위해 장검을 휘두르며 용전분투하였다. 아들도 적의 총탄을 맞고 아버지를 끌어안은 채 장렬한 최후를 마치고 순절하였다. 부장들도 적진에 뛰어들어 총검을 휘두르며 분투하였으나 일본군의 집중사격을 받고 순국하였다.

의병대장과 부장들이 목석동에서 장렬하게 전사하였다는 소식은 삽시간에 전해졌다. 의병대장의 족형과 옹기전 주인장을 비롯한 주민들이 솥부리 일꾼들을 모아 밤을 도와 부장들의 시체를 묻어 주고 의병대장과 아들의 유해는 자택으로 모셨다. 의병대장의 족형은 그동안 물심양면으로 후원을 아끼지 않은 숨은 공로자였다. 수많은 지방민들이 애통해하며 분향하였고, 군수와 일본군 토벌대장도 두 부자의 장렬한 죽음을 높이 산 나머지 조포를 발사하였으며, 부자의 장렬한 기개를 가슴 모아 조문(弔文)하였다. 다분히 주민들의 동요를 잠재우기 위한 선무 차원이었다.

후안무치한 저놈들도 아버지의 충(忠)과 자식의 효(孝)를 아는구랴. 개백정만도 못한 놈들이 낯짝도 좋제.

군수와 일본군 토벌대장이 거액의 금화를 조위금으로 내놓았는디, 부인과 그 며느리가 단번에 거절했다는구만.

두 부자의 충효와 부인과 자부의 기개는 가슴을 숙연하게 하네.

주위사람들은 눈물을 뿌리며 애통해하였다. 만장을 앞세운 장례행렬은 끝없이 이어졌다.

*

복내장 옹기전 주인장이 다급하게 부곡 가마터를 찾아들었다. 얼굴이 흙빛으로 변해 있었다.

무슨 일이오?

왕명인도 놀라기는 마찬가지였다. 평소 그지없이 신중하고 침착할 뿐만 아니라 아직까지 이곳 가마터를 찾아온 적이 없었다. 거래는 언제나 왕명인이 장날 소달구지를 몰고 가서 이루어졌다.

허어, 태평하기가. 큰일 났소.

옹기전 주인장은 이마의 땀을 훔치고 나서 냉수 한 그릇을 들이켰다. 겨울로 들어섰는데 저리 땀을 흘리고 갈증이 일었다면 예삿일이 아니었다.

자초지종을 말해야 알 게 아니오.

의병대장이 부장들과 함께 장렬하게 최후를 맞았소.

뭐, 뭐라 했소? 그게 사실이오?

왕명인은 가슴이 철렁 무너져 내렸다. 그 자리에 주저앉았다.

내가 뭣 땜새 한걸음에 내달려 왔겠소. 내 손으로 손수 시신을 수습하고 땅에 묻었소. 어찌 이런 일이…….

어떻게 된 거요?

왕명인은 눈물을 뿌리며 떠듬하게 물었다. 훤출하고 기개 넘치던 의병대장의 모습이 선연하게 눈앞에 다가왔다.

배신자의 밀고로 작전회의 장소가 발각되어 사생결단 백병전 끝에 장렬하게 최후를 마쳤소.

하늘이 진노할 일이오.

지금 슬퍼하고 있을 때가 아니오. 어서 더 늦기 전에 몸을 피하시오. 곧 사냥개들이 이곳을 분탕질할 것이오.

나도 의병대장의 뒤를 따르겠소. 살 만큼 산 이 몸이 살아남아 무엇하겠소. 시뻘겋게 담금질한 장검으로 의연히 싸우다 죽겠소.

왕명인은 비장한 각오를 내비쳤다. 이미 나라를 위해 한 알의 밀알이 되기로 맹세하였다. 의병대장이 처음 찾아왔을 때, 불쏘시개보다 더 위험하다는 것을 알면서도 가마에 불을 지펴 왜놈들을 물리칠 무기를 담금질하기로 하였다.

당신은 그렇다 치더라도 젊은 식솔들은 어쩔 것이오? 살아서 나라를 위해 또 다른 일을 해야 할 것 아니오.

왕명인은 그 말을 받아들였다. 남은 식솔들과 아녀자들을 불러 모았다. 그들은 두릿한 얼굴로 영문을 몰라 하였다.

너희들은 지체하지 말고 두문골로 들어가거라. 거기 남아 있는 의병들과 숨죽이고 있거라.

무슨 변괴라도 일어났는감요?

위험이 닥쳤으니 아무 소리 말고 내 말을 따르거라. 꾸물대서는 안 된다.

어르신은 어쩌고요?

나는 이곳을 지키겠다. 모두가 떠난다면 의심을 살 것이고, 그 뒷감당을 어찌 하겠느냐. 나라도 남아서 뒷수습을 해야제. 걱정 말고 기별할 때까지 은신해 있거라.

왕명인은 서둘러 젊은 식솔들과 아녀자들의 등을 떠밀었다. 그들은 자꾸만 뒤를 돌아보면서 산모퉁이를 돌아나갔다.

정말 혼자 남아 어찌할 것이오?

최후까지 이곳을 지키겠소. 조상대대로 물려받은 터전이 아니오. 제깟놈들이 설마 사지야 찢겠소.

허허, 그놈들의 만행을 몰라서 그러시오. 나하고 갑시다.

이미 마음을 정하였소. 그동안 너무 고마웠소. 정말 우정이 남달랐소. 그 마음을 우리 식솔들에게 변함없이 베풀어 주시오.

그러리다. 부디 몸조심하시오. 장날 너털웃음으로 만납시다.

옹기전 주인장은 말은 그렇게 하면서도 다시는 살아생전 못 볼 것이라는 예감을 심지 박듯 가슴에 안고 돌아섰다. 발걸음이 떨어지지 않았다.

일본군 토벌대가 들이닥친 것은 옹기전 주인장이 돌아가고 나서 잠시 뒤였다. 전에는 광산을 둘러본답시고 헤살맞게 찾아와 도자기 몇 점씩을 가져갔다. 그런데 이번은 달랐다. 살기가 등등할 뿐만 아니라 숫자가 사뭇 달랐다. 지휘관도 안면 있던 헌병대장이 아니었다. 그들은 들이닥치자마자 가마를 수색하였고, 이미 식솔들을 내보낸 흔적을 낚아챘다.

나머지 사람들은 어디로 갔나?

광산으로 차출하듯 끌어올리지 않았소.

왕명인은 지휘관의 호통을 천연덕스럽게 받아 넘겼다.

뭐야? 아녀자들까지 데려갔단 말인가? 이봐? 한달음에 올라가 이곳 사람들의 인적사항을 알아 와.

지휘관은 부하 한 명을 잽싸게 올려 보냈다. 아무래도 적당히 넘어갈 계산속이 아니었다. 그때, 졸개 하나가 부동자세로 보고를 하듯 소리쳐 불렀다.

지휘관님, 여기를 보십시오.

뭔가?

지휘관은 재바르게 내달았다. 순간, 왕명인은 아차 하였다. 의병들에게 전할 무기들이 숨겨져 있었던 것이다. 바쁜 중에 젊은 식솔들에게 짊어 지어 보낸다는 것을 깜박하였다. 옹기전 주인장에게라도 넘겨줄 걸. 왜, 그걸 의식하지 못하였는지 입술이 타들어 갔다. 하지만 일은 벌어지고 말았다. 지휘관은 부하들을 시켜 숨겨 놓은 무기를 가마 밖으로 끄집어냈다.

요게 어디에 사용할 물건이지? 왜, 말을 못하는 거야? 이미 사전에 정보를 얻어듣고 온 것인데 또 엉뚱한 변명을 늘어놓을 셈인가?

분명 농기구는 아니지요.

왕명인은 담대해지기로 하였다. 이왕지사 배포 좋게 마주 서고 싶었다.

그걸 누가 모르나? 도자기를 굽는 가마에서 이런 해괴한 무기를 담금질하다니. 아주 기상천외한 발상이야.

유용하게 쓰였을 뿐이오.

뭐야? 유용하게 써? 대일본병사의 심장을 도려내기 위한 불법무기인데 유용하게 쓰다니?

당신들의 만행을 응징하기 위해 하늘이 내린 무기요.

이놈의 구레나룻 늙은이가 간이 배 밖으로 나왔군. 이봐?
저 늙은이를 나무기둥에 매달아. 저놈의 뱃가죽을 하늘이
내린 무기로 활짝 열어 봐야겠어.

지휘관의 명령이 떨어지자 수하졸개들이 마른 땅에 나무
기둥을 박았다. 그리고 왕명인을 나무기둥에 매달았다. 파
발마로 광산에 갔던 부하가 헐레벌떡 뛰어 내려와 보고를
하였다.

여기 사람들은 한 사람도 없단 말이지? 내 그럴 줄 알았
다. 어디다 숨겨 두었지?

내 뱃가죽을 열어 보면 알 것이다.

좋아. 소원대로 해 주지.

지휘관은 쌓아 놓은 무기 가운데 가장 날카로운 군도를
집어 들었다.

흠, 명검이 따로 없군. 이런 칼을 담금질해 내다니. 도자기
를 빚듯 하였어.

지휘관은 절도 있게 허공에 칼을 휘둘렀다. 검도 솜씨가
제법이었다. 수하졸개들이 숨을 죽이고 지켜보았다.

지휘관님, 이 자의 윗옷을 벗길까요?

수고할 거 없어.

이얏, 기압소리와 함께 왕명인의 옷 앞섶이 좍 갈라지며

가슴살이 드러났다. 살갗 하나 다치지 않았다. 수하졸개들이 소리 없이 감탄하였다.

최후로 묻겠다. 남은 식솔들은 어디로 빼돌렸지? 그리고 이 무기들은 어떤 경로로 의병들의 손에 들어가지? 분명 중간 경로가 있을 게 아닌가.

내가 어린애로 보이는가?

순간 왕명인은 아드득 혀를 깨물었다.

독종이 따로 없구나.

그와 동시에 지휘관의 칼끝이 왕명인의 심장부에 꽂혔다. 칼은 심장 깊숙이 박힌 채 부르르 몸서리치듯 떨더니 그대로 매달렸다. 선혈이 칼등을 타고 흘러 내렸다.

가마는 내버려 둘까요?

불을 질러. 발본색원해야지.

수하 졸개들은 지휘관의 명령이 떨어지기가 무섭게 불을 지르고 가마를 짓뭉갰다. 화염에 휩싸인 가마터는 완전히 초토화되었다.

*

두문골 사람들은 벌겋게 불타오르는 부곡 가마터를 숨죽여 내려다볼 수밖에 없었다. 일본군들이 물러가고 난 다음

102

에도 어찌해야 좋을지 몰라 잿불이 사그라질 때까지 망연히 넋을 놓았다.

죽일 놈들. 왕명인 어른을 참혹하게 죽인 것도 모자라 불까지 지르다니. 왕명인 어르신의 시신이라도 수습하여 고이 장례를 치릅시다.

경계의 눈초리가 번득일 텐디 어찌하면 좋겠소?

한낮은 안 될 것이오. 틀림없이 놈들은 우리가 나타날 것을 예감하고 정탐을 할 것이오. 놈들에게 붙잡히는 날에는 죽음 아니면 노예처럼 광산에 끌려갈 것이오.

내 생각에는 지금 가는 게 좋을 듯싶소.

지금? 이해가 잘 안 되는디.

모두의 시선이 조영에게 쏠렸다. 엉뚱한 제안이었다.

말하자면 놈들의 허를 찌르는 것이오. 놈들은 한바탕 난리를 치고 간 터라 술잔이나 들며 자축할 것이오. 그렇게 분탕질 친 마당에 두려움으로 넋을 놓고 있을 거라고 생각할 것이오.

묘안이네. 서둘러 가자고.

무인의 말에 모두들 자리에서 일어났다. 아녀자들만 남기고 부곡 가마터로 달려갔다. 아직도 잿더미 속에서 연기가 피어올랐다. 천벌을 받을 놈들! 모두들 잿더미로 변해버린 전경 앞에 분노를 터뜨렸다. 기가 막혀 말이 나오지 않았다.

아직도 심장 깊숙이 칼이 박혀 있는 왕명인의 시신을 보는 순간 오열을 터뜨리며 무릎을 꿇었다. 그렇다고 언제까지 넋을 잃고 지체할 수는 없었다. 눈물을 뿌리며 시신을 거두었다. 그리고 떨어지지 않는 발걸음으로 두문골로 돌아와 그 밤으로 장례를 치렀다. 암매장이나 다름없었다. 모두가 극락왕생하기를 기원하며 참담한 심정으로 꼬박 밤을 지새웠다.

다음 날, 정오가 기울 무렵 일본군이 부곡 가마터에 나타났다. 어제보다 숫자는 적었으나 여전히 살벌한 기운이었다. 나무기둥에 매단 왕명인의 시신이 없는 것을 확인한 일본군은 극도로 흥분하였다.

빨리 범인을 찾아봐. 이 근처 어디에 잔당들이 숨어 있을 거야.

일본군은 뿔뿔이 흩어져 수색하였다. 한참을 수색하던 끝에 열대여섯 살 되어 보이는 소년 하나를 붙잡았다. 왕명인이 뒤늦게 낳은 막내아들이었다. 불타 버린 가마터에서 아버지의 유품이라도 찾을 요량으로 주위사람들 몰래 두문골을 빠져나왔던 것이다. 입단속, 행동 조심을 숙지시키며 누구도 두문골을 벗어나면 안 된다는 엄명을 어기고 가마터에 내려왔다가 붙잡힌 것이다.

사람새끼라곤 이 녀석뿐입니다.

너 이놈, 묻는 말에 바른대로 대답하지 않으면 죽음을 면치 못할 것이다.

일본군의 으름장에 소년은 사시나무 떨듯하며 벌써 바지춤에 오줌을 지렸다.

여기 매달았던 시신을 아느냐?

우, 우리 아부지…….

그래? 네 아비 시체를 누가 어디로 가져갔느냐?

모, 몰라라우.

좋다. 매운맛을 봐야만 제대로 말을 할 모양이다.

일본군은 소년의 목에 올가미를 걸고서 개처럼 끌고 다니며 시신의 행방을 찾았다. 소년은 겁에 질려 묽은 똥을 싸제끼며 혼이 빠져나갔다. 나중에는 눈을 허옇게 까뒤집어 쓰고서 게거품을 내쏟으며 정신을 잃었다.

이놈이 그래도 바른 말을 하지 않는구나. 시신을 거두어 간 잔당들을 꼭 잡고 말겠다.

일본군은 소년을 내버린 채 돌아갔다. 매서운 바람에 실려 싸락눈이 휘몰아치는 바윗등에 소년은 죽은 듯이 버려졌다.

두문골 사람들은 뒤늦게 소년의 부재를 알았다. 분명 부곡가마터에 갔을 것이라고 짐작하였다. 일본군이 동정을 살피러 오는 날에는 큰일이었다. 붙잡히기라도 해서 끌려가

거나 아니면 혹독한 문초에 못 이겨 두문골을 입에 올린다
면 온전하지 못할 것이다. 가만가만 부곡가마터를 살폈다.
아닌 게 아니라 소년은 한바탕 개처럼 끌려 다닌 끝에 의식
을 잃자 버려졌다. 일본군이 싸락눈 흩뿌리는 추위에 떠밀
려 소득 없이 철수한 틈을 타 재빨리 소년을 둘러업고 왔다.
소년의 의식이 돌아온 것은 한밤중이었다. 싸락눈을 흩뿌린
구름장이 걷히고 별들이 추위에 떨고 있었다.

이제야 정신이 돌아온 모양이네.

근심 어린 눈으로 지켜보던 사람들은 비로소 안도하였다.
조영은 그때까지 소년의 의식을 일깨우기 위해 진땀을 흘
렸다. 그런데 의식에서 깨어난 소년의 정신상태가 이상하였
다. 온전한 정신이 아니었다.

이거, 참. 큰일이오. 어떻게 정신이 제대로 돌아올 수 없
겠소?

더 두고 봐야겠어요.

조영은 무인의 근심 어린 물음에 자신이 서지 않았다.

뒤늦게 얻은 막내아들로 왕명인에게는 유일한 자손이오.
위로 두 아들이 있었으나 일찍 병으로 죽었소. 아들 하나 얻
기 위해 뒤늦게 저 녀석을 보았는디.

제대로 정신이 돌아올 수 있도록 노력해 보겠습니다.

그러나 조영의 노력에도 불구하고 소년의 정신은 정상으

로 돌아오지 않았다. 실성기를 내보이며 자꾸만 움츠러들었다. 하루 종일 말문을 닫은 채 먼산바라기를 하는가 하면 조그만 소리에도 놀란 토끼처럼 숨어들며 몸을 떨었다.

똑똑하고 영민하던 애가 저 모양이 되다니, 가엽구려. 바보천치가 되어 버렸으니 왕명인의 대가 끊어진 것이나 다름없소.

무인을 비롯하여 모두가 마음 아파하였다. 그렇던 소년이 겨울이 가고 날이 풀리자 가마터에 내려가 살다시피 하였다. 잿더미로 변한 가마터에서 매일 땅을 헤집으며 도자기 파편을 주워 모았다. 더러 온전한 것이 나오면 소중히 머리맡에 쌓아 두었다.

저 녀석이 뭘 안다고 깨진 그릇을 모을까. 미쳐도 참 얄상궂게 가슴을 아프게 하는구만.

그러게 말이네.

아무리 말려도 듣질 않으니…… 저러다가는 한평생 가마터를 파 뒤집겠어.

사람들은 애처러운 눈길로 바라보았다. 소년의 모습에서 왕명인의 최후의 형상이 떠올라 흠칫 가슴을 모두었다.

완연한 봄이 되자 두문골 사람들은 산나물을 캐고 무인의 통솔 아래 도자기를 빚었다. 슬픔을 잊기 위한 방편이기도 하였다. 그러면서도 언제 일본군이 들이닥칠지 몰라 노심초사하였다. 의병들을 위해 무기를 담금질하지는 않았지만 아직도 수배대상이었다. 조영은 주위의 산등성이를 오르내리며 약초를 캐고 약의 효능에 대한 연구를 게을리하지 않았다. 약초는 지천이었다. 모르는 약초는 종이에 오려 붙이고 책갈피에 끼워서 말리기도 하였다. 의병대장이 순절함과 동시에 의병대가 와해된 지금 의병이랄 수는 없었다. 패잔병이요, 쫓기는 신세였다.

난 말이여. 열심히 도자기 만드는 기술을 배워사 쓰것구만. 집에 탈 없이 돌아가면 도자기 공방이라도 차리게 말이여.

삼수는 시커먼 턱수염을 어루만지며 푸짐하게 웃음을 지었다. 언젠가는 집으로 돌아가야 한다는 소원이 손끝에 맺혔다.

가녀린 소식

삼수네는 뒤늦게 의병대장이 장렬하게 순절하였다는 소식을 귀동냥으로 들었다. 그렇다면 행방이 묘연한 집 나간 남편은 어찌 된 걸까? 소도댁은 가장네가 행방불명이 된 원인을 의병과 관련이 있을 것이라고 하였다. 소도댁의 심중이 그렇다면 남편의 생사가 더욱 궁금하고 아리송하였다.

어야, 소도댁. 의병대장이 일본군의 총탄을 맞고 순절했다지 않는가. 군민 모두가 애통해하며 눈물을 뿌리는 가운데 꽃상여가 눈꽃처럼 보였다네. 그 아드님도 꽃다운 나이에 아부지를 구하려다 함께 숨을 거두고.

나도 소문을 들었네. 슬픈 일이 아닐 수 없네.

허면, 자네는 그냥 하늘만 쳐다보고 있는가?

어쩔 것인가. 우리 힘으로 주재소를 불 지르겠는가?

그게 아니고, 우리들 서방님 말이네.

소식이 없는디 무슨 도리가 있것는가.

죽었는가 살았는가 확인이라도 해 봐야제.

삼수네는 애가 달았다. 소도댁의 흔연한 저 모습은 체념

에서 온 것인가, 아니면 달리 무슨 속내라도 있는 것인가,
영 마음에 들지 않았다.

살아남은 의병들은 뿔뿔이 제 살길 찾아갔을 것이고, 전
사한 사람들은 벌써 신원이 밝혀졌을 것 아닌가. 우리네 잘
난 서방님들이 의병에 가담하였다면 살아 돌아왔거나 죽어
사망통보라도 왔을 게 아닌가.

그럼, 의병에 가담하지 않았단 말인가?

그건 더더욱 알 수 없네. 쪼끔 더 기다려 보다가 정 안되
면 우리들 팔자라도 고치세.

아따, 점점 말뿐새가 요상하게 흘러가네이. 자네는 홀몸
이라 지금이라도 얼씨구나, 모셔 갈 사람이 있것지만, 난 어
디 그런가. 자식새끼가 있는디.

삼수네는 매차게 눈을 흘겼다. 그럴 때는 밉상이었다. 소
도댁도 의병장이 장렬하게 순절하였다는 소식을 들었을 때,
남편이 살아 돌아올 것이라고 한 가닥 뛰는 가슴으로 기대
를 걸었다. 그런데 그 기대감은 오늘에 이르러 물거품처럼
맴을 돌았다. 삼수네의 말에 어깃장을 놓는 것은 그래도 아
직은 기대감을 저버리고 싶지 않아서였다. 살아남은 의병들
이 일본군의 감시가 두려워 돌아올 수 없을 것이라고 생각
한 것이다. 그들은 멀리 만주 아니면 깊숙한 산속에 숨어 지
내며 때를 기다리고 있을 것으로 짐작하였다.

자네 미모라면 자식새끼 앞세우고도 총각시집갈 것이네.

그렇게 토심스러워 말고 우리 힘으로 수소문이라도 해 보세. 복내장이라도 한번 가 보면 어떨게?

거기 간다고 별 뾰족한 수가 있것는가. 괜히 눈총만 받을 것이네. 조용히 기다려 보세.

마음 한번 태평하구랴.

삼수네는 입을 비죽이 내밀었다. 삼수네로서는 별 도리가 없었다.

고사리나 뜯으러 가세. 머구도 꽃대궁이를 내밀었데.

삼수네는 내키지 않는 걸음으로 바장바장 소도댁 뒤를 따랐다. 손발 개얹고 있으면 그놈의 망상만 떠오를 터였다. 고사리는 벌써 잎을 틔웠고, 빈손으로 돌아가기가 무엇하여 머위와 쑥을 캤다.

머위와 쑥을 한 바구니 캐 들고 삼수네와 헤어져 집으로 돌아오니 옹기장수가 골목어귀에 옹기 짐을 받쳐 놓고 땀을 들이고 있었다. 옹기장수를 본지가 꽤나 오래되었다. 지난 가을 옹구 사시오, 옹구. 한 차례 외장치고 마을을 돌아 나갔다. 소도댁은 맨숭한 마음으로 그냥 지나쳤다. 옹기 살 여력이 없었다.

이보시오. 젊은 아짐씨.

옹기장수가 물정 없이 불러 세웠다.

날 불렀는가라우?

그럼, 아짐씨 말고 누가 또 있소.

옹구 살 게 없소.

소도댁은 매정하게 눈을 흘겼다. 쓰잘데없이 농을 건다고 생각하였다.

허어, 젊은 아짐씨가 매차기가.

옹기장수는 낯짝 좋게 다가서더니 재빨리 봉투 하나를 나물바구니 속에 찔러 넣어 주었다. 이 사람이 무슨 허튼 수작을 부리는 거여? 소도댁은 내치듯 걸음을 빨리하였다. 세상에 별 희한한 난봉꾼이 다 있었다. 집으로 돌아온 소도댁은 머위와 쑥을 쏟았다. 누런 봉투가 눈을 찌푸리게 하였다. 뇌꼴스러운 마음으로 와락 구겨 아궁이 속에 집어던졌다. 지난번 일본 통역사의 서찰이 떠올라 더욱 심기를 건드렸다.

저녁때가 되어 아궁이 앞에 쭈그리고 앉아 불을 지피려는데, 누런 봉투가 채신머리없이 부지깽이에 감겼다. 불쏘시개를 하려고 불을 당기려다 문득 호기심이 일었다. 어떤 심뽀로 철면피한 짓을 하였는가. 처음 본 옹기장수가 아닌가. 겉봉을 뜯는 순간, 이럴 수가! 손끝이 떨렸다. 꿈에도 그리던 남편의 필적이었다. 살아 있었구나! 그러면 그렇제. 어느새 소도댁의 눈가에 핑그르르 물기가 맺혔다.

조금만 더 기다리시오. 기회를 보아 가리다.

짤막한 내용이었지만 많은 것을 시사하고 있었다. 소도댁은 한동안 가슴을 진정시킬 수가 없었다. 곧바로 삼수네에게 뛰어가 소식을 전해 주고 싶은 데도 일어날 수가 없었다. 아니다. 삼수네에게는 잠시 비밀에 부치자. 걸죽한 그 입에 한 입 건너면 두 입으로 옮겨가기 마련이다. 소도댁은 가슴을 진정시킨 다음, 편지를 다시 한번 가슴에 새기고 나서 불쏘시개를 하였다. 가슴 밑바닥에서 훈기가 지펴나면서 아궁이 불빛에 얼굴이 발그레 익었다.

남편은 어디서 무엇을 하였을까? 하루이틀도 아니고 세월이 얼마만큼 흘렀는가. 그리고 불쑥 옹기장수를 통하여 살았음을 알리다니. 그럴 줄 알았으면 옹기장수를 따뜻이 맞아 어떻게 된 사연이냐고 물을 걸 그랬다. 괜스레 넘겨짚고 불신을 하였으니 면목이 없었다. 매찬 여자라고 속으로 얼마나 실소를 하였을까. 그리고 남편과 옹기장수와의 관계를 어떻게 이해해야 하나? 분명 긴밀한 관계가 아니면 중개자가 될 수 없을 터였다. 그러자 언젠가 태구영감이 복내장에서 설핏 남편과 삼수를 보았다는 말이 떠올랐다.

어쨌거나, 남편은 살아 있다. 그게 중요한 것이다. 그렇다

면 추측한 대로 남편은 의병에 가담한 걸까? 산적 노릇을
하지 않았다면 그렇게 해석할 수밖에 없었다. 남편은 어디
에 은신해 있는 걸까? 옹기장이 집? 생각이 거기에 이르자
풀쑥 웃음이 비어져 나왔다. 다급한 대로 옹기장이 밑에서
허드렛일이라도 하는 걸까. 아무튼, 이제는 느긋한 마음으
로 기다려 보자. 남편이 돌아오는 그날을……

삼수네는 여전히 남편의 소식을 몰라 애달았다. 그 모습
을 볼 때마다 너무 걱정 말고 기다리자고 기쁜 소식을 전해
주고 싶은데도 섣불리 말을 할 수가 없었다. 자신이 생각해
도 너무 매정하다 싶었다.

간밤에 말이네.

간밤에 뭐?

꿈을 꾸었단 말시. 생시처럼 남편이 편지를 전해 주드만.
어찌나 또렷한 꿈인지 편지 내용을 아직도 간직하고 있네.

내용이 뭐든가?

삼수네는 바싹 호기심을 나타냈다. 이 여편네가 무슨 엉
뚱한 소리를 하는지 들어나 보자는 심산이었다.

머지않아 돌아갈 테니께 그렇게 맘 묶고 조용히 기다리라
고 하데.

어따, 그게 꼭 좋은 꿈만은 아닌 성 싶으네. 두 가지 방향
으로 생각을 여며야겠네. 하나는 뭔가 암시랑토 않다는 전

114

갈일 수 있고, 또 한 가지는 마지막 선몽을 한 듯싶으이. 꿈은 반대라고 하들 않던가.

나는 전자를 택하기로 하였네. 아무리 생각해도 꿈이 너무너무 생생하단 말시. 죽은 자의 꿈은 종내는 희끄무레한디 말이네.

그거사, 자네 희망사항이것제. 그 따위 꿈같은 소리는 집어치우소. 괜히 사람 마음만 아프네.

기다려 보세. 나는 기다리기로 작심하였네.

음마, 잡것. 삼수네는 샐쭉 눈을 흘겼다. 저렇게 자신 있는 걸 보면 뭔가 있는 게 아녀? 삼수네는 영 헷갈렸다.

그나저나 질펀하게 봄장마가 올 모양이시. 봄장마라도 져서 이너러 보릿고개를 물목 차게 잠겨 뿌렸으면 시상이 후련하것네.

엄동설한을 이겨 나온 저 보리밭은 어쩌고?

썩을 시상, 내일 당장 종말이 온대도 나사 아까울 것 하나도 없네.

삼수네는 심통 사납게 내뱉었다. 그러면서도 호미를 들고 채전밭으로 나갔다. 그만큼 에둘러 말했으면 삼수네도 어느 정도 심중을 헤아리것제. 소도댁은 한껏 여유로운 마음으로 자리에서 일어났다.

오늘도 약초를 제법 캤구랴.

비가 오는 바람에 발품을 덜했네.

조영은 삼수의 말을 받으며 빗방울이 맺힌 머리를 털었다.

그 많은 약초를 어따 쓸려고 그러는가?

이 사람아, 보면 모르것는가? 장차 한약방을 열 것 아닌감.

삼수는 흙을 다지는 옆 사람의 말에 머퉁을 주었다.

시절이 그렇게 마음 묵은 대로 될까 모르것네.

그리 되겠끔 해야제. 우리 땅에서 우리가 사는디 못할 건 또 뭔가.

우리가 시방 제대로 사는 건가? 이 모든 고초가 나라 잃은 설움 아닌가.

그렇더라도 비굴하게 노예처럼 살 수는 없네. 자력갱생으로 자존심을 내보이며 살아야제.

허허, 무척이나 그렇것네.

동료는 어깃장을 놓으며 질겅질겅 흙을 다졌다. 흙을 밟고 다지는 일에서부터 물레를 돌리고 초벌구이를 하고 유약을 바르고 불을 지피는 과정을 서로 공유하면서 가슴에

116

맺힌 울분을 산화시켰다.

그나저나 봄비가 여러 날 올 모양이시.

봄장마가 사람 잡느니. 이참에 도자기나 왕창 빚어 보드라고.

까짓놈의 시상. 언제는 게을러 터졌는가.

무인은 의병들이 고마웠다. 아직은 집으로 돌아갈 시기가 아니어서 기회를 엿보는 가운데 마음들이 들떠 일손이 잡히지 않을 것인데, 마음을 다잡고 한마음으로 일에 매달렸다. 덕분에 생산량이 배가되었다.

이번에는 누구 솜씨가 제일인가 내기를 하세나.

맨날 알밤 먹은 상을 한 사람이 누군디 퍽도 자신이 있는가 보네.

나도 인자 뭔가 감각이 손끝에 맺혀난다고. 고사만 제대로 지내면 천하 명품이 나오지 싶네.

저런 오만방자하기가. 무인 어른이 버젓이 계신디 주제 넘는 소리를 하다니. 언제 철이 들 건가?

그들은 컬컬한 농담을 주고받으며 각자 물레를 차고 앉아 손을 놀렸다. 삼수가 빚어낸 도자기는 투박한 멋이 있었다. 집에 돌아가면 가마를 열어 불을 달구겠다며 억척스러움을 내보였다.

자네는 약재상을 열고, 나는 도자기를 빚기로 하세. 이것도 인연의 고리 아니겠는가.

삼수는 이마에 맺힌 땀방울을 흙 묻은 손으로 훔쳤다. 봄장마는 질금거리며 계속되었다. 조영은 산에 올라 약초를 캘 수 없어 답답한 기분이 들었다. 혼자 열외자처럼 나앉기도 무엇하여 가만히 물레질을 하였다.

자네는 그릇 만드는데도 눈썰미가 있네, 그랴.

명품은 아무나 만드는 게 아닐세. 무인 어른 정도면 모를까.

이 사람아, 명품은 명품대로 값과 품위를 지니고 있고, 못난 것은 못난 대로 제몫을 하는 법일세. 하다못해 개 밥그릇으로 떨어질지라도 제몫을 다하는 법이여.

허헛, 자네의 알량한 식견으로 인간사를 빗대는구랴.

오고 가는 허드레 말과는 달리 손길은 부지런하였다. 무인은 가마에 불을 지피는 날을 가려 뽑았다. 비 오는 날 불을 지피면 일본 놈들의 눈을 피할 수 있을 터였다. 가마 안에 도자기를 차곡차곡 쌓고 가마를 봉한 다음 경건한 마음으로 엎드려 절을 올렸다. 그리고 가마에 불을 지폈다.

가마에서 도자기를 꺼내던 날은 모처럼 햇살이 문지방을 비추었다. 처마 끝의 낙숫물도 햇살을 받아 안으며 청승맞게 떨어졌다. 온 산이 갑자기 푸르렀다. 짙은 녹음방초가 새로운 질서를 나투었다.

세상의 인심은 날이 갈수록 살벌해도 산천은 더욱 푸르고 생기가 넘쳐 나는구랴.

그래서 자연과 벗하면 순진무구한 경계를 맛본다고 하였네. 거, 누구냐? 도연명인가 하는 시인이 그렇게 읊조렸다제?

혼자 유식한 소리는 다하는구먼. 싸게싸게 이거나 받아. 아직도 온기가 있어 손바닥 데겠어.

엄살은. 자네가 빚은 도자기는 제법 품위가 있어 보이네. 장에 내다 팔면 수월찮게 술값이 되겠어.

오랜만에 자네가 칭찬을 다하고, 봄장마가 걷힐 모양이네.

우멍하게 신소리를 해가며 햇볕 아래 도자기를 내놓으니, 제 빛깔과 태깔을 드러냈다.

아따, 오지네이. 무생물이 저렇게 숨을 쉬다니. 저놈들의 숨결을 언제 제대로 알 것인지.

자, 그런 의미에서 술 한 잔씩 나누세. 세상의 기쁨도 마음 묵기에 달렸다고 하지 않던가.

모두들 둘레둘레 앉아 술잔을 나누었다. 의병시절에는 언제 목숨이 오고 갈지 긴장의 연속이었는데, 도자기를 빚으니 또 다른 여유와 자기만의 세계가 열렸다. 그러고 보면 세상은 사계절의 조화였다.

이번 장날은 누가 따라 나설 것인가?

지가 가면 안 되겠는가라우?

무인의 말이 떨어지기가 무섭게 삼수가 거들고 나섰다.

자네는 이번에 쉬어야겠어. 너무 자주 드나들어도 좋지가
않아.

그럼, 조영 자네가 가도록 하게.

삼수는 재바르게 말하였다. 지난번 조영이 옹기장수에게
맡긴 편지의 답신이 궁금하였다.

그렇게 하고, 이번에는 물량이 많으니께 한 사람 더 따라
붙게.

무인의 제안에 이의가 없었다. 다음 날, 복내장으로 향하
였다. 부곡 가마터를 지나치는데 왕명인의 실성한 아들이
땅을 파뒤집고 있었다.

햇살이 쬐끔 내비친게로 또 작업을 하는구랴.

잠깐 멈춰 보게.

무인의 말에 조영은 소달구지를 멈추었다. 무인은 왕명인
의 아들 곁으로 다가갔다. 그러자 실성한 아들은 히죽 웃으
며 흙 묻은 다기 두어 점을 말없이 건넸다.

이걸 캐냈냐? 명인의 걸작이 이제야 나왔어.

무인은 감격에 겨워하였다. 온갖 감회가 차오르는 모습이
었다.

장에 내다 팔면 제법 값을 받겠는데요.

에끼, 이 사람. 이건 팔 수도 없고, 팔아서도 안 되네.

무인은 나무라듯 동료의 말을 거두절미하였다. 언젠가는 소중하게 진열하여 보관해야 한다. 그래야 우리네 뿌리내림을 올곧이 대물림 할 수 있다. 저 녀석이 저래 봬도 무언가를 지키려고 한다. 조영은 무인의 목매인 소리를 가슴 아프게 들으며 조심스럽게 소달구지를 몰았다. 비 먹은 길을 자칫 잘못 몰았다가는 큰 낭패일 터였다. 그렇게 조심스럽게 몰다 보니 진달래가 활짝 피어난 산천경개를 제대로 구경할 수 있었고, 그만큼 장 거리는 멀었다.

장터목은 북적거렸다. 봄장마에 갇혀 지내다 오랜만에 숨통이 트인 것이리라. 만나는 사람마다 반갑게 인사하기에 바빴고, 어물전, 채소전, 옷전, 신발전, 식육점, 싸전 할 것 없이 즐거운 비명을 지르고 있었다. 사는 사람이나 파는 사람이나 비 개인 봄 향기에 젖어 해맑았다. 춘궁기라 집에 들어서면 누렇게 뜬 얼굴로 가장의 얼굴만 쳐다보는데도 모처럼의 장날 분위기는 그 같은 근심과 궁기를 봄바람에 실어 보냈다. 조영은 소달구지를 몰고 옹기전으로 들어섰다.

어서 오시게. 기다리고 있었네.

옹기전 주인장은 평소와는 달리 정장을 하고 있었다.

어디 가시려나 봅니다.

재 너머 사돈께서 별세하셔서 조문 좀 가려고. 그래서 빠듯하게 기다리고 있었네. 보아하니 그릇들이 넘쳐나는구려.

옹기전 주인장은 흔감한 표정을 지었다. 조영은 동료와 함께 소달구지에서 도자기를 풀어헤쳐 바닥에 늘어놓았다. 손님 두세 사람이 주춤주춤 다가와 물건을 골랐다. 옹기전 주인장은 즉석에서 몇 점을 판 다음, 세 사람이 앉아 있는 평상으로 다가왔다.

오늘은 물건들이 좋구라. 태깔이 새악시 얼굴빛이여.

봄장마에 하릴없이 들어앉아 열심히 빚었소. 요즘 돌아가는 동정은 어떻소?

차츰 일본 놈들의 눈초리가 무디어 가네. 자기들 딴에는 의병들을 완전 소탕했다고 판단한 모양이여.

허면, 자유롭게 나다닐 수 있겠끔 느슨해졌단 말이오?

현재로선 그렇다고 봐도 되것제. 소위 문화정책이랍시고, 무조건 민초들을 무력으로 우격다짐하며 공포와 반일감정을 심어 주지 말라는 회유책을 쓰는 거제. 하지만 저놈들이 어떤 놈들인가? 선무공작의 이면에는 비밀스러운 정찰과 억압과 핍박이 지능적으로 작용하제.

그럼, 산을 내려와도 될까요?

조영이 조심스레 물었다.

괜찮지 싶네. 살고 있는 본집으로 돌아가면 아무래도 의심을 받을 것이고, 멀리 다른 곳으로 가서 조용히 숨죽이고 살면 별 탈이 없을 거여. 그리고 지난번 신신당부한 편지는 일꾼을 시켜 전해 주었구만. 그 녀석 하는 말이, 부인이 서릿발 같이 차더라네. 일편단심 남편만을 위해 살것드라고 부러워하드만.

그 소식만 들어도 마음이 한결 가볍습니다.

앞으로는 부인을 과부로 수절시키지 말게나. 왜놈들이 반반한 아녀자들을 가만 놔두어야 말이지.

이곳도 의병들과 두어 차례 전투가 벌어진 다음에는 보복 차원에서 부녀자들을 능욕하였다. 더욱 얄밉고 분통이 터지는 것은 왜놈들에게 빌붙어 못된 일을 자행하는 놈들이었다. 그놈들이 올가미를 덧씌우고 미끼를 던져놓고 아녀자들을 욕보였다.

그리고 떠도는 소문에 불과한지 모르겠으나 두문골에도 광산을 개발할 것이라고 하네.

부곡 가마골 위의 광산과 광맥이 닿아 굴을 파 연결시킨다는 것이었다. 가당치 않은 말이었다.

그곳까지 어떻게 굴을 뚫는단 말이오?

무인은 강하게 도리질하였다. 그건 도저히 불가능한 일이었다. 다른 꿍꿍이속이 있다면 모를까.

내가 생각해도 그렇네만, 만약에 그리된다면 부곡 가마터와 연계된 두문골을 자연스럽게 선점하여 정리가 될 것이라는 계산속이 아니겠는가?

그 말은 쉽게 납득이 가오만…….

왜놈들은 부곡 가마터와 두문골의 상관관계를 진즉 파악하고 있었는지도 몰랐다.

그러니께 미리 만반의 준비를 하라는 것이네. 풍문이 됐건, 낭설이 됐건 그놈들 눈 안에 들어왔다 하면 가만두지 않을 것인께.

고맙구려. 알아서 대처할 텐께. 어여, 문상을 가시게나. 우리도 설렁설렁 장을 보고 가 봐야겠소.

무인은 옹기전 주인장과 일별하고 필요한 양식과 간조림한 생선 따위를 사 들고 두문골로 향하였다.

하산

뭐라든가? 소식은 잘 전해 주었다고 하던가?

삼수는 그게 궁금하였다. 조영이 장을 보고 돌아오기를 학수고대한 것도 푸짐한 장거리가 아니라 옹기장수 편으로 보낸 편지였다.

잘 전해 주었다고 하데. 머잖아 하산 준비를 해야겠네.

정말인가? 우리가 수배범으로 장바닥에 방이 나붙지 않았단 말인가?

그런 셈이네. 우리 둘이 입을 잘 맞춰야 쓰겠네.

뭐라고 할까? 강원도에 들어가 산판일을 했다고 입을 맞출게?

그건 차차 신중히 생각할 일이고, 그전에 아직 미진한 도자기 기술을 신속하게 전수받게.

기술이야 어느 정도 숙지하였네. 장인정신이 중요하지 않겠는가. 집에 가면 의젓하게 도자기 공방을 열겠네.

어쨌거나, 우리의 전력이 왜놈들 귀에 들어가서는 안 되네. 그래서 말인데, 자네와는 먼발치로 옮겨가 살아야 하겠네. 옹기전 주인장도 그 점을 염려하였네. 서로가 떨어져 살게 되면 의심을 덜 받을 것이라고.

자네와 먼 거리로 떨어져 살아야 한다니, 갑자기 스산한 기분이 드네.

하지만 염려 놓게. 자네는 도자기 공방을 차리고, 나는 약재상이라도 열면 오며 가며 만나지 않겠는가.

그렇긴 하네. 어쩌다 우리가 친구 이상의 동지애로 마음을 묶었는지……

삼수는 그간의 세월을 돌아보았다. 비록 긴 세월은 아니지만 죽음을 넘나드는 시절이 아니었는가. 형제 이상으로 서로를 아끼는 가운데 남다른 우정이 뿌리내렸다.

그리 알고 좀 더 날을 기다려 보세.

어이, 알았네. 이제야 뱃속이 편안해지며 살이 오를 것 같으이. 설레는 마음도 더하고.

삼수는 가슴이 뛰었다. 뛰노는 가슴을 진정시키기 위해 동지들과 한잔 술을 들었다. 마누라의 얼굴이 둥근 보름달처럼 눈앞에 두둥실 나타났다. 쪼끔만 기다리소이. 그동안 고생 많았응께 춘향과 이도령의 만남맨치러 얼싸 안세나. 삼수는 뛰노는 가슴을 안고 전보다 더욱 열심히 작업에 매달렸다. 이제는 어느 정도 물리를 터득하였는지라 일머리를 휘어잡을 줄 알았다. 남들보다 열심히 배우고 익힌 때문이리라.

오늘은 요놈의 달 항아리에다 복사꽃을 한번 그려 넣어 볼거나.

삼수는 야무지게 초벌구이한 달 항아리를 끌어안았다.

자네가 복사꽃을 제대로 그려 넣겠어? 어림도 없제.

동지 하나가 곁에서 찻잔을 빚으며 핀잔을 주었다. 전문 가가 아니고서는 그림과 글씨를 새겨 넣기가 어려웠다.

지난 봄, 함초롬히 봄비 머금은 복사꽃을 고이 채집해 두 었제. 그걸 달 항아리에 붙여놓고 본뜨댓기 그대로 그려 넣 으면 될 것 아니여.

그럴 때는 제법 머리가 돌아가네이.

들어오는 입구에 흐드러지게 피는 복사꽃을 보고 있으면 우리가 무릉도원에 사는 것 같단 말시. 여기야말로 시상과 는 절연한 도원경이네. 시상사 따위는 잊어 뿔고 근심걱정 없이 살았으면 얼마나 좋겠는가마는 도원경에 살면서도 사 바세계가 눈앞에 맺혀나니……

삼수는 채집한 복사꽃을 둥근 달 항아리에 붙여 가며 무 아지경으로 새겨 넣었다. 그 순간만은 한곳에 몰입할 수 있 어 잡념이 침범하지 않았다. 일종의 희열이랄까, 가슴에 차 오르는 충만감을 스스로 즐겼다.

이 친구가 제법이네.

조영은 약초를 채취하고 돌아와 신기한 눈으로 삼수의 손놀림을 바라보았다.

자연이 스승이라고 자네가 말하지 않았남.

자네가 그 정도 터득했다니 마음이 즐겁네.

조영은 뒤뜰로 나가 바람 서늘한 곳에서 채취해 온 약초를 건조하였다. 주먹밥 한 개로 허기를 때우고 진종일 산을 헤맸는지라 사지가 폭삭 내려앉을 것 같았다. 삼수가 달 항아리에 그려 넣던 복사꽃이 필 때면 그 향기가 온통 두문골에 가득하였고, 두문골을 도원경으로 만들었다. 삼수는 그 황홀경을 지니고 가고자 한다. 옹기전 주인장 말처럼 이곳을 떠날 수밖에 없을까? 집에 가야 한다는 일념 가운데 불쑥 애잔한 너울이 밀어닥쳤다.

피곤한가 보구랴.

오늘은 그렇습니다.

조영은 무인을 새삼스럽게 의식하였다. 세상을 달관한 때문일까, 한 가지 일을 쉬지 않고 하다 보면 마침내 깨달음의 경지에 이른다고 하였던가. 무인은 그런 마음 깊이를 지니고 있었다.

모든 일이 쉬울 수만은 없지. 저 건너 광산을 가보았는가?

감히 가까이 접근하지 못하고 먼발치에서 보았구만요. 노예처럼 혹사당하더구만요.

죽일 놈들, 선량한 농투산이들을 강제로 끌어다 부려먹다니…….

저도 그 처참한 모습을 보니 저절로 울분이 터집디다.

옹기전 주인장 말대로 이곳도 머지않아 파헤쳐질 것이라고 생각하니 눈앞이 아득하네. 의병의 활동무대라는 걸 모를 리 없을 테고. 상황을 보아 가며 각자 알아서 행동하게나.

무인께서는요?

나는 이곳을 끝까지 지킬 것이네.

부딪쳐 항쟁하겠다는 말입니까?

할 수 있다면 해야제.

결의가 대단합니다만, 제 생각은 조금 다릅니다. 일단 물러나는 게 상책입니다. 대대로 물려받은 가업을 사장시켜서는 안 될 것이고…….

그다음은 말하지 않아도 알겠네. 어차피 대대로 뼈를 묻어 온 이곳을 잃으면 살아도 죽은 목숨이나 다름없네.

무인으로서는 정말 피를 토하고 싶은 심정이었다. 어떠한 희생이 따를지라도 이곳을 지켜 내고 싶었다.

아닙니다. 먼 장래를 생각해야 합니다. 조상 대대로 이어받은 맥이 끊어지면 더욱 피폐합니다. 설사, 왜놈들이 강제로 강탈한다 해도 언젠가는 다시 찾을 것이라는 희망을 가져야 합니다.

이리떼에게 먹힌 땅을 다시 찾을 수 있겠는가?

무인은 한숨을 내쉬며 작업실로 들어갔다. 그 뒷모습이
스산하고 쓸쓸해 보였다. 어느 경계에 이른 사람이거나
뒷모습이 아름다워야 하는데 무인의 뒷모습은 오늘의 심
난한 현실을 대변하였다. 조영은 파김치가 된 육신을 추
스르며 저녁을 들었다. 훈훈한 봄기운이 눈꺼풀을 감기게
하였다.

＊

측량기사가 두 사람의 인부를 데리고 두문골로 올라왔다.
측량은 저 아래에서부터 재단을 하듯 해왔다. 드디어 올 것
이 온 건가? 무인은 숨을 죽인 채 그들을 지켜보았다.

히야, 요런 곳이 있었나? 별천지야.

측량기사는 두문골에 들어서는 순간 감탄하였다. 연꽃방
석 모양의 두문골은 더할 나위 없는 도원경이었다. 이런 곳
을 훼손한다는 것은 상식 밖이었다. 광산 굴을 판다? 도저
히 이해가 되지 않았다. 숨어 지내듯 사람이 살고 있어 더욱
난감하였다.

선량한 사람들이 쫓겨나겠구나.

측량기사는 매번 이런 난감한 일에 부딪칠 때마다 한 가닥 양심을 앞세울 수 없어 가슴 아렸다. 양민들을 소개시키는 방법은 가지가지였다. 만행이 따로 없었다. 이 사람들은 어디로 갈 것인가.

여기서 얼마를 살았지요?

그러나 아무도 대답이 없었다. 꿀 먹은 벙어리들인가? 측량기사는 괴이쩍게 여기며 열심히 측량을 하였다.

오늘 측량을 해 갔소. 기어이 놈들이 이곳에서 우리들을 쫓아낼 계획인가 보오.

측량기사가 돌아가자 저녁을 들면서 무인은 숙연하게 말하였다. 내 땅인데도 온전히 지켜 내지 못하다니.

미친 개자식들, 이 나라 강토를 파 뒤집을 셈인가.

흥분한다고 해결될 문제가 아니오. 각자 집으로 돌아가시오. 왜놈들이 언제 들이닥칠지 모르니께 내일이라도 집으로 돌아들 가시오. 나는 더 깊은 곳으로 들어가 때를 기다리기로 하였소.

무인은 몇 날을 생각한 끝에 조영의 말을 따르기로 하였다. 무인의 말에 집으로 돌아갈 사람과 무인을 따라나설 식솔들로 나뉘었다. 그간 동지애로써 끈끈한 유대감으로 맺어졌는데 헤어진다고 생각하니 아쉽고 허전하였다.

너무 아쉬워하지 말세나. 종종 연락을 주고받으며 외로움을 덜세. 옹기전 주인장에게 서로의 근황을 알리도록 하면 연락이 닿지 싶네.

그게 좋겠소. 우리가 어떻게 지내 온 사이요.

그들은 침울한 얼굴로 미리 석별의 정을 나누었다. 무엇보다 두문골을 두고 떠나는 게 가슴 아릿하였다.

우리는 언제쯤 떠날게?

술자리가 파하자 삼수는 조영의 의중을 물었다.

먼저 집을 마련한 다음 하산해야겠제. 이 모습으로 느닷없이 집에 들어가면 주위의 의심을 사고도 남네.

갑자기 집을 어디에다 구한단 말인가?

오늘밤부터 궁리에 궁리를 거듭하여 살 집을 마련하세.

자네는 생각해 두었는가? 이왕이면 같은 곳으로 이사하면 어떻겠는가?

그건 안 될 말이네. 가뜩이나 의심을 살 것이니 먼발치에서 오가는 정이 서로에게 좋을 듯싶네. 지난번에 이야기하지 않았는가.

허긴, 그렇긴 하네. 어디로 이사를 간담. 팔자에 없는 이사를 할라니 머리가 아프구만.

삼수는 머리를 싸쥐었다. 조영도 마찬가지였다. 선뜻 마땅한 곳이 떠오르지 않았다. 어디가 좋을까? 약초를 채취하자면 주위를 산이 감싸고 있어야 하고, 오일장과도 멀지 않아야 약재상이라도 열 수 있을 터였다.

　다음 날, 조영과 삼수는 두문골을 나섰다. 직접 살 만한 집을 물색해 보기 위해서였다. 부곡 가마터를 지나치는데, 왕명인의 실성한 아들이 여전히 도자기 파편을 주워 모으고 있었다.

　아직도 저러고 있네이.

　삼수는 마음이 찡하게 울렸다. 문득 그날의 참상이 떠오르면서 새삼 분노가 치밀었다. 완전히 폐허로 변해 버린 터전. 삼수는 두 주먹을 불끈 움켜쥐었다. 앞으로 밖에 나가 살자면 또 얼마나 모진 핍박과 억울함을 씹어야 할지.

　정신이 영원히 돌아오지 않을 모양이네.

　조영도 마음이 아프기는 마찬가지였다. 장날 소달구지를 몰고 지나칠 때마다 물큰 솟구치는 울분을 삭였다.

　두문골도 저 모양이 될게?

　누가 알겠는가. 옛 모습을 지닐 수는 없겠제.

　두 사람은 터벅터벅 강변까지 내려갔다. 수양버들이 늘어지고 찔레꽃이 외로움을 머금은 채 하얗게 피어나 정겨움을 더해 주었다. 얼마 만에 사람 사는 동네에 와 보는가. 삼수는 물큰한 가슴으로 마을을 휘둘러보았다. 사납게 짖어 대는 개소리도 정겹고 친근하게 느껴졌다.

　헌디, 삭막하기만 하네. 무작정 빈집을 찾아 헤맬 수는 없으니 옹기전 주인장을 찾아가는 게 좋것네.

그리하세. 도둑놈 제 발 저린다고, 무슨 오해를 받을지도 모르것고. 영락없이 어릿광대 행색이네.

삼수는 조영의 등을 떠밀었다. 금방이라도 사시의 눈초리가 뒷덜미를 낚아챌 것만 같았다. 두 사람은 그 길로 옹기전 주인장을 찾았다.

장날도 아닌디, 어인 볼일인가?

긴히 의논할 일이 있어서요.

두 사람을 반겨 맞는 옹기전 주인장이 그지없이 미더웠다. 구석진 방에 들었다. 옹기전 주인장은 안에다 대고 술상을 봐 오라고 일렀다. 삼수의 걸죽한 입이 벌어졌다.

긴한 의논이라니?

어르신의 예견대로 일본 놈들이 두문골로 측량기사를 보냈습디다. 두문골을 떠날 수밖에 없을 듯싶어서요. 그렇다고 무작정 집에 들어갈 수도 없을 것 같고요. 어르신 말씀대로 집과는 뚝 떨어진 곳에 정착할까 하고 나섰는디, 아득한 기분이어서 염치불구하고 찾아왔구만이라우.

긴 설명하지 않아도 충분히 알아들었네. 우선 술이나 한 순배 들세나.

좋은 방법이 있는가라우?

삼수는 옹기전 주인장이 권하는 술잔을 시원스럽게 들이

켰다. 오랜만에 시전에 내려와 술잔을 드니 만감이 서렸다.

방법이 있긴 하네. 여기서 며칠 지내면서 옹기장수로 나서게. 마을마다 돌아다니면서 직접 살 만한 집을 물색해 보는 게 좋을 듯싶으이.

그럴께라우? 옹구짐은 나뭇짐과는 다르겠지만 그까짓 고생쯤이야 뭐가 어렵겠소.

그럼, 오늘은 푹 쉬고 내일부터 옹구장수가 되어 보구려.

옹기전 주인장은 너털 웃었다. 두 사람은 걸죽하니 취하였다. 장날 기습작전을 감행하여 길 건너 일본군 헌병대파견소를 분탕질하였던 때가 언제였던가? 그때는 의병으로서 구국일념으로 불탔는데, 지금의 초라한 신세라니.

다음 날, 두 사람은 변장을 하고서 옹기장수로 나섰다. 옹구 사시오, 옹구! 입속으로 몇 번이고 연습을 하였는데도 그 말이 잘 나오지 않았다. 더구나 아는 사람을 만날까 지레 겁이 났다. 되도록 집과는 먼 거리의 마을을 돌아다녔다.

자네는 저 마을을 돌아보게. 나는 산모롱이 저 곳을 감세.

두 사람은 각기 마을을 정하였다. 하루가 지루하고 고달픈 발품이었다.

하루만에 소득이 있을 거라고 생각하지 말게. 며칠 인내심 깊게 돌아보다 마음에 드는 빈집이라도 있거들랑 눈독을 들여놓게. 집 살 돈은 내가 장리로 빌려 줌세.

옹기전 주인장의 말이 고맙기만 하여 발 부르트게 몇날을 돌아다녔다. 간혹 옹기나 그릇을 살라치면 살갑게 대하며 은근슬쩍 마음에 든다 싶은 빈집을 물어보았다. 삼수는 그런 중에도 자신이 빚었음직한 두문골 가마터에서 구운 도자기를 챙겨 바지게에 담는 것을 잊지 않았다. 보름 발품을 하고 나서야 옹기짐을 짊어지는 요령을 터득하였고, 수월수월 입담이 붙으면서 외상도 놓았다.

이러다가는 아주 옹기장수로 나서도 되겠네. 자넨 살 집을 봐 둔 거여?

해거름 돌아가는 길에 삼수는 조영과 약속 장소에서 만났다. 조영은 오늘따라 기분 좋은 모습이었다.

한 집을 봐 두긴 하였네만, 내 집이 될랑가 모르겠네.

어떤 집인디?

감나무와 돌배나무가 한 아름 된 걸로 보아 오래된 집이여. 할무니 둘이 정겹게 살다가 돌아가시자 집 돌볼 사람이 없다는구만.

할무니가 둘이었다면 시앗이었단 말인가?

대를 잇자고 작은 마님을 들였는디 아들 하나를 낳고 영감이 돌아가신 모양이여. 아들이 집을 제외한 나머지 재산을 다 정리하여 대처에서 사업을 한다는군.

그럼, 두 할멈이 돌아가셨으니 집도 처분하겠네.

마을 아낙네가 그럴 거라고 귀띔해 주데. 아무래도 옹기전 주인장을 중개인으로 내세워야겠네. 자네는 어떤가?

나는 마을 뒤 밭자락을 눈독 들여 놨네. 가마라도 마련할라치면 터가 제법 있어야 하지 않겠는가. 집이야 흙벽돌로 손수 지으면 될 것이고.

자네다운 계산속이네. 정말 도자기를 빚을 셈인가?

아, 듬직한 옹기전 주인장 있겄다, 손바닥만 한 소작농 짓는 것보다야 훨씬 나을 성싶으이.

삼수는 마음을 다잡았다. 세상을 살자니 별일을 다 겪게 생겼다. 뜻하지 않은 의병이며, 이제는 도공으로의 변신을 꿈꾸고, 앞으로 또 무슨 일이 닥칠지 아무도 모를 일이었다.

그래, 두 사람이 점찍은 곳이 있다고? 내가 나서서 성사를 시켜 줌세.

옹기전 주인장은 시원스레 받아들였다. 더구나 삼수는 도자기를 빚겠다니 더욱 끈끈하게 인연이 닿았다. 옹기전 주인장은 삼수가 눈여겨 봐 둔 다랭이 밭을 직접 나서서 구입해 주었고, 조영이 눈도장을 찍은 집은 다리를 놓아 성사시켜 주었다. 조영과 삼수는 산 고개 하나 너머 거리였다.

쓰잘데없는 산자락 땅일망정 알뜰하게 가꿀라네. 닭도 키우고, 똥돼지며, 염소도 방목해야겠네.

삼수는 벌써 기대가 컸다. 그날로 황토방을 지은 다음, 마누라를 가만히 불러 재회의 정을 쏟을 날을 기다리며 도자기 공방을 짓기 위해 터를 닦았다. 조영도 마찬가지였다. 그간 두문골에서 채취한 약초를 밑천으로 약재상이라도 연다면 가난은 면하지 싶었다. 그러고 보면 조영이나 삼수는 의병 패잔병으로 두문골에 숨어 지내는 동안 그냥 허송세월하지는 않았다. 생계를 위한 발판을 마련한 셈이었다.

조영은 두 할머니가 살다 간 집을 수리하였다. 집은 고택이어서 정감이 있었다. 무엇보다 대문 옆에는 한 아름 됨직한 감나무가 수호신처럼 서 있었고, 뒤울안에는 돌배나무가 북풍받이를 하고 있었다. 대숲에서 지저귀는 새소리는 마음을 정겹게 하였다. 샘물은 얼마나 수량이 많고 맑은지 목울대가 시원하였다. 이웃집들과는 떨어진 듯하면서도 가까이 있어 마음이 푸근하였다.

두 할머니가 남기고 간 장독대며 자자분한 세간살이도 어떻게나 정갈하게 썼는지 그대로 사용하여도 좋을 듯싶었다. 조상이 물려준 이 볕바른 집을 자손 된 자가 미련 없이 버리다니. 쩟, 혀를 차지 않을 수 없었다. 열흘을 꼬박 집수리로 보낸 조영은 아내를 불러오기로 하였다. 상현달이 밝았다. 조영은 서산으로 기우는 달을 바라보고 무넘이재를 넘었다. 골은 깊고 계곡물소리는 시리게 다가왔다. 오랜만에 달빛 고요한 산길을 걸어보는 셈이었다. 의병시절에는 밤길이 몸에 익었었다. 그것도 신속하고 일사불란하게 내달았다. 삼수가 터전을 일구는 곳에 이르렀다. 토담집을 완성한 삼수의 터전은 숲 사이로 마을이 한눈에 내려다보였다. 삼수는 자는지 불이 꺼져 있었다. 조영은 의병시절 암호로 사용하였던 삼박자로 가만히 문을 두드렸다.

누구요?

삼수가 부시럭 자리에서 일어나며 반문하였다. 잔뜩 긴장한 목소리였다.

날세, 나.

이 밤중에 무슨 일인가?

삼수는 허겁지겁 반가운 모습으로 불을 켜고 찌그럭 방문을 열었다.

자네, 근황이 궁금해서 왔네.

안 그래도 어찌 돌아가는가 궁금해서 날 잡아 가려고 했네. 집수리는 어찌 되었는가?

어지간히 끝났네. 자네는?

나사 급한 대로 돌아누울 수 있는 토담집부터 짓자고 하지 않았는가. 마누라부터 데려다놓고 가마는 아무래도 시일을 두고 무인의 손을 빌리든지 해야것네. 옹기전 주인장이 나를 마을사람들에게 도자기 굽는 사람으로 소개시킨 바람에 빼도 박도 못하게 되었네. 어쩌? 오늘밤이라도 마누라를 데려올게?

삼수는 자못 긍지가 넘쳐났다. 말에 힘이 들어 있었다. 새
로운 삶. 조영도 마찬가지였다.

소식부터 전해야지. 옹기장수를 한 번 더 심부름 시키는
게 좋을 듯싶네.

그러지 말고 내일 밤을 이용하여 내가 다녀오겠네.

삼수는 생각 같아서는 한달음에 내달려가 우지끈 포대쌈
이라도 하듯 데려오고 싶었다.

자네가 그 밤으로 돌아올 수 있겠는가?

뭔 소린가. 마누라에게 향한 감정이 못 미더워서 그러는
거여?

그럼 친정에라도 다녀온다는 구실을 내걸어 장날 옹기전
에서 만나기로 하게. 되도록 운신하기 좋도록 가볍게 보따
리를 챙기라 하고.

어이, 알았네. 벌써부터 가슴이 뛰네.

삼수는 마누라와 재회의 기쁨을 나눈다고 생각하자 잠이
랄 놈이 멀리 달아났다.

재회

오메야! 삼수네는 불 맞은 황소처럼 모둠으로 일어났다. 가슴이 방망이질을 하였다. 막 잠이 들었는데 봉창문을 두드리며 부르는 소리에 깨어났다. 꿈에도 그리는 남편의 목소리였다. 처음에는 꿈인가 하였다.

나라니께. 어여, 문 열란 말시.

저, 정말 당신이요?

허어, 그렇당께.

가만있으시오. 정신 좀 차려야것소.

삼수네는 옷깃을 여미고 가만스레 봉창문을 열었다. 두억시니처럼 서 있는 사람은 틀림없이 남편이었다. 삼수는 방 안에 들어서기가 무섭게 아내를 얼싸안았다. 비릿한 여체의 향기가 불쑥 욕망을 불러일으켰다.

고생이 얼마나 많았는가?

말도 마시요. 나는 호랑이가 물어간 줄 알았소. 꿈인가, 생시인가, 아직도 분간을 못 하것소. 도대체 어떻게 된 곡절이오?

말하자면 길고 긴께 차차 살아감시러 곶감 빼묵듯 이야기
하기로 하고, 불부터 켜드라고. 자네 얼굴도 보고, 자식 놈
도 보게 말이여.

나도 애간장을 태운 그 잘난 서방님 얼굴 좀 봐야것소.

삼수네는 새삼 그간의 핍박과 고통이 되살아나 얄미운 정
감이 솟아났다. 떨리는 손으로 등잔불을 켰다.

당신은 여전하구려. 아이는 그 사이 많이 자랐고.

곤히 잠든 자식 놈은 몰라보게 자랐다. 삼수는 아내가 고
맙고 사랑스러웠다. 혹여 집을 나가지는 않았을까, 아이는
제대로 자라고 있을까, 자나 깨나 가슴에 맺혔다.

당신도 건강은 하요만 꼭 산적 꼴이요. 어디서 육신을 부
렸기에 그렇게나 험상한 모습이요?

산에서 살다 왔제. 인자, 오붓이 살자고 자네를 데리러
왔네.

내가 산적 마누라라도 된단 말이요?

무슨 말을 그리 한가. 그동안 우여곡절 끝에 산에서 숨어
지내면서 기술을 배우고 집칸이라도 마련하였네.

농사밖에 모르는 사람이 산에서 무슨녀려 기술을 배웠단
말이오?

삼수네는 믿기지 않았다. 점점 엉뚱한 말을 하였다. 집에
돌아왔으면 조용히 알뜰살뜰 살 것이지 어디로 데려간단

말인가.

시절이 그렇게 만들었네. 자네, 고생이 많았을 줄 아네.

고생만 한 줄 아시오? 소도댁과 주재소에 끌려 다니며 혼줄 나게 치도곤당한 일을 생각하면 자다가도 벌떡 일어나요.

왜놈들이 고문을 했단 게여?

삼수는 예상은 하였지만 마음 아릿하게 다가왔다.

말이라고 하시오? 당신들의 행방을 대라고 심장 터지게 심문을 받았소. 몇 번이나 넋을 놓았는지 모르요.

삼수네는 아드득 남편을 쥐어뜯고 싶었다.

입이 열 개라도 할 말이 없구려. 회포는 천천히 풀기로 하고 우선 저녁이나 한 그릇 주게나. 산길을 걸어왔더니 영 시장하네.

내 정신 좀 봐라. 정말 산에서 왔는갑소이.

삼수네는 남편의 품에서 벗어나 방 아랫목 이불 밑에 묻어 두었던 밥그릇을 꺼냈다. 남편이 집 나간 뒤로 하루도 거르지 않고 하마 돌아올까 하는 마음으로 묻어 두었다가 아침마다 제사밥 먹듯 곱씹는 심정을 알기나 할까.

허허, 우리 마누라가 이렇게 열녀인 줄 몰랐네. 앞으로 그 말 하면서 살세나.

삼수는 허기진 배를 채웠다. 오랜만에 마누라가 차려 주는 밥상을 받으니 새삼 감격스러웠다. 그 어느 밥상보다 고맙고 소중하였다.

헌디, 나를 데리러 왔다고 했는디, 내 팔자가 펴질 곳이오?

밥상을 물리자 삼수네는 궁금한 마음을 조급하게 캐물었다. 돈이라도 한몫 벌어 왔다면 굳이 낯설고 물설은 타관 객지에서 사느니 고향에서 따뜻하게 사는 게 낫지 않겠는가. 부족할 게 뭐가 있는가.

상팔자야 되겠는가마는 마음 푹 놓고 살 만할 것이네.

내가 한사코 싫다면 어쩔 것이오?

자네가 싫다 할 이유가 없제. 내가 고향에서 살게 되면 왜놈들의 눈초리가 마음을 불편하게 할 것인께.

오메, 그럼……?

그렇다는 것이네. 그런께 아무 소리 말고 내 말을 따르드라고.

삼수는 힘주어 말하였다. 이럴 때 한잔 술이 간절하였다.

소도댁도 마찬가지요?

조영도 집을 따로 마련해 놓고 기다리고 있네. 다음 복내 장날 옹기전으로 두 사람이 찾아오소. 주위 사람들에게는 친정에 간다 하고. 짐은 간단하게 챙기고.

뭔 이런 일이 있다요. 하룻밤 새에 눈썰매를 타는 기분이요.

삼수네는 뭐가 어떻게 돌아가는지 가늠이 가지 않았다. 유령처럼 불쑥 찾아와서 막무가내 몸만 빠져나오라니 감을 잡을 수가 없었다.

소도댁은 알고 있소?

지난번 조영이 옹구장수에게 편지를 보내어 살아 있는 줄은 알 것이네만, 보쌈 싸듯 이사 가리란 것은 모를 것이여.

허면, 왜 그런 중차대한 소식을 나에게 귀띔을 해 주지 않았을고?

모르긴 몰라도 보안상 그랬지 싶네. 비슷한 언질은 주었것제. 아니여. 이제 와서 따지고 자시고 할 것 없네. 자, 자, 이리 오드라고. 마음 바쁘네. 날이 새기 전에 가야 허니께.

삼수는 아내를 억세게 끌어안았다. 물큰하고 비릿한, 그러면서도 탄력 있는 체취가 마음을 급하게 내몰았다. 삼수네도 기린 정을 발산하였다. 어허둥둥, 어허둥둥, 이 고개가 무슨 고개냐, 세상만사를 다 실어 넘기는 황홀경이로다. 오메. 오메. 나도 넘어가요. 넘어가……. 열락은 폭풍우로 치달았다.

한밤을 뜨겁게 보낸 삼수는 새벽같이 집을 나섰다. 삼수네는 나른하면서도 아련한 눈길로 장날을 기약하고 남편을 보냈다. 이제 새로운 곳에서 살 것이라고 생각하자 가슴이 새틋하였다. 날이 밝기가 무섭게 세간살이를 매슬러 보았다. 가난한 집 살림살이라 가져갈 것도, 애착이 가는 것도 없었다. 삼간초옥이나 다름없는 집은 남편 말대로 막내 시동생에게 넘겨주면 될 터였다. 당장 필요한 것만 챙기리라. 더구나 마음 가벼운 것은 시어머니였다. 삼수가 집을 나가 소식이 묘연하자 시어머니는 가슴을 쓸어내리며 둘째아들 집에서 큰아들이 살아 돌아오기만을 빌고 있었다.

대충 눈으로 세간을 어루만진 삼수네는 소도댁을 찾았다. 아직도 가랑이 사이에 남편의 용솟음치던 힘찬 열기가 문신처럼 새겨져 몸피가 가벼웠다. 이래서 남편이 좋은가 보제. 그동안 독수공방 홀로 버둥거리며 지새웠던 원망의 나날이 봄눈 녹듯 녹아내렸다. 거울 앞에 앉아 있는 소도댁을 발견한 삼수네는 청승스러운 그 모습이 얄미웠다. 평상하고 수더분한 모습을 거울에 비춰본들 무슨 윤기가 나겠는가.

뭔 청승으로 그라고 앉아 있는가?

오늘따라 마음이 심상하여 내 신세를 감상하고 있네.

거울 앞에서 얼굴 매무새도 다듬지 않고 신세 감상이라니. 삼수네는 청승이 따로 없어 또르르 눈을 흘겼다.

자네를 쪼끔 호강시켜 줄까 하고 왔는디.

자기 앞이나 제대로 가리제. 서방 단념하고 새 출발하라고 중매라도 설 참인가?

똑 뿌러지게 맞추었네. 돌아오는 복내장날 나와 함께 가

146

야겠네. 이미 선 볼 사람하고 약속을 했응께 군소리 말고 따라나서더라고. 뒤돌아볼 것 없이 아예 보따리를 싸게.

여기서 거기까지 거리가 얼만디, 귀꿈스럽게 초치고 외장치네이.

소도댁은 시덥잖다는 듯 눈을 흘겼다. 마음만 먹었으면 벌써 개가하여 팔자를 고쳤을 것이다. 그런 속내를 모를 리 없는 삼수네가 아닌가. 농담치고는 뇌꼴스럽게 진하였다.

내 말을 꼴짝하게 듣는 건가? 아무 소리 말고 보따리를 싸란 말시.

이 여편네가, 농담도 진하면 시빗거리가 되는 법이여. 어디서 함부로 주둥아리를 놀리는 건가?

내가 시방 농담이나 하자는 줄 아는가? 아침부터 뭔 할 일이 없어 비싼 밥 묵고 자네 심기를 건드리겠는가.

삼수네는 포르라니 성깔을 내는 소도댁을 눈 흘기며 맞받았다. 지년은 내게 그 중차대한 편지를 능구렁이 담 넘어가듯 꿈 이야기로 비질하며 입을 봉하였겠다?

그럼, 자초지종 세세하게 말하게. 언놈에게 선을 보인단 말인가?

소도댁은 심통 사납게 내치듯 말하였다.

자네 서방이제, 누군 누구여.

뭐, 뭐시여? 시방 뭐라고 했는가? 밑도 끝도 없이.

소도댁은 놀란 가슴을 진정시키며 무릎걸음으로 삼수네에게 다가앉았다.

그러기 전에 내가 따져 물을 게 있네. 지지난번 옹구장수가 전해 준 편지는 왜 나한테 비밀로 숨겼는가?

소도댁은 그 말에 정신이 번쩍 들었다. 누구한테 그 말을 들었을까? 아득한 기분이었다.

이보게, 삼수네. 내가 숨기고 싶어서 그런 게 아니었네. 하도 비밀스러운 편지여서 좀 더 두고 보자고 한 것이었네. 생각해 보게. 그게 한 입 건너 두 입으로 옮기기라도 할라치면 좋을 리 없지 않는가.

그러면 내가 외장치고 다니기라도 할 거란 말인가? 나를 그렇게 입 가벼운 여자로 알다니 섭섭한 정도가 아니네.

너무 소심한 내 계산속이었네. 정말 오해하지 말게.

알았네. 지난 일을 가지고 쌍심지 켜고 따져서 뭣 하것는가.

그럼, 이번에는 자네 앞으로 소식이 왔던가?

간밤에 애 아부지가 산적 형상으로 바람처럼 다녀갔네. 어따가 집을 마련해 놓고 새살림을 차린다면서 복내장날 보퉁이만 들고 옹구전으로 오라고 하데.

이것이 꿈이란가, 생시란가?

나도 귀때기를 몇 번이고 꼬집었네.

뭐라고 핑계를 둘러댈게?

마음 심란하여 친정에 간다고 둘러대라고 하데. 그리 알고 준비하게.

소도댁은 삼수네의 말에 뛰는 가슴을 억제하지 못하였다. 족두리 쓰고 혼례청에 들 때도 이러지는 않았다.

*

장날은 여전히 붐볐다. 사금 채취로 활기가 넘쳐났다. 주재소는 전보다 더 위용을 갖추고 있었다. 보국안민, 우국충정의 정신으로 일제를 몰아내기 위해 일어선 의병은 이 땅에서 일제의 만행을 잠재우려고 하였으나, 결과는 저렇듯 위세를 내보이게 하였다. 조영은 의병대장의 최후를 생각하자 피눈물이 울컥 치밀었다. 당장이라도 폭탄을 안고 주재소로 뛰어들고 싶었다. 옹기전을 들어서자 삼수가 먼저 와 옹기전 주인장과 이야기를 나누고 있었다. 옹기전 주인장은 녹차를 내놓았다. 삼수는 차를 마시면서도 자꾸만 밖을 내다보았다. 마누라를 몹시도 기다렸다.

두문골 소식은 들었는가?

전혀 못 들었어요. 바깥나들이는 오늘이 처음이라서요. 무슨 일이라도 일어났는가요?

조영은 예감이 좋지 않았다. 그 사이 일제가 광산 굴을 뚫는답시고 짓쳐 들어왔는지도 몰랐다.

일제의 마수가 뻗친 모양이더군. 지난 장날 무인이 내려와 조만간 쫓겨나겠다고 하데.

두문골이 본래 모습을 잃는단 말이오?

삼수는 분통이 터졌다. 왜놈들이 가만 놔둘 리 없을 터였다. 순간, 폐허로 변한 부곡 가마골이 눈앞에 다가왔다. 두문골도 그렇게 되지 말란 법은 없을 것이다.

무인의 식솔들은 어디로 가지요?

잘 모르겠네만, 어딘가 봐 둔 은신처가 있는 듯하데.

조영은 옹기전 주인장의 말을 들으며 한번 찾아가 보기로 마음먹었다. 그냥 흘려듣기가 괴롭고 궁금하였다. 아낙네 하나가 보퉁이를 안고서 쭈뼛거리며 옹기전을 들어섰다. 소도댁이었다. 뒤따라 삼수네가 보퉁이를 이고 들고 아이까지 앞세우고 들어섰다.

안사람들이 오는 갑네. 어여, 들어오시오. 오느라 고생 많았소.

옹기전 주인장은 금방 알아보고 합석을 권하였다. 조영은 아내의 초췌한 모습에서 그간의 마음고생을 읽을 수 있었다.

생각보다 엄청 길이 머요. 소도댁맨치러 가볍게 올 것을

150

사람 마음이 어디 그럽디요.

삼수네는 남편을 대하자 마음이 놓였다. 집을 나설 때부터 누가 낚아채지나 않을까, 마음이 조마조마하였다. 소도댁은 비로소 남편을 바라보았다. 훨씬 성숙한 기상이었고, 까칠한 모습이 낯설게도 다가왔다. 가슴속에서 서러움 같은 반가움이 잔잔한 파도처럼 일었다. 마음 같아서는 가슴에 안겨들며 어지러웠던 그간의 심사와 기린 정을 울컥 내쏟고 싶었다.

오랜만에 그리운 정으로 만났으면서 어째 분위기가 밍밍하구먼.

아따, 그라면 외장치고 얼싸안겠는감요. 앞으로는 밤도 길고 날도 많은디.

삼수는 흐벅지게 웃으며 옹기전 주인장의 말을 너스레로 받아넘겼다.

그래도 재회의 기쁨은 나누어야제.

암만요. 내가 얼른 장을 봐 오겠소.

자네는 가만있어. 시절이 흘렀다지만 조심할 필요가 있응께.

조영은 들썩이는 삼수의 엉덩이를 잡아 앉혔다. 소도댁이 나붓이 자리에서 일어났다. 삼수네도 뒤따라 나섰다. 시간은 어느새 정오를 넘어서고 있었다. 조금 있자 두 아낙네는 장을 봐 왔다.

오늘이 있기까지 도움이 컸습니다. 크나큰 은혜를 입었
지요.

조영과 삼수는 진심으로 옹기전 주인장에게 감사를 드렸
다. 옹기전 주인장의 배려가 없었다면 요원한 일이었다. 더
구나 음으로 양으로 의병들을 위해 헌신적으로 협조하였고,
때로는 위험을 무릅쓰고 도움을 주면서 두문골과 부곡 가
마골 사람들과 상거래를 떠난 끈끈한 우정을 맺어 왔다.

콧날 시큰하게 뭘 그러는가. 이것도 다 인연 아니겠는가.
앞으로도 잊지 않고 서로가 의지하며 잘 살면 되는 것 아
닌가?

저는 도움을 많이 받아야것습니다요. 설익은 기술로 도자
기를 빚자면 여러모로 가르침을 주셔야지요.

덕분에 나도 매상이 오르면 좋잖은가. 부지런히 사명감을
안고 일하면 훌륭한 도공이 될 걸세.

그렇게 노력하겠구만요. 자네는 이왕지사 여기 장바닥에
다 약재상 간판을 내걸면 안 되겠남?

삼수는 들뜬 가슴으로 조영에게 술잔을 안겼다. 세상을
살자 하니 생각지도 못한 이력을 이마에 새기게 되었다.

나도 마음은 그러고 싶네만 저놈의 주재소 보기 싫어 마
뜩찮네.

난 미처 그 생각을 못했구만.

삼수는 조영의 웅숭깊은 속내에 머리를 끄덕였다. 소심하리만큼 용의주도하였다. 술잔을 나누는 동안 장은 파장으로 치닫고 해는 서산으로 기울었다. 옹기전 주인장이 먼저 시간을 일깨웠다. 조영과 삼수는 어기적 일어나 마누라가 이고 들고 온 보퉁이를 가볍게 둘러멨다. 옹기전 주인장은 큰길까지 배웅하였다. 조영과 삼수는 마누라를 앞세우고 장거리를 벗어났다. 저무는 해를 가늠하며 걸음을 빨리하였다. 술기운도 번지고 배도 든든하겠다, 아내와의 동행은 숨가쁘지 않았다. 해가 서산마루에 기울 무렵 삼수가 거처할 마을 어귀에 이르렀다.

자넨 집 찾아가자면 날이 어둡겠네.

여기서 한참 머요?

삼수네가 그냥 헤어지기가 아쉽다는 표정을 지었다. 그동안 이웃하며 고초를 함께한 정리가 물큰 입에 씹혔다.

그리 먼 곳은 아니오. 저 산 고개를 넘으면 되오.

조영은 무넘이고개를 가리켰다.

소도댁, 인자 깨소금으로 살세. 참말로 신혼 과부가 따로 없었네.

자네는 아이까지 딸리고, 나보다 더 고생이 많았제. 그 말하고 따북하게 살세. 아무리 낯설다고 사는 입에 거미줄이야 치것는가.

그러게. 두 발 뻗고 살 것 같네.

삼수네는 코맹맹이 소리로 작별하였다. 삼수와 헤어진 조영은 아내의 손을 꼬옥 잡고 산마루를 치올랐다. 서산에 걸린 샛별이 유난히 밝았다. 소도댁은 따스하게 감싸는 남편의 온기에 감회가 서리었다. 독수공방. 고통으로 얼룩진 긴 긴밤을 홀로 지새울 때 오늘을 상상이나 하였는가.

내가 많이 원망스러웠제? 고생도 징상스러웠을 것이고.

갑자기 회오리바람에 불려 간 낙엽맨치러 행방이 묘연한 사람을 기다리는 그 심정을 당신이 알면 얼마나 알것소.

소도댁은 가만스레 서산마루에 걸린 샛별을 가슴에 따 담았다. 회한이 서리어 있었다.

해괴한 운명이었네. 내가 느닷없이 의병이 될 줄 누가 알았겠는가. 하지만 후회는 없네.

정말 의병이 되어 왜놈들과 싸웠소?

총칼을 맞대고 싸움만 한 줄 아는가? 부상자들을 치료하고 나중에는 두문골에서 숨어 지내며 무기도 두들겨 만들었네.

충의가 담뿍한 가장네를 만났네요. 모든 정황으로 보아 그럴 가능성이 있다고 생각했는디 장하고 장하요.

조영은 그게 칭찬의 말인지 그간의 서러운 심사인지 분간

154

이 가지 않았다. 새삼 아내의 굳은 심지가 고마웠다. 그간의 고초를 말하지 않아도 알 것 같았다. 더구나 왜놈들의 눈초리가 집요하였을 것이다.

어디까지 갈 참이요? 첩첩산중에서 화전을 일구자는 것이요?

허허, 별스런 소리를 다 하는구랴. 조영은 무넘이재를 내리 걷자 아내를 번쩍 안았다. 아내의 가쁜 숨소리가 가슴을 울리면서 비로소 따스한 훈김이 스며들었다. 사랑스러웠다. 아내를 더욱 힘주어 안으며 입술을 포개었다. 달콤하고 황홀하였던 신혼의 입맞춤보다 더 감미로웠다. 이이가 정말. 소도댁은 그러면서도 다소곳이 부끄러움을 탔다. 별빛이 이마 위에 떨어졌다.

이게 우리 집이오.

조영은 고즈넉이 다가서는 대문을 열고 들어섰다. 적요가 떠돌던 집안 공기가 출렁 파문을 일으켰다.

어떻게 이런 집을 장만하였는가요?

소도댁은 눈을 휘둥그렇게 떴다. 오랜 풍상을 겪어 온 고옥일망정 뼈대가 반듯한 집이었다. 우람한 감나무며, 돌배나무며, 뒤울안의 대나무 숲이 세월의 무게를 지니고서 고가(古家)의 역사를 말해 주었다.

인연이 닿은 게요. 당신의 마음에 든다니 됐구랴.

산골 움막인가 했는디 고대광실이나 다름없소.

소도댁은 꿈속 같은 생각마저 들었다. 산속에 숨어 지냈다면서 이런 기틀을 마련하다니. 남편을 원망하였던 마음이 순식간에 사라졌다.

어여, 듭시다.

조영은 갑자기 기분이 상승하였다. 아내의 체취가 묻어난 앞가슴이 뜨거운 훈기를 피워 올렸다. 오랜만의 재회. 조영은 다급한 마음과는 달리 가만가만 옷고름을 풀어헤치고 봉긋한 가슴을 어르고 깊고 깊은 심연으로 자맥질하였다. 아내는 가냘프고 여린 불쏘시개로 타오르더니 점차 불길이 거세어지면서 어느 순간 장작불더미처럼 타올랐다. 그와 함께 육신과 영혼이 하나로 합일하면서 쇳물로 녹아내렸다.

*

조영은 신혼의 단꿈 이상으로 몇 날을 보냈다. 새로운 보금자리에서 망각을 일깨우는 신접살림은 마음을 안정되게 하였다. 왜놈들에게 쫓기다시피 숨어 지냈던 의병시절이 결코 악몽일 수 없었다는 자부심을 입술 깨물며 가슴에 새겼다. 그리고 산과 들에서 다소곳하게 자라고 피어나는 약초가 저마다 성분을 지닌 채 가난한 민초들의 건강에 도움이

된다는 사실을 드넓은 가슴으로 펼쳐 보일 때라고 생각하
였다. 구제창생의 일념으로 약초를 채취하여 가난한 이웃들
을 위해 봉사하리라.

허허, 이 집은 따순 냄새가 가득하구랴.

뒤돌아보니 삼수였다. 덥수룩한 구레나룻을 말끔히 밀어
낸 탓일까 삼수 역시 신색이 훤하였다. 조영은 반갑게 맞았
다. 그렇잖아도 주위에 마음 푹 내려놓고 이야기할만한 사
람이 없어 적조하던 참이었다. 두 사람은 술잔을 부딪쳤다.
새삼 듬직한 우정이 맺혀났다.

오늘은 한가한 성싶네.

한가해서가 아니라 특별히 시간을 냈네.

무슨 일이라도 있는 건가?

두문골을 한번 가 봐야겠네. 아무래도 예감이 좋지 않아.

그렇지. 내가 그 생각을 깜박 잊고 있었네.

마누라 엉덩짝에 묻혀 지내다 보면 그럴 수도 있제. 서둘
러 다녀오세.

두 사람은 술잔을 마저 들고 자리에서 일어났다. 그간 두
문골을 잊고 있었다는 데에 죄책감이 들었다.

오늘은 제대로 돌아올 거요?

이번에는 마음 푹 놓으시오. 종종걸음으로 돌아올 텐께.

삼수는 허벌죽 웃음으로 받아넘겼다. 그래도 소도댁은 설

핏한 얼굴로 두 사람의 뒷모습을 바라보았다. 두 사람은 익은 걸음으로 산을 타고 넘었다. 산 고개에서 한숨 고른 다음 부곡 가마터에 이르렀다. 여전히 왕명인의 넋 나간 아들은 가마터를 파헤치며 도자기 조각들을 주워 모으고 있었다. 길가 한옆에 도자기 파편무지가 탑처럼 쌓여 있었다. 두 사람은 잠시 걸음을 멈추었다.

이보게, 끼니는 제대로 찾아 묵는가?

삼수의 말에 왕명인의 아들은 비치적 얼굴 한켠에 웃음기를 머금었다. 안면이 있다는 표시였다. 얼굴이 영 말이 아니었다. 씻지도, 옷을 갈아입지도 않아 형상이 측은하기만 하였다. 하긴, 온전한 정신이 돌아왔으면 속절없이 땅을 파 뒤집고 있겠는가. 왕명인의 아들은 잠깐 멈칫하는가 싶더니 하던 일을 계속하였다. 무심의 경지였다. 두 사람은 부곡 가마터를 뒤로 하고 두문골을 찾아들었다. 계곡물소리는 여전한데 길이 넓혀졌다. 무슨 일이 생긴 게 틀림없었다. 왜놈들이 기어코 광산 굴을 파는가? 두 사람은 가만가만 올라갔다. 두문골을 도원경으로 만들던 복사꽃나무가 베어지고 없었다.

완전히 회를 쳐 놨네. 가마터라고 온전할 리 없겠네. 무인의 식솔들은 어찌 되었을게?

두 사람은 계곡 건너편 산등성이로 올라가 정황을 살펴

보기로 하였다. 광부들이 벌써 굴을 파고 있었다. 무인의 식솔들과 의병 부상자들이 기거하였던 초막은 광부들의 숙소로 변해 있었다. 가마터는 흔적도 없이 파괴되었다. 한마디로 변괴였다.

무인의 식솔들도 설마 광부로 잡혀 노예처럼 혹사당하지는 않것제?

낸들 알것는가마는 사전에 무슨 방도를 취했겠제. 그냥 앉아서 당할 위인은 아니지 않는가. 옹기전 주인장은 알고 있지 싶네.

두 사람은 급히 산을 내려왔다. 장날이 아니어서 옹기전은 한산하였다. 하천에서는 사금 캐는 무리들이 땀을 흘리고 있었다. 옹기전 주인장은 혼자 무료히 앉아 있다가 깜짝 반겼다.

두문골에서 오는 길입니다.

아, 그렇제. 내가 소식을 전해 준다는 게 깜박했네. 어떻던가?

완전히 짓밟혔습디다. 무인의 근황을 알고 계신지요?

알다마다. 식솔들을 거느리고 천봉산 쪽으로 간다고 했네. 자리가 잡히는 대로 파발마를 띄우기로 했는디, 아직 소식이 없네. 용의주도한 사람이라 새롭게 가마터를 일굴 것이네.

그러기를 바라야지요.

소식이 오면 전해줌세. 소달구지에 도자기를 가득 싣고 나타날 걸세. 새롭게 재생한 신접살림은 어쩌?

옹기전 주인장은 어디까지나 낙관적이었다.

나보다 이 친구가 더 좋을 것이오. 나사, 이미 자식이 딸린 몸인께요.

그래서 더욱 애틋한 정이 샘솟을 게 아닌가.

그야 그라요만, 내 딴에는 가마라고 지어 놨는디 제대로 그릇들이 구워질랑가 모르것소. 이럴 때 무인이 곁에 있어야 하는디…… 꼭 무인의 소식을 전해 주시오.

두 사람은 옹기전 주인장과 헤어져 발걸음을 빨리하였다. 어느새 해가 저물고 캄캄한 밤길을 별빛에 의지하였다. 어디선가 승냥이라도 울부짖을 듯한 밤이었다. 밤길을 걸을라치면 제일로 무서운 게 사람이었다. 총칼을 지녔던 의병 시절에도 적개심이 불타올라 두려움을 모르는 가운데 사람의 그림자는 두려움의 대상이었다. 그 시절이 꿈만 같았다. 운명이 가라면 지금이라도 만주 등지로 나가 독립운동을 하고 싶었다.

자네는 구제창생, 가난한 사람들의 병고를 덜어 주게. 그것도 독립운동 못지않네. 나는 그릇을 빚어 돈을 모으면 독립자금으로 내놓것네.

어쩌면 나와 같은 생각인가.

삼수의 머리에서 그런 생각이 나오다니 기특하였다. 조영
은 삼수와 헤어져 집에 들어섰다. 소도댁은 깊은 수심에 잠
겼다가 활짝 얼굴을 폈다.

제 2 부

초저녁 별빛

내가 태어나던 해에 아버지는 인근 장터거리에 약재상을 차렸다. 가까운 거리라 해도 십 리 길이 넘었다. 아버지는 그 길을 매일 걸어서 왕래하였다. 처음에는 장날만 약재상을 열었는데 계절 따라 육신이 멍들고 병든 사람들이 수시로 찾아들어 매일 열 수밖에 없었다. 몸보신에도, 감기몸살에도, 관절염과 피부병에도 아버지의 약재를 필요로 하였다. 그만큼 구제창생이라는 소명을 버리지 않았는데, 틈만 나면 산에 올라 약초를 채취하고 연구하였다. 사람들은 산과 들에 지천으로 널려 있는 약초를 밟고 지나치면서도 손수 요긴하게 채취하여 음용할 줄 몰랐다.

그게 거기에 좋남.

주위에 지천으로 널려 있는 약재를 아버지에게 사 가면서 건성 한마디를 흘렸다.

쑥만 해도 그랬다. 사방에 널부러진 게 쑥 아닌가. 이른 봄날 아낙네들이 춘궁기를 지혜롭게 넘기자고 새 쑥을 캐는 외에는 무성한 잡초쯤으로 보아 넘겼다. 아버지는 그 점을 나무라거나 탓하지 않았다. 너무 흔하면 귀히 여기지 않는 게 우리네 의식 아닌가. 우리네 살림살이가, 습성이 자신들에게 꼭 필요하다 싶은 것만 탐하기 때문이었다.

아무튼, 나는 아버지의 귀여움을 독차지하였다. 이러저러한 고난 끝에 뒤늦게 얻은 딸이었는지라 딸 사랑이 유별났다. 맏딸은 살림 밑천이라는 말을 들어 새겨서가 아니었다. 어머니는 뒤늦게 낳은 자식이 아들이었으면 얼마나 좋았겠느냐고 서운함을 내비쳤지만 아버지는 달랐다. 신식문물이 들어오는 먼 장래에는 여자도 얼마든지 햇빛 밝은 곳으로 나설 수 있다는 견해를 지니고 있었다.

어쨌거나, 아버지의 신심 어린 노력으로 집안은 평안하였다. 의식주 걱정을 하지 않는다는 것, 그것은 평화요 화기만당이었다. 더구나 아버지는 가난한 사람들에게는 약재 값을 되도록 저렴하게 받거나 동정심 어리게 보시를 한 까닭에 인심을 잃지 않았다. 그들은 그 대신 쌀, 보리, 콩, 감자, 파, 마늘, 심지어는 간장, 된장, 김치까지 한줌씩 갖다주며 보답을 하였다. 순박한 인심 그대로였다. 나중에는 자손 없는 시신을 약초물로 염까지 해 주어 주위의 신망이 도타웠다.

아버지는 늘 바빴다. 산과 들에서 약초를 채취하랴, 약재상에 나가 손님들을 대하랴, 그 위에 가난하고 헐벗은 사람들을 위해 봉사하랴, 바쁘게 돌아갔다. 그런데도 조금도 지쳐 보이지 않았다. 자신이 하고 싶은 일을 천직으로 삼는다는 자부심으로 즐거워하였다. 어머니의 내조 또한 자상하였다. 약초를 말리는 과정을 지성으로 돌보았다. 부부애가 깊은 만큼 부창부수의 맥박을 느낄 수 있었다. 얼마의 시간이 지나자 아버지가 말하지 않아도 어머니는 자기 몫을 감당하였다.

그때쯤 삼수아저씨가 빚은 항아리가 집안 가득 늘어났다. 아버지는 건재한 약초를 꼭 삼수아저씨가 빚은 항아리에 저장하였다. 항아리야말로 숨을 쉬는 까닭에 약재를 오래 간직할 수 있다는 것이었다. 그래서인지 아버지는 삼수아저씨가 가마에서 도자기를 꺼내는 날은 어김없이 참관하였다. 아직 온기가 남아 있는 도자기들을 품평하였고, 마음에 드는 항아리는 따로 선별하여 집으로 가져왔다. 두 사람의 우정은 해를 거듭할수록 그만큼 돈독해졌다.

어느 날, 나는 아버지를 따라 우리 집과는 사뭇 먼 장터거리 옹기전에 갔었다. 삼수아저씨가 빚은 도자기들을 실은 소달구지를 타고서였다. 털거덕, 털거덕, 구불구불한 산길을 휘돌아 갔는데, 소달구지가 털거덕거릴 때마다 삼수아저씨는 소고삐를 다잡으며 행여나 그릇들이 다칠세라 바짝 긴장하였다. 장터거리 옹기전에 도착하자 삼수아저씨는 옹기전 주인장으로부터 하나하나 품평을 들으며 주인장이 값을 매기는 대로 군말 없이 따랐다. 아버지 말로는 매번 도자기 값을 후하게 쳐 준다고 하였다. 아무튼, 세 사람은 흔연한 기분으로 많은 이야기를 주고받았다.

무인의 소식은 좀 들었는가라우?

지난번 작별인사차 들렀더군. 천봉산 기슭은 인연이 박복하여 다시금 진교 쪽으로 가기로 했다면서 수척한 마음을 내보였어. 시절이 허락하면 다시금 두문골을 찾아온다고 하였는디, 그 세월이 언제일런지.

진교라면 남해 가는 길목 아닌가요?

아버지와 삼수아저씨는 동시에 의아한 얼굴로 놀라움을 감추지 못하였다.

그쪽은 가깝다면 가까운 거리지만 생면부지 아닌가요? 임진왜란 때 왜놈들이 우리 도공들을 무더기로 끌고 간 곳이기도 하였고, 이도다완의 본고장이라고도 하지만 특별히 그곳을 택한 이유를 모르겠습니다.

그 깊은 뜻은 잘 모르겠으나 도공의 맥을 찾아간 것은 아닐까 하네.

정신적인 참 스승이었는디, 마음이 그렇습니다요.

왜, 그 마음을 모르겠는가. 그곳까지는 그리 멀지 않으니 기회 닿으면 한번 찾아보게나.

그래야지요. 지리산도 겸사겸사 구경하고요.

세 사람이 이야기를 나누는 동안 나는 아버지의 무릎을 베고 잠이 들었다. 정말 포근한 잠이었다. 잠결에 잠시 긴장 감이 느껴져 눈을 떴다.

이것은 약간 여유가 있어 따로 챙겨 왔습니다. 십시일반 조금이라도 보탬이 됐으면 합니다.

아버지는 침묵을 깨고 품안에서 봉투를 꺼내어 옹기전 주 인장에게 건넸다. 그러자 삼수아저씨도 조금 전 받았던 도 자기 값에서 얼마를 떼어 보탰다.

허어, 정말 눈물겹고 기특한 일이네. 인편으로 그 갸륵한 정성을 상해임시정부에 보내겠네.

옹기전 주인장은 두 사람의 손을 덥석 잡으며 감격스러워 하였다.

헌디, 상해임시정부와는 어떻고롬 연락이 닿는가라우?

삼수아저씨가 두릿한 얼굴로 물었다.

김구 주석이 국내에 있을 때 일경에 쫓기어 이곳에 잠 시 숨어 지내다가 상해로 건너갔네. 처음에는 우리가 모 금한 군자금을 자네들이 몸담았던 의병들에게 헌금하였 는디, 의병이 와해되자 김구 주석과의 인연으로 그쪽으 로 옮겨간 것이네. 연락책이 오면 자네들에게도 인사소 개를 시킴세.

그럴 것까지야. 돈 몇 푼 낸 손끝이 부끄럽습니다.

알았네. 어쨌거나 고맙네. 모두가 눈물겨운 보시네.

세 사람은 숙연한 분위기에서 놓여나 술을 마저 들었다. 아버지와 삼수아저씨는 해가 뉘엇해서야 자리에서 일어났다. 소달구지는 황혼 빛에 물든 길을 올 때와는 달리 가볍게 달렸다. 삼수아저씨가 갑자기 회초리 장단에 맞추어 질그릇 깨지는 소리로 단가 한 대목을 내질렀다.

함평천지 늙은 몸이 광주고향을 보랴 하고
제주 어선을 빌려 타고 해남을 건너올제
흥양의 돋는 해는 보성에 비쳐 있고, 고산의 아침안개
영암을 둘러 있다. 태인하신 우리 성군 예악을 장흥하니 삼
태육경의 순천심이요…….

이 고장이 소리의 고장인디 이놈의 시절이 사람들 입에 재갈을 물려 버렸네. 인자, 우리말도 맘 놓고 할 수 없는 지경에 이르렀어. 더러운 놈들. 정말 악랄하네. 민족혼마저 송두리 채 뽑을라고 하니 말이여.

삼수아저씨는 호젓한 산길에 접어들자 평소 가슴에 품고 있었던 불만과 울분을 거리낌 없이 걸걸한 목소리로 내쏟았다.

자네 집에도 호구조사를 나왔던가?

구장이 두어 번 다녀갔네. 눈도장을 찍은 도자기를 안겨 주었더니 별 탈 없이 넘어갔네. 전력을 캐자면 왜 못 캐겠는가마는 한낱 도공의 뒷조사를 해서 뭣하것는가. 자네는 일제 앞잡이들과 왜놈들이 껄떡거리지 않던가?

나야, 약재상 이상도 그 이하도 아니지 않은가. 가난한 사람들을 상대하기에 돈을 갈퀴로 긁어 담는 것도 아니고 겨우겨우 잔주름을 펴는 늘푼수 없는 약재상으로 처신함에랴.

어머니의 말을 빌리자면 아버지는 왜놈들의 눈 밖에 나는 행동은 극히 자제하였다고 한다. 어쩔 때는 배알이 뒤틀려 장총이라도 빼앗아 내갈겨 버리고 싶었다는 것이다. 장총과 대검을 다루는 데는 익은 솜씨라고 하였다. 수틀리면 몇 놈 이마빡에 바람구멍을 내 버리고 만주로 나가 독립운동에 몸담고 싶은 충동을 나의 눈망울을 바라보면서 가까스로 참아냈다고 하였다.

사내대장부가 그릇이나 굽자니 때로는 굴욕감마저 드네만 어짜겠는가. 처자식 굶어 죽어 가는 모습이 눈앞에 다가서는 걸.

너무 자조하지 말세나. 한치 앞을 내다볼 수 없는 게 세상 일이네.

아버지의 말이 끝나기도 전에 소달구지가 걸음을 멈추었다. 삼수아저씨네 집에 도착하였다. 아버지는 삼수아저씨가 붙드는데도 다음을 기약하고 산길을 걸었다. 별이 총총하게 쏟아져 내렸다.

우리 공주. 너희들 세상은 별처럼 빛나는 세상이 되어야 할 텐데 앞날이 치막하구나.

나는 아버지의 한숨 섞인 말을 들으며 말없이 아버지의 등에 업혀 별들을 헤아렸다. 별똥별이 은하수를 가로지르고, 하늘을 치받들고 서 있는 감나무 사이로 불빛 하나가 다가왔다. 마주쳐 나오는 엄마의 신발 끄는 소리가 반가움으로 뛰놀게 하였다.

*

조영은 그동안 말린 약초를 조심스럽게 포대에 담아 멜빵을 한 다음 짊어졌다. 부피보다 가벼워 십 리 길을 걷기에 힘들지 않았다. 길을 가면서도 책장을 넘겼다. 민간요법에서부터 한약재의 효용에 관한, 닳고 닳은 손때 묻은 책이었다. 벌써 몇 번을 정독하였는지 몰랐다. 한 가지 일에 전문가가 되라. 그게 조영의 신념이었고 좌우명이었다. 특히 사람의 생명을 담보로 하는 약재상이기에 얼치기가 되어서는 안 되었다.

오늘 따라 장날인데도 한산하였다. 농번기여서 그런지 몰랐다. 한가하게 앉아 손때 묻은 책을 읽고 있노라니 문득 두문골이 생각났다. 그때 정성으로 채집한 약초를 표본으로 책갈피 속에 오려 붙이고 넣어 두었기에 참고가 되었다. 그게 습관이 되어 지금도 약초를 채취하면 백지에 오려 붙이고 설명을 달아 쉬이 잊지 않도록 하였다.

오늘은 한가하십니다.

파장도 되었고 하여 해를 가늠하며 문을 닫으려는데 교직에 몸담고 있는 김순열 선생이 찾아왔다. 김순열 선생은 모친이 손발이 차고 소화가 잘 되지 않는다면서 두어 번 약재를 처방해 갔다. 젊은 나이에 효성이 남달랐다. 첫 만남부터 무언가 말이 통하였다.

더러는 한가할 때도 있어야지요. 어머니 때문에 오셨는가요?

지나치다가 들렀습니다만, 들른 김에 약재를 좀 사 갈까요.

그러시게요. 요즘은 재미가 어떠시오?

조영은 자리를 권하였다. 집에서 끓여온 약차를 내놓았다.

죽을 맛이지요. 우리의 고유한 의식이 점점 말살되어 갑니다. 이 책은 그냥 수월하게 넘어가는 책이 아닌 듯싶습니다.

김순열 선생은 무릎 밑에 밀쳐 둔 책을 가리켰다.

약초도감이라 해야 할까요. 그런데 한 가지 제안을 해도 되겠소?

무슨 일인데요?

김순열 선생은 심중하게 받아들였다. 평소 소상하고 진지한 구석이 있는 조영이어서 가볍게 내칠 성질이 아닌 성싶었다.

이 약초도감을 가지고 아이들을 가르쳐 보지 않겠소?

어려운 이 책을 가지고요?

어려울 게 없어요. 사생대회를 하듯 아이들을 산과 들로 데리고 가 산교육을 시키자는 게요.

그런 방법이 있군요. 그럼, 아이들을 지도해 주시겠습니까?

김순열 선생은 금방 알아차렸다. 시골 아이들인지라 교실에서 갇혀 지내는 것보다 산과 들에 나가 약초를 사생하면 즐거워할 것이다. 아이들에게 친숙한 약초가 많지 않은가.

그렇게 하지요. 우리말을 제대로 배울 수도 있고요. 약초야말로 우리 땅에서 자란 신토불이고, 따라서 약초 이름이야말로 우리네 것이 아니오.

우리말도 새기고 신토불이 약초도 알고, 좋습니다. 일주일에 한두 번 아이들을 데리고 나가 사생을 하겠습니다.

두 사람은 의기투합하였다. 김순열 선생은 사생대회를 나
가듯 자연스럽게 아이들을 데리고 산과 들로 나갈 것이고,
조영은 평상시의 일과대로 약초를 채취하러 나가면 될 것이
었다. 김순열 선생은 따북하게 지어주는 약재를 들고 돌아
갔다.

조영은 한가한 마음으로 가게 문을 닫고 집으로 향하였
다. 김순열 선생과의 약속은 전혀 예상하지 못하였던 일이
었다. 아이들에게 삼수의 도자기공방도 견학시키리라. 우리
네가 사용하는 도자기 또한 신토불이 흙으로 빚어진 것이
아닌가. 혼이라 해도 좋고 얼이라고 해도 좋을 숨 쉬는 공기
(公器)임에랴. 아이들은 천진한 만큼 순수하고 진지하게 우
리 것을 가슴에 담으리라. 조영은 훈풍이 지펴나듯 뿌듯한
사명감을 안았다.

조영과 아이들의 만남은 첫날부터 즐거움을 동반하였다.
아이들은 초롱한 눈망울로 진지하게 귀 기울여 듣고 공책에
일일이 약초를 오려 붙이며 조영의 말을 가슴에 새겨 담았
다. 조영은 그런 아이들을 위해 꽃말의 유래며, 전설까지 곁
들여 각인시켰다. 에게게, 이것이 배앓이에 좋은 줄 몰랐네.
요것은 토끼가 좋아하는 풀이고, 저것은 할미꽃 아닌가배.
아이들은 또르르 웃으며 신명을 냈다. 김순열 선생도 정성스
레 약초를 스케치하면서 아이들과 공감대를 형성하였다.

우리 집 연못에 연꽃이 피는디 그것도 약으로 씁니까?

연꽃은 말이다. 마음을 진정시키고 몸을 가볍게 하며 얼굴빛을 곱게 한단다. 연밥은 오장을 보하고 기혈을 돕는다. 연잎은 나쁜 피를 제거하고 복통을 다스리며 버섯 독을 죽이고, 연뿌리는 꿀과 함께 먹으면 회충 따위가 생기지 않는다.

우아, 만병통치약이 따로 없네요.

감귤껍질도 기침에 좋으니 버리지 말고 끓여 먹으면 좋다. 감자도 소변을 편하게 하고 갈증을 다스린다. 어디 그뿐인 줄 아느냐. 대추, 포도, 밤, 딸기, 앵두, 매실, 모과, 홍시, 복숭아, 은행, 사과, 배, 감, 석류 등 우리가 먹을 수 있는 과일은 두루 몸에 좋다. 그러니 가리지 말아라.

그것들은 다 맛있어라우. 없어서 못 묵제요.

아이들은 풍뎅이처럼 맴돌며 웃음을 깨물었다. 메말랐던 대지에 단비가 내리듯 신선한 기운이 넘쳐났다.

오늘은 그만 할끄나?

아니라우. 우리가 묵는 채소에 대해 말해 주시게라우.

허어, 이 녀석들 아주 신명이 났구나. 생강은 말이다. 구토를 그치게 하고 찬바람과 습기를 다스린다. 공자님도 생강을 즐겨 먹었다. 그러나 너무 많이 먹어서는 안 된다. 더구나 밤에는 먹지 말거라. 토란은 장과 위를 너그럽게 하고,

비름은 눈을 밝히고 대소변을 편하게 하며 회충을 죽인다. 무는 음식을 소화시키고 관절을 편하게 하며 오장의 나쁜 기운을 다스린다. 배추는 장과 위를 편하게 하고 가슴 속의 열을 다스린다. 수박, 참외, 죽순, 물외, 수세미, 상치, 씀바귀, 냉이, 달래, 더덕, 도라지, 시금치, 파, 마늘, 양파, 부추도 골고루 잘 섭취해야 한다. 그게 일상의 보약이다.

그럼, 할무니들이 진짜 의사네요. 그런 걸 다 아니께요.

할머니들의 손이 그래서 약손이라고 하지 않더냐.

맞아요. 우리 할무니는 지가 배가 아플 때마다 손으로 살살 문질러 줘요. 그러면 씻은 댓기 나사요.

그러니까 할머니, 할아버지 말씀을 잘 들어야 한다.

김순열 선생은 넌지시 효심을 불어넣어 주었다. 조영은 아기풀과 결명자를 캐 들었다.

이것을 아는 사람?

맨날 보는디 무슨 풀인지 잘 몰라요.

이것은 아기풀 뿌리다. 지혜를 해맑게 해 주고 귀와 눈을 총명하게 하며 건망증을 다스리고 뜻을 강하게 한다. 이것은 결명자라고 한다. 눈을 밝게 하고 간의 기운을 돕고 두통을 다스린다. 베개 속에 넣으면 머리풍을 다스리고 눈에도 좋다. 항시 차로 끓여 먹으면 효험이 있다. 그래서 너희들에게 긴요한 약이다.

이렇게 흔한 것이 명약이네요.

산과 들에서 자생하는 이름 없는 풀일지라도 다 약에 쓴
다. 다음에 또 더 많은 것을 직접 눈으로 보고 채집하며 배
우기로 하고 내일은 도자기 굽는 공방을 견학하자.

아이들은 좋아라고 손뼉을 쳤다. 아이들을 집으로 돌려보
내고 나서 조영과 김순열 선생은 가벼운 기분으로 마주 앉
았다. 소도댁은 가시오가피나무로 빚은 약술을 내놓았다.

정말 산교육입니다. 우리의 것을 올곧이 눈으로 보고 익
힐 수 있으니 아이들에게 이보다 더 좋은 배움은 없지 싶습
니다.

김 선생을 만난 아이들의 복이지요.

내일은 도자기 공방을 견학시킨다고 하셨는데 여기서 멉
니까?

조금 멀어요. 아이들 걸음으로는 다소 힘겨울지 모르겠
어요.

괜찮을 겁니다. 아이들이란 신명이 오르면 피곤을 모릅
니다.

김순열 선생은 내일을 기약하고 자리에서 일어났다. 그
뒷모습이 힘차고 의젓하였다.

다음 날, 조영은 약속대로 삼수의 도자기 공방을 찾았다.
아이들은 마치 소풍 나온 기분으로 들떴다. 예고도 없이 아

이들과 함께 떠들썩하게 들이닥치자 삼수는 눈을 뒤룩이며
영문을 몰라 하였다.

뭔, 아이들이여?

도자기공방 견학을 왔네. 이 분은 담임선생님이시고.

삼수와 김순열 선생은 인사를 나누었다. 아이들은 공방을
둘러보다 말고 흙 반죽에 달라붙어 손장난을 하였다.

단순한 구경이 아니고 도자기 역사라든가, 만드는 공정을
가르쳐 주시면 산교육이 되겠습니다.

역사야 저 원시시대부터 맥을 이어 오고 있지요. 가장 흔
하고 질긴 우리네 흙으로 빚어낸 이 땅의 얼이 깃들어 있기
도 하고요.

그 얼을 귀찮다 생각 마시고 아이들의 가슴에 심어 주십
시오.

허허, 내가 갑자기 서당 훈장이 된 기분이네. 야들아, 장난
그만하고 이쪽으로 모여 봐라.

아이들은 삼수의 투박한 소리에 흙 장난질을 멈추고 삼
수 곁으로 모여들었다. 아이들은 또랑한 눈망울로 삼수를
주목하였다.

우선 고려청자부터 말하것다. 청자는 옥빛이다. 옥은 옛
날부터 귀한 보석으로 왕관이나 귀걸이, 비녀 따위의 장신
구에 사용되었다. 그런데 옥이 귀한데다 그릇을 만들기도

어려워 흙으로 옥 같은 그릇을 만들었다. 여기서 가까운 거리의 강진에서 나는 청자가 이름을 떨쳤다. 청자 이전 토기의 역사는 신라, 백제, 고구려, 가야시대를 한참 거슬러 올라가지만……

그럼, 흰 그릇은 어떻게 태어난 겁니까? 우리 집에는 제사 때 쓰는 그릇이 모두 흰 그릇인데요.

학생 하나가 손을 번쩍 들며 질문을 하였다.

백자는 검소함과 청렴함과 질박함을 숭상한 선비정신이 담겨 있다. 화려하고 과시적인 사치스러움을 배격한 것이다. 공기와 같이 무한하고 소박한 것을 담고자 하였다. 그리고 막사발 말이다. 백자가 선비정신을 담은 것이라면 막사발은 가난한 서민들이 아무 부담 없이 사용하였다. 너희들 집에도 함부로 쓰는 막사발이 있을 것이다. 그것이 임진왜란 때 일본으로 건너가 국보급이 되기도 했다만. 가만있자, 지금부터 느그들이 실지로 그릇을 만들어 보거라. 자기가 만들고 싶은 것을 만들면 된다.

삼수는 아이들에게 흙을 한 덩이씩 안겨 주었다. 그리고 그릇 만드는 법을 가르쳐 주었다. 아이들은 금방 그릇 만드는 데 정신을 빼앗겼다.

우리는 차라도 한 잔씩 나눕시다. 도자기 역사에 대해 깊이 잘 알지도 못하는지라 설명하자니 진땀을 뺐습니다.

여기 차 대신 자네를 생각하고 약주를 가져왔네.

듣던 중 반가운 소리네. 선상님과 술을 대작하려니 안주가 부실합니다.

기름기 흐르는 안주만 제일입니까. 산새소리, 맑은 공기도 안주지요.

그 말을 들으니께 풍류가 느껴집니다.

세 사람은 투박한 막사발을 술잔으로 남실 술을 들었다.

저 애들이 만든 그릇은 언제쯤 세상에 나오겠는가?

다음다음 장날 옹기전에 가기로 혔으니께 그 안에 가마에 불을 지펴야것제. 그때 연락을 할 텐께 선상님께서 아이들을 데리고 오시오.

아이들이 무척이나 좋아하겠습니다.

김순열 선생은 삼수의 넉넉하고 투박한 인간미가 마음에 들었다.

그런디 일본 놈들이 뭔 전쟁을 일으켰담시라우?

삼수는 디룩한 눈으로 김순열 선생에게 물었다. 지난 장날 옹기전 주인장으로부터 그 말을 전해 들었다.

일본 놈들의 야욕은 끝이 없지요.

허면, 중국본토를 집어삼키겠다는 건가요?

어디 중국뿐이겠습니까. 세계대전에 뛰어든 것입니다. 분수도 모르고 광분하는 꼴을 보자니 울화통이 터집니다.

그럼, 이 나라는 뭐가 되지요?

세 사람은 잠시 숙연해졌다. 장차 저 아이들은 어찌 될 것인가. 암담하기만 하였다.

넋 잃은 세월

감꽃이 많이도 피었구나.

아버지가 제일 처음 감꽃목걸이를 만들어 주던 날이었다. 아버지는 눈처럼 소복하게 떨어진 감꽃을 아침 일찍 일어나 대광주리에 주워 담았다. 나는 오줌이 마려워 눈 부비고 일어나 그 광경을 목격하였다.

우리 공주, 일어났구나. 이리 오너라.

아버지는 즐거운 얼굴로 나를 불렀다. 나는 하품을 매단 채 아버지에게로 다가갔다. 그리고 떠듬하게 물었다.

이게 뭐예요?

감꽃이야. 맛이 어떤가 보련?

아버지는 감꽃을 앙증맞은 내 손에 쥐어 주었다. 나는 조심스럽게 감꽃을 입술 위에 올려놓았다. 달착지근하면서도 떫은맛이 입술 위에 감돌았다.

이리 와 앉으렴. 감꽃목걸이를 만들자꾸나.

아버지는 나를 곁에 앉히고 바늘에 명주실을 꿴 다음 감꽃 한 개 한 개를 지성으로 꿰기 시작하였다.

거참, 청승이 따로 없네요.

어머니는 그 모습을 바라보며 곱게 눈을 흘겼다.

감꽃은 순결을 지니고 있지. 우리 공주에게 딱 어울릴
거야.

아버지는 어머니의 눈 흘김을 흔연하게 받아넘기며 손놀
림을 계속하였다. 나는 아버지 곁에 앉아 시나브로 감꽃을
주워 먹었다. 먹을수록 달착지근하면서도 신선한 맛이 우러
나 자꾸만 손이 갔다.

그즈음 아버지는 약재상에 나가지 않았다. 나는 무슨 일
인지 잘 몰랐다. 낮에는 약초를 채취한답시고 산에서 소일
하였다. 밤이 돼서야 후줄근한 모습으로 돌아왔다. 약재가
필요한 사람은 집으로 찾아와 어머니에게서 받아갔다.

애 아부지는 어디 갔남?

손님이 아버지의 부재를 물을라치면, 어머니는 진귀한 약
초가 있다 해서 지리산에 갔다고 얼버무렸다.

지리산은 원래 명산이라 진귀한 약초가 많다고 들었응께.

손님은 어머니의 말을 곧이들었다. 나는 어머니마저 아버
지의 존재를 쉬쉬하며 숨기는 그 속내를 알 수 없었다. 아버
지가 감꽃을 주워 감꽃목걸이를 만드는 것은 다분히 무료
함과 초조함을 덜기 위한 것인지도 몰랐다.

자, 다 됐다. 목에 한번 걸어 보자.

아버지는 환하게 웃으며 정성 들여 만든 감꽃목걸이를 나의 목에 걸어 주었다.

이쁘다! 정말 공주가 되었다.

아버지는 나를 덥석 안아 무동 태웠다. 순간 아찔한 기분이 들었다. 아버지는 나를 무동 태우고 감나무 주위를 한바퀴 돌았다. 나는 즐거운 비명을 질렀다.

그만하고 아침 드세요. 산에 가야 할 것 아니요?

어머니는 아침상을 들이며 시간을 일깨웠다.

자, 또 다음에 감꽃목걸이를 만들어 주마.

아버지는 나를 내려놓고 어머니와 마주 앉아 아침을 들었다. 감나무 가지에 까치가 날아와 감꽃을 쪼았다. 아침을 든 아버지는 도시락을 챙겨 들고 집을 나섰다.

썩을 놈의 시상……

어머니는 아버지의 뒷모습을 말없이 지켜보며 혼잣소리를 하였다. 어머니의 한숨처럼 어른들의 세상은 강파르게 돌아갔다. 어린 나에게도 피부로 느껴졌다. 걸핏하면 부역에 동원되었고, 징용으로 끌려갔으며, 집집마다 놋쇠그릇 따위를 거두어 갔다. 전쟁물자로 쓴다는 것이었다. 우리 집도 천장 위에 감추어 놓았던 놋쇠그릇과 수저까지 공출당하였고, 어머니는 아버지를 대신하여 몇 번인가 부역에 동원되었다. 산에 가서 소나무진을 채취하여 비행기 연료로 쓴다는 것이었다. 어느 날 김순열 선생님이 가만한 걸음으로 찾아와 아버지에게 피할 수 있을 때까지 숨어 지내라고 하였다. 모두가 제정신이 아니었다. 나는 아버지가 만들어 준 시들어 버린 감꽃목걸이를 걸고 놀다가 가만히 머리맡에 놓았다. 내일 또 만들어 달라고 해야지. 나는 다음날 아침을 기다리며 잠이 들었다.

다음 날 아침, 눈을 부비며 아버지를 찾았다. 그러나, 내 기대와는 달리 아버지는 그날 밤 집에 돌아오지 않았다.

아부지는?

삼수네 아저씨 집에 가셨다. 오늘은 오시려는지 모르것다.

어머니는 나의 어깨를 다독였다. 나는 아버지가 돌아오면 감꽃목걸이를 만들거라고 감나무 그늘 아래에서 감꽃을 주웠다. 달착지근하면서도 입술에 떫은맛이 감도는 감꽃은 오늘 아침에도 수북이 쌓였다. 까치 한 쌍이 날아와 숨은 듯 감꽃을 쪼았다. 아버지는 내가 잠든 사이 밤늦게 돌아왔다. 머리맡에 감꽃을 주워 모은 광주리를 두고 아버지를 기다리다 잠이 들었다.

우리 공주가 아장거리며 감꽃을 주웠구나.

아버지는 나의 머리를 쓰다듬었다.

나 대신 당신이 감꽃목걸이를 만들어 주지 그랬소?

저저이 싫다는 걸요. 무슨 애가 당신만 좋아하는지 모르겠어요.

어릴 때는 다 그렇지 않던가. 이놈의 세상, 언제까지 암흑 세계 속에서 가슴 옥죄며 살려는지…….

삼수네 집은 별고 없던가요?

여기보다 더 산속이라 왜놈의 눈초리가 덜 하더군. 그래도 좌불안석은 마찬가지지만……. 삼수와 뒷산 바위굴에서 여름을 숨어 지내기로 하였구만.

일제의 눈을 피해 살기가 정말 힘겹네요. 할 수만 있다면 그렇게라도 일제의 눈을 피해 살아남아야지요. 당신들은 전력이 있어 징용에 끌려갔다 하면 저그 남양군도 같은 몹쓸 곳으로 보내질 터인게.

그놈들이 우리들의 전력을 알기나 하것는가마는 간세질하는 놈들이 손가락총만 놓아도 불량선인이라고 내몰리는 판이니…….

그러게요.

어머니는 깊은 한숨을 내쉬며 아버지 품에 안겨들었다.

*

갑자기 만세소리가 먹장구름처럼 드센 바람을 타고 들

려왔다. 사람들은 어리둥절하였다. 어느 미친 사람이 아니고서는 감히 만세소리를 내지를 수 없을 터였다. 일제는 입도 뻥긋 못하게 입에 재갈을 물리지 않았는가. 삼일만세 사건 때 들어 보고 처음이었다. 그러나 만세소리는 더욱 크게 합창으로 뒤엉켜 하늘을 진동시켰다. 사람들은 무슨 해괴한 일인가 싶어 하나둘 학교운동장으로 모여들었다. 어느 사이에 기세도 당당하게 펄럭이던 일장기 대신 태극기가 펄럭거리고, 사람들은 만세소리에 휩쓸려 흥분하기 시작하였다. 김순열 선생이 단상에 올라 목이 터져라 조국해방을 외치고, 그때마다 만세소리가 온 고을을 뒤흔들었다. 군중들은 이내 학교운동장을 벗어나 가두행진을 하였다. 제일 먼저 주재소와 면사무소가 아수라장이 되었다. 일본순사들은 벌써 어디로 잠적하였는지 종적을 감추었고, 철창신세를 진 양민들이 풀려나면서 애꿎은 주재소만 분탕질쳤다. 만세행렬은 하루로 끝나지 않았다. 마을마다 친일분자들을 색출하는 분노의 함성이 여러 날 계속되었다.

조영과 삼수는 만세소리가 사흘 동안 진동한 뒤에야 세상이 뒤바뀐 줄 알고 뒷산 바위굴에서 나왔다. 그와 함께 만주와 서울 등지에서 활동하였던 우국지사들이 해방의 열기를 더하였다. 그 가운데 정미소 조카의 귀향은 단연 돋보였다. 만주에서 항일운동을 하였다는 혁혁한 전력을 유감없이

188

발휘하였다. 제일 먼저 친일분자들을 색출하는 일이었다. 어제까지만 해도 일제에 빌붙어 배를 불리고 세도를 부렸던 사람들이 죄인의 몸으로 끌려나와 군중들의 뭇매를 맞았다. 거기에는 다분히 사적인 보복 차원의 형벌도 깃들어 있었다. 정미소 조카가 그 점만은 자제해 달라고 호소하였지만 흥분한 군중들에게는 먹혀들지 않았다.

그들은 곧바로 인민위원회를 결성하고 건국치안대를 조직하여 혼란을 수습하고, 실질적인 통치기능을 발휘하였다. 삼수는 해방의 기쁨을 가슴에 안는 순간 적극적으로 건국치안대에 참여하였다. 그러나 얼마 못 가 미군정이 이를 부인함과 동시에 군정을 선언함으로써 인민위원회의 활동이 위축되었다.

어떻게 돌아가는 시상이여? 아, 우리 나름대로 자치기능을 유감없이 발휘하는디, 미군정이 왜 인정을 하지 않느냐 말이여?

삼수마저도 잔뜩 볼멘소리를 하였다. 정미소 조카를 비롯하여 지도자급 인사들은 서울, 부산, 광주 등지로 잠적하였다.

그게 외세에 의한 민족해방의 비애이자 한계 아닌가.

조영도 뭔가 마뜩찮았다. 아무리 그렇더라도 세상이 우습게 돌아가지 않는가.

친일파를 비롯한 민족반역자들이 미군의 비호 아래 슬그머니 기지개를 켜려고 하지 않는가. 말도 안 되제.

삼수는 세상 돌아가는 꼴이 영 마음에 들지 않았다. 조영은 뒤숭숭한 세태의 추이를 냉정한 눈으로 바라보았다.

삼수, 자네는 왜 갑자기 반탁운동을 하다가 찬탁운동으로 돌아섰는가?

나도 김구 주석과 임시정부계의 반탁, 그러니께 즉각 독립을 찬성했는디, 그게 아니드란 말시.

삼수는 떠름하게 대답하였다. 가슴 아픈 일이었다. 결국에는 불을 보듯 좌우익으로 대립할 것이다. 조영은 나름대로 현 시국을 진단하였다. 더욱 몸을 낮추어 어느 쪽에도 기웃거리지 않았다. 차분하게 일상으로 돌아가 그동안 마음고생 한 아내를 위하였고 약재상을 다시금 열었다. 삼수도 한동안 들뜬 가슴을 진정시키고 작업장에 묻혀 지냈다. 서로가 적조한 기운을 안고 생활하였다.

*

시국이 어수선한디 손님은 있는가 보네.

삼수였다. 뜻밖이었다. 소식이 없기에 열심히 도자기를 빚는가 하였다.

웬일로 나들이인가?

조영은 반가운 마음으로 자리를 권하였다.

자네 근황이 궁금하기도 하고, 옹기전 주인장께서 한번 다녀가라는 기별이 와서 같이 갈까 하고 왔네.

나 역시 그쪽 소식이 궁금하였네.

조영은 가게 문을 닫고 삼수와 옹기전을 향하였다.

자네 말일세. 머지않아 남한단독정부가 수립될 거라는 소문을 들었는가? 그리고 친일세력들이 일본인들이 강탈한 재산을 관리하는, 도저히 이해할 수 없는 일이 나를 심각하게 하네. 북한의 무상몰수, 무상분배 원칙에 의한 토지개혁과는 너무나 거리가 멀지 않은가?

차츰 나라가 안정되면 토지개혁이라든가, 친일세력들의 죄상을 명명백백하게 단죄하것제.

자네는 안일하게 생각하는 것 아니여? 나는 건국치안대에 있을 때 몇몇 동지들을 알게 되었는디, 그들의 말에 전적으로 공감하네.

자네가 공방에만 틀어박혀 있는 줄 알았는디?

나야, 가만히 은둔해 있제. 그들이 한 번씩 찾아와 진지하게 사상을 논하고 시국을 진단하네.

한쪽으로 치우치는 것은 좋지 않아. 항상 중심을 바로 세워야 하느니.

나 같은 놈이 한쪽으로 치우치면 얼마나 치우치겠는가.
자네도 한번 만나 볼랑가?

아니, 됐네. 나는 어느 쪽에도 관심 없네. 사람은 어느 곳
에 처할지라도 분수를 알아야 하느니.

어디 두고 보세. 뜨뜻미지근하기는. 흐르는 물은 어느 한
곳에 모이게 되니께.

조영은 속으로 놀랐다. 삼수는 이미 상당히 깊이 사상적
으로 물이 들어 있었다. 잠시 말을 잊은 채 장터거리에 들어
섰다. 옹기전 주인장은 손님과 마주하고 있었다. 누군가 하
였더니 뜻밖에도 무인이었다. 반가움으로 얼싸안았다. 해방
의 기쁨을 안고 이렇게 만날 줄이야!

모두들 무사히 오늘의 기쁨을 누리게 되어 반갑고 즐
겁네.

그건 그런디, 나라가 두 동강 나 그렇소. 우리가 십시일반
상해임시정부에 독립자금을 보낸 그 기대감이 영 말이 아니
게 무너진 것 아니오?

꼭 실망스러운 것은 아니제. 나름대로 나라를 위해 몸 바
치지 않았는가벼.

그렇지만도 다들 정치적 야욕을 앞세우지 않소. 김구 주
석의 설 자리가 점점 좁아지지 않으요.

하긴, 돌아가는 정세를 보자니 분단의 비극을 맛보겠어.

정치 이야그는 관두고, 무인께서는 제대로 터전을 잡았는
가요?

궁색하게나마 명맥을 유지하고 있네. 내가 이번에 여기
온 것은 두문골을 되찾고 싶어서네.

암만요. 찾아야지요. 일본 놈들이 내버리고 가 버렸응께
무인 어른을 기다릴 거구만요.

글쎄, 그랬으면 좋으련만…….

누가 그 두메산골을 거들떠나 보것소. 당장 같이 가 봅
시다.

성질머리 급하긴. 가자마자 어둠이 지것는디. 오늘은 여
기서 회포를 풀고 내일 일찍 가 보아.

옹기전 주인장이 삼수를 나무라듯 주저앉혔다.

삼수, 자네는 듣자니 도자기를 제법 빚는다면서?

아따, 뭔 소리다요. 그냥저냥 호구지책으로 만들구만이
라우.

겸손하기는……. 저기 저 그릇들이 삼수 솜씨구만. 여기서
봐도 태깔이 나구만.

부끄럽게시리 객쩍은 칭찬은 그만두시고, 오신 김에 가
마나 한번 봐 주시오. 내가 얼치기로 만든 거라 어째 좀 그
렇소.

기꺼이 봐 줌세. 자네는 약재상을 한다지?

저도 호구지책입니다.

아니여. 이 친구야말로 가난한 사람들 병구완으로 인심을 얻었소.

당연히 그래야제. 두문골에서도 부상당한 의병들을 지성으로 간호하지 않았는감.

말이 나왔응께 하는 말이지만, 자네와 삼수는 항일운동으로 몸을 바쳤으니 그 공로를 인정받아야 하는디, 시상이 얄궂게 돌아가네.

우리 같은 사람들을 다 들추어 내자면 한도 끝도 없을 건디요. 옹기전 주인장이며, 무인어른께서도 의병 못지 않았응께요. 더러는 독립투사입네 하고 양철깡통처럼 소리를 내지 않습디요.

네 사람은 밤이 깊도록 술잔을 나누었다. 술잔이 오고갈수록 무인의 고생담이 가슴을 쩡하니 울렸다. 아무런 연고 없이 섬진강을 건너가 자리를 잡기까지의 고생은 무인만이 알리라.

다음 날, 조영과 삼수, 그리고 무인은 아침 일찍 두문골로 향하였다. 간밤의 숙취로 머리가 어릿하였으나 두문골에 이를 즈음에는 신선한 산기운으로 정신이 말갛게 돌아왔다.

가만있자, 저 녀석이 아직도 저러고 있구랴.

부곡가마터를 올려다보던 무인이 걸음을 멈추었다. 왕명

인의 아들이 여전히 실성한 모습으로 가마터를 파 뒤집고 있었다.

허허, 참말로 넋 잃은 세월이구만.

삼수는 쩟, 혀를 찼다. 세 사람은 가까이 다가갔다. 왕명인의 아들은 무인을 알아보고 싱긋이 웃음을 지었다. 땟물로 얼룩진 갈데없는 낭인의 형상이었다.

니가 아직도 한 가지 정신만은 지니고 있는가 보구나!

무인은 왕명인의 아들을 얼싸안으며 울음을 삼켰다. 두문골을 떠날 때 함께 가자 해도 한사코 도리질하였다. 강제로 데리고 가려는데도 죽자고 버티었다. 하는 수 없이 놔두고 갔는데 늘 목에 걸린 가시처럼 염려가 되었다.

그래, 어떻게 먹고 자고 지냈느냐?

그 물음에 왕명인의 아들은 턱으로 저 위쪽을 가리켰다. 위쪽 산그늘 밑에 까대기집 서너 채가 엎드려 있었다. 짐작컨대 산등성이 광산에서 광부로 일하던 사람들이 거처를 옮겨 사는 집인 듯싶었다.

아직도 누가 광맥을 파는가 봅니다.

남은 사람들이 갈 곳이 없어 눌러 지내는지도 모르제. 인자, 조금만 참거라. 내 다시 두문골로 돌아올 텐께.

왕명인의 아들은 알아들었는지 비죽 웃음을 흘리며 주머니 속에서 찻잔을 꺼내 보여 주었다. 니가 느그 아부지 혼을 찾는구나. 무인은 찻잔에서 눈을 뗄 줄 몰랐다.

세 사람은 두문골을 휘돌아 들었다. 계곡물소리가 반기었다.

복사꽃나무가 베어졌구나!

무인은 황폐하게 버려진 전경에 망연자실하였다. 일본 놈들이 황급히 떠났는지 파헤쳐진 동굴 앞은 어지러웠고, 막사 또한 폐가로 버려져 있었다.

아따, 난장판을 쳐놓았네. 이곳도 역사가 숨 쉬는 터전인디.

조영은 삼수의 말에 공감하였다. 세 사람은 휑하게 뚫린 동굴로 다가갔다. 흙더미야, 녹슬은 연장이야, 볼썽사나웠다.

여기서 무엇이 나올 거라고 이 지랄을 했을까?

무인이 심란한 얼굴로 가래침을 뱉으며 돌아서는데 동굴 속에서 시커먼 사내가 연장을 들고 불쑥 나타났다.

당신들은 누구요? 어디서 온 거요?

사내는 사뭇 시비조로 나왔다.

누구냐고요? 이분으로 말할 것 같으면 누대로 이곳에서 터전을 일구어 온 이곳 진짜 주인이요.

삼수가 통방울을 굴렸다.

주인이라고라우? 이 땅 임자는 난디 무슨 천부당만부당

한 소리를 하시오.

사내는 가당찮다는 듯 험상한 표정을 지었다.

시방 시비를 하자는 거요? 조상대대로 살아온 주인을 몰라보고 어따 대고 눈을 부릅뜨는 거요?

삼수도 지지 않았다. 여차하면 메다꽂을 기세였다.

아니, 지금 누구더러 시비를 건다는 거요? 당신네들이 다 짜고짜 홍두깨 내밀듯 시비를 걸지 않소?

허어, 이 사람이 정말 주객이 전도되어도 유분수제. 무슨 낮도깨비 형상으로 대드는 거여?

그러지 말고 내력이나 들어 봅시다.

울큰한 성질을 내지르려는 삼수를 무인이 제지하였다.

내력이야 간단하지라이. 일본 놈들이 물러가면서 나한테 땅문서를 준 거요.

허면, 볼 것 없이 일본 놈들 밑에서 갖은 알랑방귀를 뀌었구먼.

삼수는 뇌꼴스럽다는 듯 코를 핑 풀어 던지듯 내뱉었다.

뭣이오? 듣자듣자 하니께. 이래뵈도 똥줄 빠지게 일한 대가요.

그거사, 매치나 되치나 매한가지 아닌감. 오죽했으면 일본 놈들이 땅문서를 안겨 주었겠어.

정말 모난 소리만 해쌀 것이오?

흥분하지 마시고, 그쪽은 일본사람으로부터 땅문서를 받았고, 이분은 조상대대로 지켜 온 안태고향이니 상식적으로 누가 양보를 해야것소?

조영은 사내의 흥분을 진정시키며 사리분별을 바랐다.

안태고향은 고향이고, 땅주인은 엄연히 나요. 누가 뭐라 해도 그것은 되물릴 수 없는 현실이오. 이미 남의 손으로 넘어간 땅을 내놓으라는 법이 어디 있소.

이렇게 합시다. 그 땅문서를 내게 파시오.

그럼 주라는 대로 값을 다 주겠다는 것이오?

그런 법이 어디 있소. 일본 놈들에게 그냥 공짜로 얻어놓고…… 말이야 바로 하지만 이 땅값이 나가면 얼마나 나가것소? 양심 있는 짓거리를 해야제.

이 사람이 말끝마다 시비를 거네. 내 말은 천금을 준다 해도 안 판단 말이오.

오기로 나올 게 뭐 있소. 좋도록 마음을 되돌립시다.

안 팔겠다는디 웬 성화요. 이 땅굴 속에서 무엇이 나올지 아무도 몰라요. 일본 사람들이 그냥 무지막지하게 땅굴을 판 줄 아시오?

허면, 금덩어리라도 나올 것 같으요? 일본 놈들이 뭣 땜새 이곳을 이 지경으로 만든 줄 아시오? 의병활동을 발본색원하자는 전략으로 이렇게 만든 것이오.

그걸 어떻고롬 아시오? 내가 듣기로는 저 위쪽 광산과 맥이 닿는다고 했소.

그럼, 당신이 저 위쪽 광산까지 동굴을 팔 생각이오?

삼수는 어처구니없다는 표정을 지었다.

그거사, 내 맘이지요. 하여간 땅문서는 넘겨주지 않을 것이니 그리 아시오.

사내는 가래침을 찍 내뱉었다. 도대체 씨알이 먹히지 않았다. 무인은 어쩔 수 없다는 듯 돌아섰다.

지금은 저래도 중간에 사람을 넣어 졸라 붙이면 성사되겠지요.

조영은 무인의 마음을 위로하였다.

그래야겠지.

무인은 부곡가마터에 이르자 걸음을 멈추었다. 왕명인의 아들을 찾았다. 파헤쳐진 가마터 위에 쭈그리고 앉아 졸고 있었다. 인기척소리에 게슴츠레 눈을 떴다. 눈꼽이 매달려 있었다.

나하고 가자.

왕명인의 아들은 완강히 도리질하였다.

아무래도 훗날을 기약해야겠소. 저 위쪽 까대기집에 가서 잘 부탁한다고 말하는 게 좋을 듯싶으오.

삼수의 말에 무인은 앞장서 산비탈 아래 웅크리고 있는

까대기 집을 찾았다. 햇볕에 검게 그을린 노인과 아들이 무료하게 앉아 있었다. 노인장의 아들은 왕명인의 아들보다 몇 살 많지 싶었다.

아, 조카된다고요? 그리고 두문골에 사셨다고요.

자초지종을 이야기하자 노인은 소탈하게 나왔다.

저러고 있는 모습이 가슴 아파 데리고 가자 해도 한사코 도리질이오.

그냥 놔두시오. 저 애의 유일한 낙이잖소. 잠자리와 끼니는 우리가 돌보니께요. 어째서 저리 되었는지 잘 알고 있소. 나와 아들도 광부로 끌려와 노예처럼 혹사당하였소. 우리도 죽을 고생을 했소만, 마을을 불태우다니 잔인한 놈들이었소.

노인은 곰방대를 재워 물었다.

고향에 돌아가지 않고요.

고향을 잊어 뿌렸소. 광산도 폐광이 되었고 해서 궁여지책으로 광산 빈 막사에다 염소와 닭을 기르면서 살고 있소.

두문골 땅굴을 일본 놈들에게 물려받은 작자는 금은보화가 나올 듯 하던디요.

그놈도 미친놈이오. 광맥이라도 온전히 찾았으면 일본 놈들이 저 지경으로 굴을 파다 말았겠소.

아무튼, 잘 부탁합니다. 머지않아 안태고향을 새롭게 일굴 생각이오.

염려 놓으시고 뜻한 바를 이루시오.

세 사람은 노인의 그 말을 따뜻하게 가슴에 여미고 부곡 가마터를 뒤로하였다. 그리고 허정한 발걸음으로 장터거리 옹기전으로 돌아왔다.

어떻던가?

옹기전 주인장은 성급하게 물었다.

말도 마시오. 완전히 노략질 한 땅문서를 똥뱃장으로 내 보이는 놈 땜새 분통만 터뜨리고 왔소.

삼수는 목이 마르다는 듯 단숨에 냉수를 들이켰다.

어느 놈이 주인 노릇을 하던가?

옹기전 주인장은 뜨악한 표정을 지었다.

일본 놈들 밑구멍이나 씻어 주던 시러베자식 같은 놈이었 소. 도대체 씨알이 먹히지 않아 돌아섰는디, 옹기전 주인장 께서 중간에 서서 물꼬를 터 주어야겠소.

삼수는 해를 가늠하고서 조영과 무인을 일으켜 세웠다. 세 사람은 옹기전을 뒤로 하고 삼수 집으로 향하였다. 쉬엄 쉬엄 이야기를 나누며 삼수 집에 도착하였을 때는 어둠살이 내려앉았다.

공방이 제법 아늑하구랴. 인가와 사뭇 떨어진 위치여서 참 좋네. 조용하니 작업하기에 좋겠어.

맞습니다요. 솔바람소리, 새소리와 벗하며 물레를 돌려요.

항상 스스로 자족하여야 하느니. 자칫 욕심을 부리면 몸만 상하네.

그 점을 잘 알지라우. 그런디도 마음을 다스리는 게 쉽지만은 않구만요. 요즘같이 어수선하고 뒤숭숭한 시절에는 더욱 그렇소.

시절이 그럴수록 자기 분수를 알아야 하느니.

무인은 조영을 돌아보았다. 조영은 말없는 가운데 자신의 직분에 충실하고 치우침이 없는데, 삼수는 대조적인 일면을 지니고 있었다. 저녁상을 물리고 났을 때, 두 사내가 찾아왔다. 삼수는 마주쳐 나가 오늘은 손님이 왔다고 하자 귓속말을 주고받으며 돌아갔다.

누구여?

응. 학습을 하자고 왔구면.

삼수는 무심을 가장한 얼굴로 대답하였다.

학습?

나도 쬐끔 시국도 알고 사상도 알아야제.

삼수는 너부죽 웃음을 지었다. 조영은 속으로 혀를 찼다.

갈등과 반목

뭔 시상이 요렇고롬 어수선하고 살벌하다요? 일제 때는 나라를 위해 일제에 저항했지만 같은 동족끼리 피 흘림이 뭐요. 모두가 이웃이고 인척 아니면 사돈에 팔촌 아니요.

소도댁은 장바구니를 들고 사색이 된 얼굴로 집에 들어섰다. 조영은 감나무 밑에서 간밤에 불어친 바람에 흰눈송이처럼 떨어진 이제 갓 피어난 감꽃을 주워 감꽃목걸이를 만들고 있었다. 딸아이는 남편이 감꽃을 정성스레 실에 꿸 때마다 앙증맞은 손으로 감꽃을 한 개씩 집어 주었다.

바닥이 소란하던가?

말도 마시오. 난리가 따로 없었응께요. 지서, 투표사무소가 아수라장이 됐당께요. 이러다 도처에 반란이나 안 일어날랑가 모르것소.

조영은 침잠한 표정을 지었다. 5·10개헌선거 저지투쟁은 5·10선거가 끝난 뒤에도 계속되었다. 김구, 김규식 등 단정, 단선을 반대하는 인사들의 공동성명서 발표로 그동안 숨죽이며 산악지역에 본거지를 둔 조직적인 무장단체가 지서, 투표소, 우익인사, 친일분자들을 습격하였다.

당신은 행여 동요하지 마시요이? 집 밖으로 한 발짝도 나가서는 안 돼요.

소도댁은 꺾쇠를 지르듯 말 못을 박았다.

걱정 말게나. 지금까지 조용히 귀를 막고 지내지 않는가.

조영은 여전히 침잠한 얼굴로 감꽃목걸이를 만들었다.

음마, 해방되고설랑 상당히 시국의 동향에 대해 관심을 갖던디.

소도댁은 살포시 눈을 흘겼다.

그때는 남북이 하나로 독립국가가 되기를 기대하였제. 그게 물 건너 간 오늘, 그저 그렇구먼.

조영은 여전히 어두운 그늘을 드리웠다. 아무리 사방을 둘러보아도 막막하고 답답하였다. 약재상 문을 닫은 지가 벌써 오래전이었다. 춘궁기를 맞아 그렇잖아도 초근목피로 연명하다시피 하는데 갈등과 반목으로 어수선하게 돌아가는 시국은 사람의 마음을 더욱 피폐롭게 하였다.

우리는 그렇다치고 삼수네가 큰일입디다.

삼수가?

조영은 하던 동작을 멈추고 놀란 눈으로 소도댁을 올려다보았다.

그 양반이 저쪽으로 한발 내딛었다고 합디다.

저쪽이라? 조영은 이미 예견하고 있었다. 분명 주위에서 끌어들였을 것이다. 더구나 의병활동으로 산악지대를 익히 누빌 수 있어 지형정찰에 앞장설 수도 있을 것이고, 사격술이며 칼 휘두르는 법까지 숙지하지 않았는가. 그 위에 학습을 통하여 사상을 전수받았을 것이다. 그것이 단선적이고 고무선양적인 선동 구호성이었을지라도 분단의 양극화, 이념과 주의주장에 의한 사상대립, 거기에 무지한 촌민들의 감정분출은 사적인 보복행위까지 곁들여 세상이 얄망궂게 돌아갔다. 아무리 생각해도 이렇게 나가다가는 걷잡을 수 없는 탁류로 범람하지 싶었다.

앞날이 회색빛이었다. 올곧은 정신으로 이쪽저쪽과는 무관한, 소위 중도적 입지를 견지한다 해서 치막하고 살벌한 이 시절을 무난히 헤쳐 나갈 수 있을 것인가? 오히려 중도 성향을 불순한 회색빛깔로 내몰아 입지를 곤궁하게 하였다. 어느 한쪽을 선택하라고 무언의 압박을 가하였다. 바람 앞에 흔들리는 촛불. 남풍 앞에서도 꺼질 듯하고 북풍 앞에서도 사위어질 듯한 촛불.

당신의 지혜로는 헤쳐 나가기 힘들겠지만 중심을 잃지 말고 삽시다. 썩을 놈의 사상, 일제 만행에 그만큼 시달렸으면 얼굴 맞대고 오순도순 살 것이제, 그놈의 사상이 뭐라고 이게 무슨 죽기 살기 편가름이요, 그래.

소도댁은 말은 그렇게 하면서도 마음이 놓이지 않았다. 아무리 굳건한 나무도 자꾸 흔들면 뿌리가 흔들린다고, 남편인들 온전히 버티어 낼 것인가.

아무 염려 말래도. 정 성가시게 하면 잠시 머리라도 깎고 절에 들어가지.

이래저래 또 생과부 만들게요?

소도댁은 맵싸하게 눈을 흘기며 장바구니를 들고 부엌으로 들어갔다. 소도댁은 요즘 들어 마음이 불안하였다. 안정이 되지 않았다. 남편이 곁에 있는데도 불쑥불쑥 어두운 그림자가 찾아들었다. 의병으로 긴 시간 집을 비웠을 때도, 일본 놈들에게 모진 핍박을 받았을 때도, 마음의 평정을 잃지 않았던 소도댁이었다. 남편이 돌아올 것이라는 기도하는 마음과 믿음의 반석 때문이었다. 그런데 어느 곳에도 기웃거리지 않고 따뜻한 온기로 지켜주는데도 어찌하여 마음이 불안할까? 남편은 신탁통치반대 시위에 참여한 뒤로는 어떠한 유혹에도 동요하지 않았다. 하지만 그 속 깊은 마음을 알 수 없었다. 햇빛이 내리비치는 안온한 집안에서 평온함을 누릴수록 소도댁의 가슴 한구석에는 물안개와도 같은 불안한 그림자가 깔렸다.

그것은 어쩌면 유산에서 온 정신적인 후유증인지도 몰랐다. 해방의 기쁨에 들떠 있을 때 입덧이 났는데 남편이 반탁시위에 참여하던 때 공교롭게도 유산의 아픔을 당하였다. 남편은 그 일로 충격을 받았는지 이후로는 근신하다시피 행동을 자제하였다. 어쨌거나, 유산의 아픔을 겪은 뒤로 소도댁은 더 이상의 임신은 기대할 수 없다는 결론을 짓게 되었고, 그 허탈한 마음은 남편에 대한 불안감으로 전이되었다.

소도댁의 그 같은 불안감은 가을 추수기를 당하여 현실로 다가왔다. 미군정은 제주도를 작은 모스크바로 명명하여 한반도 지배전략의 최초의 장소로 선택하고 군정경찰, 행정관료, 서북청년단들이 좌익지도자 수십 명을 체포하고 연일 마을을 수색하였다. 테러를 자행하고 금품을 탈취하자 생존을 위해, 그리고 민족해방을 위해 제주 4·3봉기가 일어나고, 제주도 파병을 거부한 좌익계군인들을 중심으로 여순사건이 일어났다. 여순사건은 동족상잔의 제주도 출동을 반대하고 조국의 염원인 남북통일을 원한다는 나름대로의 반대논리요, 동족애였다.

여수에서 불쏘시개처럼 일어난 폭동은 순식간에 순천 등지로 인화되면서 걷잡을 수 없이 번졌다. 그 기세는 산불보다 더 맹렬하였다. 지금까지 산간지역에서 숨죽이며 암약하던 사람들이 폭동군과 합세하면서 마을을 무혈점령하였다. 하루아침에 세상이 뒤바뀐 것이다. 숨돌릴 사이없이 인민재

판이 시작되었고, 친일성향으로 부를 누렸던 집들은 가차
없이 난타당하였다.

구장이 붙들려 갔다 안 하요.

구장이? 무슨 생통맞은 소리여?

조영은 아내의 말에 할 말을 잊었다.

사람을 잡을라거든 제대로 가려야지. 고지식하고 양순한
사람을 한쪽으로 내몰다니요.

내 한번 다녀오리다.

조영은 오랜만에 대문을 나섰다. 아예 문밖 출입을 하지
않은 터라 새삼 공기가 흥흥하였다. 구장은 핼쓱한 모습으
로 집에 있었다.

생각지도 않은 봉변을 당했는가 보요.

말도 마시게. 삼수가 아니었으면 곱다시 당하고도 남
았네.

삼수가요?

그쪽으로 기울어졌더구만. 세상이 어찌 될라는지…….

세상은 붉은 기로 출렁거렸다. 그러나 그 기간은 삼일천
하에 불과하였다.

이번에는 더 엄청난 보복행위가 뒤따랐다. 반란군인, 남
로당원, 좌익간부, 좌익청년, 학생, 노동자, 농민 등이 사살
되거나 체포되었고, 심지어는 생매장되기도 하였다. 끔찍한

살인행위였다. 이쪽이나 저쪽이나 보복과 보복의 광폭한 행위는 소도댁을 끝없는 공포와 두려움으로 떨게 하였다.

세상에 이럴 수가 있는가? 소도댁은 남편을 끌어안은 채 숨을 죽였다. 급류에 휩쓸려서는 안 된다고 남편을 부여안았다. 고맙게도 남편은 소도댁의 간절한 마음을 잘 헤아렸다. 세상이 뒤바뀔 때마다 회유와 핍박과 감시 속에서도 소도댁을 따뜻하게 감싸 안았다.

이건 광풍이네. 미친 광풍이고말고.

남편은 혼잣소리로 마음을 다독였다. 허나, 그 광풍은 태풍이 물러가듯 해맑지가 못하였다. 더욱 반목과 불신이 지하수처럼 흘러내렸다. 사살되거나 체포되지 않은 폭동군은 산악지대로 도주하여 유격전을 전개하였고, 그들이 출몰할 때마다 그들과 내통한 자들을 색출한답시고 마을을 발칵 뒤집었으며, 그들에게 체포되었다가 풀려난 사람들이 애꿎게도 보복의 대상이 되었다. 여순사건은 그렇게 구름 속에 가리어진 혜성의 꼬리처럼 해를 넘겼다.

정말 손가락총이 무섭소이.

소도댁은 한숨을 돌리며 부르르 몸을 떨었다. 누구라도 손가락으로 심장을 가리키면 죽은 목숨이었다. 그 손가락 끝에는 개인적인 감정이 묻어나기도 하였다.

이것으로 끝났으면 좋겠는디 해묵은 빚맨치러 더께로 쌓

이겠네.

조영은 오히려 마음이 놓이지 않았다. 용케 어느 곳에도 치우치지 않고 버티었다고는 하나, 그 점이 이쪽저쪽으로부터 눈 홀김을 받았다. 의심과 오해의 소지를 심어 주어 회색 분자로 매김 당하였다. 그렇다고 탄식을 한다 해서 해결될 것도 아니었고, 피신을 한다 해서 의혹의 눈초리에서 벗어날 수도 없었다.

감정의 골이 이렇게나 깊어 장차 혼사나 제대로 할랑가 모르것소.

소도댁은 제일로 얼굴 맞대고 사는 마을 사람들의 골 깊은 감정의 응어리가 가슴 아팠다. 부녀자들이 무얼 안다고 공동우물에서 물을 길으면서도 생뚱한 얼굴로 외면을 하는 모습들이라니. 엊그제까지만 하더라도 성님, 동상, 아짐 하던 사람들이 무슨 철천지원수나 된다는 듯 외면하고 반목하였다. 소도댁은 본의 아니게 이쪽저쪽으로부터 따돌림을 받았다.

자네 서방은 참 알뜰히도 위한다면서? 밤에는 산마실을 가고 낮에는 자네 치마폭에 감싸여 지내고, 자네 팔자가 상팔자네. 무단 없이 빙충맞은 소리로 비아냥을 치는가 하면, 자네 신랑은 이쪽만 바라보는 게 아니고 저쪽 산자락도 먼 산바라기를 한다면서? 먼 산을 바라보려거든 똑 뿌러지게 바라보든지 하제, 어째서 이쪽은 힐끗거린단가? 그렇게 뜨뜻미지근하면 못쓰는 법이여. 허깨비 모퉁이 말을 서슴지 않았다.

얄상밉게도 삼수네가 더 그랬다. 삼수가 산사람이 되어서였을까, 두어 차례 모진 고문을 받고나더니만 소도댁을 바라보는 눈초리가 예전 같지가 않았다. 말로 위로해 줄 성질도 아니어서 소도댁의 마음이 아릿하였다. 그 좋던 우정이 쩍 금이 갔는가 싶어 더욱 행동하기가 어려웠다. 되도록 바깥출입을 삼간 채 대문 빗장을 걸었다.

삼수네만 해도 그랬다. 아녀자가 무슨 죄가 있다고 주리를 틀 것인가. 일제 때 남편이 의병이 되었을 때도 모진 고초를 당하였는데 같은 민족끼리도 일본 놈들의 수법을 그대로 물려받은 듯 사람을 진저리치게 하였다.

*

세월은 빠른 것인가. 또 한 차례 춘궁기를 넘기고 여린 감나무 잎이 파릇하게 움 솟더니 그 잎새에 수줍은 듯 감꽃이 피어났다. 이번 보릿고개는 유난히 어려웠다. 거두어들이는 잡부금이 어쩜 그렇게도 많은지 허리가 휘청거렸다. 미곡 수집비, 지서 증축비, 학교 증축비, 경관 조의금 등등 생똥

맞은 잡부금 고지서가 머리를 짓눌렀다. 노력동원도 다반사였다.

이러다가는 다리 밑 거지 신세가 되것소.

소도댁은 껄렁한 나물죽을 상 위에 올려놓으며 한숨을 깨물었다. 그래도 남편이 부지런히 뒷산을 오르내리며 약초와 산나물을 뜯어오기에 부황은 면하였다. 하긴, 춘궁기야 매년 연례행사처럼 찾아오지 않는가. 머지않아 한여름이 지나면 오곡이 눈앞에 밟힐 것이다. 그렇게라도 풍년을 기대하며 사는 게 인생살이 아닌가. 소도댁은 껄렁한 죽을 훌훌 마셨다. 그나마 향긋한 약초냄새가 뱃속을 아련한 기운으로 채워 주었다.

오늘 산에서 우연찮게 삼수를 만났구먼.

삼수를요?

소도댁은 가슴이 철렁 내려앉았다. 우연찮게 만나다니? 아무래도 그건 아닌 성싶었다. 사전에 남편이 산에 오르는 것을 지켜보았거나 두 사람 사이에 어떤 밀약이라도 있었을 것이다.

뭐라고 합디요?

소도댁은 성급하게 물었다. 희멀건 죽이 목에 걸렸다.

오늘 밤이나 내일 밤에 찾아오겠다고 하더구먼.

뭐시라우?

기어코 삼수가 무슨 일을 내려는가 보다. 포섭? 소도댁의 머리속은 금방 헝클어졌다.

신경 쓸 것 없네. 나는 요지부동인께.

조영은 소도댁의 구름장 낀 얼굴을 의식하며 힘주어 말하였다.

당신 맘을 왜 모르겠소마는 삼수가 찾아온 걸 알면 당신을 가만 놔두것소?

아무 염려 말래두. 내 어련히 알아서 대처할 것인께.

그나저나 삼수는 어떻고롬 변했습디요?

삼수네는 그 땜새 모진 곤욕을 당한다고 하였다. 무슨 똑 부러진 사상을 짊어진 것도 아니면서 산사람이 되다니. 무식한 대로 그릇이나 열심히 빚어 처자식 따습게 할 것이제. 하기야, 삼수를 나무랄 수만은 없었다. 이 시절에 태어난 운명 아니겠는가.

글쎄, 산사람이 되었드구만.

당신이 설득해 보시오. 마음 고쳐묵고 자수하면 평상하게 돌아올 것 아니요.

지금 돌아가는 상황을 몰라서 그러는 건가? 설득은 해 보겠네만……

조영은 저녁을 물리며 침통한 표정을 지었다. 삼수의 몰골은 그야말로 산사람이었다. 얼핏 보면 몰라볼 정도였다.

지난날 의병시절, 때에 절고 구레나룻 시커멓던 그 형상이었다. 반가움보다 경계심이 먼저 들었다. 끈끈하고 질긴 우정이 이렇듯 거리감을 줄 줄이야. 경계심이 가시자 두 팔로 얼싸안고 우정을 나누었지만 주위를 의식해서인지 푸드득 날아오르는 장끼처럼 찾아오겠다는 말을 남기고 사라졌다.

삼수가 찾아온 것은 그 다음 날 자정 무렵이었다. 달빛이 창문에 비쳐 들었다. 소도댁은 놀란 가슴을 한동안 진정시킬 수가 없었다. 상상하였던 것보다 훨씬 험상한 산적 몰골이었다. 조영은 기다리고 있었다는 듯 소도댁과는 달리 조용히 맞았다.

집에서 오는 길이요?

소도댁은 생쿵한 언사로 물었다.

오늘은 집에 잠깐 들렀다 오요.

삼수는 번연히 알면서 어깃장지게 묻는 소도댁의 말을 천연하게 받아넘겼다.

허면, 다른 날은 집에 없단 말이요?

허허, 그렇게 되얏소. 시상을 살다 본께로 갈래 길이 여럿이오.

산을 오르는 길이 아무리 많다 해도 결국 정상은 하나 아니요?

능청스러운 삼수 말에 소도댁은 속으로 눈을 흘겼다.

어느 길이 옳은 길인지는 모르것소마는 정상을 향해 올라가야지라우.

삼수는 구레나룻을 내리 쓸었다.

웬만하면 집으로 돌아오시오. 본인은 말할 것 없고 집에 있는 처자식을 생각해사 쓸 것 아니오.

누가 아니요만, 구름 한 점 없는 밝은 시상이 오면 저절로 발걸음이 집 앞에 이를 것이오.

금메라우. 그쪽에서 말하는 밝은 시상이 어떤 것인지 잘 모르것소. 남정네들 하는 짓거리라든가, 시상 돌아가는 꼴이 우습기만 하요.

쬐끔만 기다려 보시오. 명경지수맨치러 환하게 밝아질 텐께.

어따, 그 시상이 뭘 말하고 언제 돌아올께라우? 부질없는 고생이나 다름없제.

믿음은 중요한 것이요. 우리가 일제의 암흑 속에서 절망하고 있을 때 단비처럼 해방의 기쁨을 맛보지 않았소. 헌디, 외세에 의한 해방이다 보니 시상이 이 지경에 이르렀소.

날 찾아온 용건이 뭔가?

그때까지 가만히 듣고만 있던 조영은 끊어치듯 물었다. 지난날의 텁텁하고 소탈한 우정 어린 대화에서 멀어진 듯하여 이질감이 가슴을 파고들었다.

내 정신머리 좀 보게. 김순열 선상님 알제? 우리랑 같이
있는디…….

김순열 선생?

조영은 깜짝 반기듯 반문하였다. 시절이 뒤숭숭하고 살벌
하게 돌아간 뒤로 김순열 선생을 만나 보지 못하였다.

그 선상님이 제발로 찾아왔던가라우?

소도댁은 몇 번의 방문으로 김순열 선생의 참한 모습을
잘 알고 있었다. 삼수와 같이 있다니, 도저히 이해가 되지
않았다. 김순열 선생이 저쪽 사상에 경도될 사람이 아니었
다. 언제 보아도 자기중심을 잃지 않았으며 신념 또한 뚜렷
하였다. 아무리 담장이 허술하고 낮아도 남의 집안을 훔쳐
볼 위인이 아니었다.

숨은 사연이라도 있단 말인가?

조영은 다급하게 재우쳐 물었다.

사정이 그렇게 되얏구만. 그것도 참 얄궂게 말이여.

얄궂게? 필시 무슨 곡절이 있지 싶었다. 조영은 생각에 잠
겼다. 자신도 전혀 예상하지 못한 운명에 의해 의병이 되지
않았던가.

그, 뭐시냐. 그러니께 한참 긴박하게 총격전이 벌어졌을
때, 전세에 밀린 우리 대원 몇이 당직실에 뛰어들었구만. 김
선상님이 학교 당직을 하고 있었네. 위기를 모면하기 위해

김 선상님을 인질로 삼은 것은 아니었네. 다급한대로 숨겨 줄 것을 바랐는디, 우리 대원의 처지를 딱한 마음으로 받아 들였네. 순전히 동포애로 말일세.

거창하게 갖다 델 것은 없네요. 총부리를 가슴팍에 들이 대는디 어느 누군들 감히 저항하것소.

허어, 소도댁은 어찌 그리 속 좁은 소리를 하시오. 지식인 이라면 현재의 시국을 잘 알고 있지 않소. 우익의 진수렁 속 에 육신과 영혼이 몽창 빠진 사람이 아니라면 분단의 비극 을 외면하것소.

김순열 선생은 사회주의 사상이라든가, 자유민주주의 이 념을 꿰뚫고 있었다. 그런 점에서 조영과는 대화가 되었다. 어느 쪽에도 기울지 않는 저울추였다. 그러기에 어느 순간 한쪽으로 기울지는 않았을 것이다.

우리 대원들은 한 마음으로 사지를 벗어나려고 하였네. 그런디 재수 없게도 기습공격을 받았네. 김 선상님이 그만 총상을 입고 말았네. 내가 들처업고 냅다 뛰었네. 우리만 살 자고 거기에 놔두었더라면 피를 흘리고 죽었거나, 붙잡혀 억울한 죄명을 둘러썼을 거여.

그래, 지금 어디 있는가?

조영은 어두운 그림자를 드리웠다.

우리하고 같이 있는디 상처가 깊네. 그래서 자네가 필요하네. 어떻게든 꼭 건강을 되찾아 주어야겠다는 것이 나의 신념이고 도리이네.

그라면 애 아부지도 덩달아 산사람이 되란 말이요? 안 돼요. 차라리 우리 집에서 치료를 받게끔 데리고 오시오.

소도댁은 삼수의 간청에 남편의 마음이 움직일까봐 신경이 쓰였다. 그들의 은신처를 찾아간다는 것은 위험한 처사였다.

그 마음을 왜 모르것소마는 김 선상님의 이름이 저쪽에 이미 올라 있을 것이고, 소도댁도 그로 인해 불이익이 돌아올지 모르요. 무리 가운데 흰 새는 금방 눈에 띄지 않습디요.

그럼, 이 밤으로 같이 가자는 건가?

조영은 결론을 내리듯 물었다. 김순열 선생만은 살리고 싶었다. 건강이 회복되어야만 자신의 입장을 명명백백 밝힐 수 있을 것이다. 못가름. 그 비정한 경계를 너무나 확연히 피부로 느끼지 않았는가.

내일 낮에 약초를 캔답시고 자연스럽게 산에 오르게. 엊그제 만났던 그 자리에 내가 마중 나가 있을 텐께.

허면, 며칠 걸린단 말이요?

그거사, 이 친구 맘에 달렸지라우. 이만 난 가네.

삼수는 소도댁이 말꼬리를 더 물고 늘어질까 봐 자리에서 일어났다. 금방이라도 새벽닭이 홰를 칠 것 같았다.

당신, 정말 갈 것이오?

소도댁은 삼수가 가고나자 불안한 눈길로 물었다.

일단 상태를 한번 보고 싶소. 그리고 무엇하면 우리 집에 데리고 와서 조용히 치료를 해 주고 싶소.

그 마음은 알것는디 어짠지 어두운 그림자가 일렁이요. 다시금 골똘히 생각을 여미어 보시오.

나도 그 점을 모르는 바 아니지만 김 선생을 꼭 살려 내고 싶으오. 그만한 사람이 그렇게 죽는다면 억울하지 않겠소.

조영은 소도댁의 마음을 안정시켰다. 희붐하게 날이 밝아오자 조영은 치료에 필요한 약재와 도구들을 챙겼다. 소도댁은 찌뿌드드한 얼굴로 부엌에 들었다. 조영은 아침을 기다리는 동안 감나무 밑에 나가 감꽃을 주었다.

감꽃은 주워 뭣 할라요. 아침이나 드시오.

소도댁은 토심스럽게 내뱉었다. 마음이 영 밝게 개이지 않았다.

감꽃목걸이?

딸아이가 부수수 잠에서 깨어나 내달려 왔다. 조영은 딸아이가 감꽃을 한 개씩 넘겨줄 때마다 정성스레 실에 꿰었다.

자, 우리 공주. 이쁘다!

조영은 아침햇살이 토방마루에 비쳐들 때쯤 딸의 목에 감꽃목걸이를 걸어 주었다. 그리고 아침을 든 다음 약재망태를 짊어졌다.

언제 돌아오실 거예요?

응, 내일 아침 감꽃이 떨어질 때 돌아오마.

나도 감꽃목걸이 만들 거야. 아부지 돌아오면 아부지 목에 걸어 줘야지.

오냐, 오냐. 우리 공주.

조영은 딸의 머리를 쓰다듬고 나서 집을 나섰다. 대문을 나선 조영은 마을을 휘움하게 돌아 나갔다.

조영은 잽싸게 산을 올랐다. 삼수가 약속장소에서 기다리고 있었다. 삼수가 조영을 데리고 간 곳은 험준하고 가파른 산정에 위치한 바위굴이었다. 조영은 의병시절 이 바위굴에서 은신해 있었던지라 새삼 감회가 어리었다. 바위굴은 겨우 한 사람이 드나들 정도의 입구와는 달리 안쪽은, 삼십여 명은 넉넉하게 품안아 줄 만큼 깊고 넓었다. 임진왜란과 병자호란 때도 주민들이 난을 피해 이곳에 숨어 지냈고, 일제 때는 항일투사들이 은신한 전략적인 요충지이기도 하였다. 그런데 지금은 또 다른 상황에 처한 사람들이 은신처로 삼고 있음에랴.

삼수의 뒤를 따라 조영이 굴 안으로 들어가자 수십 개의 눈이 꽂혀 들었다. 김순열 선생은 가장 안쪽에 누워 잠이 들어 있었다.

새벽녘까지 고통스러워하더니 잠이 들었는가 보네.

삼수는 김순열 선생을 깨울세라 가만한 소리로 말하였다. 주위의 눈들은 조영을 지켜보았다. 김순열 선생은 대퇴부에 총상을 입고 있었다. 뼈는 다치지 않아 불행 중 다행이었다. 상처를 어루만지자 고통스러운 얼굴로 눈을 떴다.

김 선생……!

어떻게 아시고…….

두 사람은 잠시 목이 메었다. 이렇게 만날 줄이야. 비극이 따로 없었다.

상처는 어떤가?

삼수는 근심 어린 눈으로 물었다.

피를 많이 흘린 데다 치료를 제대로 못하여 곪았네. 상처 부위를 불로 지지고 곪은 데를 도려내야겠어.

그러면 온전히 완쾌되것는가?

그럴 듯싶으이. 시간이 오래 걸리겠지만.

진즉 자네를 부를 것인디 미련스러웠네.

삼수는 적이 안심을 하였다. 조영은 곪은 곳을 도려내고 치료를 하였다. 마취제도 없이 불에 달군 칼로 곪은 부위를 도려내는 고통과 아픔을 김순열 선생은 이를 악물고 참아

냈다. 치료가 끝났을 때는 김순열 선생은 탈진상태였고, 조영의 이마에는 땀방울이 맺혀 떨어졌다.

고맙습니다. 이제 나을 것 같습니다.

김순열 선생은 고통에서 벗어나자 스르르 눈을 감았다. 조영은 비로소 주위 사람들과 어색한 얼굴로 인사를 나누었다. 하나같이 낯설지가 않은 얼굴 같은데도 낯설게 다가왔다.

삼수 동지와는 의병활동을 함께 했다면서요?

제일 연장자인 듯싶은 박 동지가 친근하게 말하였다. 이들은 이름을 생략하고 성씨만을 밝혔다.

그랬소만 활동이 미미하였소.

아니오. 얼마나 값진 항일투쟁이오. 전력이 그럴진대 왜 삼수 동지처럼 나서지 않고 집 안에 들어앉은 게요?

내가 할 일은 따로 있다고 생각한 거요.

따로 있다고요? 겨우 약초나 채취하며 세상을 회색빛으로 바라보는 것이 본분이란 말이오?

제각기 타고난 품성을 올곧이 지니고서 제 할 일을 하는 것이 나라를 위하고 가정을 위하는 것이오.

허허, 그야말로 자기 안주에 급급한 사상을 지니고 있구려.

정중히 모셔온 손님이나 다름없는디 무슨 입씨름이시오?

이 친구의 알짜배기 사상을 몰라서 그런 거요.

삼수가 조용히 좌중을 다스렸다.

흥, 알량한 약재술로 구제창생을 한다는 건가?

아따, 황 동지는 어찌 그런 무례한 소리를 하시오? 의술로 남을 돕는 것도 일종의 구국이오. 상처 난 병사를 돌보는 것은 고귀한 정신이잖소.

그려, 그려. 김 선상 상처나 잘 낫게 해 주시오.

그럼, 한 이틀 지나서 다시 오겠소. 그때는 김 선생을 업고서라도 모시고 가 치료해야겠소.

조영은 씁쓸한 기분을 안고 김순열 선생과 일별한 다음 자리에서 일어났다. 막무가내로 사람을 다잡아 끌어들이려는 무지한 언사가 마음을 언짢게 하였다. 삼수가 어떻게 저런 무리들에게 휩쓸려 들었는지 한심하기까지 하였다.

가려고요? 그건 곤란하오.

지금까지 잠자코 지켜보고 있던 권 동지가 조영의 앞을 가로막았다. 권 동지는 다른 대원들과는 달리 이지적인 면이 있어 보였다.

곤란하다니요?

조영은 의아해하였다.

김 선생 상처가 완쾌될 때까지 우리와 함께 있어 주어야겠소.

그건 또 무슨 말이지요?

조영은 난감한 표정을 지었다. 처음부터 가볍게 생각하고 온 것이 잘못이었다.

생각해 보시오. 조영 동지께서 사흘거리로 출입이 잦다 보면 보안상 문제가 생길 게 아니오. 우리의 은신처가 조영 동지로 하여 만에 하나 노출되어서는 곤란하다, 그 말이오.

맞어. 그 점을 미처 생각하지 못하였네.

대원 하나가 머리를 끄덕였다.

듣고 보니 일리가 있는 말인디 어쩌겠는가.

삼수는 난처한 얼굴로 조영을 돌아보았다. 김순열 선생의 상처가 하루이틀 사이로 낫는 것도 아니겠고, 조영이 어떤 갈등을 안고 내려갈지 몰랐다. 권 동지의 말은 조영이 밀고라도 할지 모른다는 의문부호가 내포되어 있었다. 조영은 바싹 입이 말랐다. 이것은 억류나 다름없었다. 집에서 가슴 졸이며 기다릴 아내의 모습이 눈앞에 다가왔다. 조영의 부재를 알게 되면 또 무슨 억측과 오해가 뒤따를지 모르는 일이었다.

집에서 걱정할까 봐 그러시오? 그 점은 삼수동지더러 집에 내려가 사정을 이야기하고 안심시키도록 하겠소.

권 동지는 결론을 내리듯 말하였다. 조영은 쓰거운 마음으로 주저앉았다.

너무 걱정 말게. 내 알아서 자네 집사람을 안심시키겠네. 자네가 있어 준께 김 선상님뿐만 아니라 우리 모두 마음 든든하구랴.

암만. 조영 동지야말로 꼭 필요한 사람이오. 전쟁터에서 의사는 없어서는 안 될 존재지요.

조영은 권 동지의 그 말에 순간 의병시절을 떠올렸다. 부상당한 의병들을 떠맡다시피 치료를 하였다. 그렇다면 권 동지는 나를 아주 붙잡아 둘 계산속인가? 이들은 누구를 위해 여기에서 생사를 넘나들며 풍찬노숙을 하는 건가?

저 때문에 행동의 제약을 받아 어쩌지요?

김순열 선생은 가만히 한숨을 내쉬며 미안한 마음으로 조영을 위로하였다. 자신도 이들을 보호해 주려다 이 지경이 되었다. 권 동지 말고는 선동에 경도되어 휩쓸린 무리들이었다. 권 동지가 매일 학습을 시키는데도 별무신통이었다. 사적인 울분과 더 좋은 세상을 맹목적으로 새기며 추종하였다.

하는 수 없지요. 김 선생의 상처가 빨리 낫기를 바랄 수밖에요. 그때 함께 내려갑시다.

조영의 체념 어린 말에 김순열 선생의 마음은 해맑지 못하였다. 상처가 완쾌된 뒤에도 조영을 순순히 놓아 보내주지 않을 성싶었다. 앞으로 전개될 상황을 예측할 때 이들은 더욱 궁지로 몰릴 것이고, 그렇게 되면 사방에 흩어져 있는 무리들이 한곳에 모여들겠지. 더불어 부상자가 생겨나고, 그때마다 조영을 필요로 할 것이다. 김순열 선생도 상처가 완쾌되더라도 빠져나가기가 어려우리라. 기밀유지를 위해서, 그동안 많은 정보를 알고 있기에 순순히 밖으로 내보내지 않을 것이다. 그때는 조영과 긴밀히 탈출을 꾀하는 수밖에.

조영의 간호는 극진하였다. 김순열 선생의 상처는 예상 밖으로 회복 속도가 빨랐다. 조영을 지켜보던 대원들은 조영을 다시금 인식하기 시작하였다.

뛰어난 의술이오. 시절이 온전하였으면 훌륭한 의원이 되었을 것인데 안타깝소.

권 동지는 조영의 차분한 인품에 매료되었다.

옛날에 간판 걸고 의원 노릇한 사람이 어디 있었는감.

그거사, 돌팔이 약장사 말이제. 옛날에도 엄연히 시험제도가 있었다고.

암만. 사람의 목숨을 담보로 하는 직업인디 아무나 인술을 펼 수 있는감.

대원들은 처음과는 달리 조영에게 호의적이었다. 자신들도 언제 조영에게 상처 난 부위를 내맡길지 몰랐다.

이제 걷는 데는 불편을 모르겠습니다. 은혜를 깊이 입었습니다.

　김순열 선생은 보행이 자유롭자 한결 밝은 얼굴이었다.
생기가 돌았다.

　어쩔 것이오? 이제 걸어 내려가야지요.

　조영은 이미 김순열 선생의 의중을 헤아리고 있었다.

　함께 나가야지요. 적당한 기회를 엿봅시다.

　두 사람은 은근한 눈길을 주고받았다.

　그런데 정말 삼수 말처럼 이들을 보호해 주려다 총상을
당한 것이오?

　조영은 귓속말로 가만히 물었다. 그 점이 줄곧 궁금하
였다.

　당직을 서고 막 퇴근하려는데 저들이 들이닥쳤어요.

　김순열 선생은 생각만 해도 악몽 같았다. 그리고 곧바로
총격전이 벌어졌다. 그러나 수적으로 상대가 되지 않았다.
그들은 산 쪽으로 도주하기 시작하였다. 가파른 생사의 갈
림길이었다. 김순열 선생은 책상 밑으로 기어들었다. 그때
허벅지에 총알이 박혀 들었다. 창문을 뛰어넘으려던 삼수가
이를 목격하고 되돌아와 둘러업었다.

　그때 차라리 놔두었더라면 이런 궁색한 처지가 되지는 않
았을 것인데 원망스러워요.

　삼수를 원망할 수만은 없지요. 출구를 찾아봅시다.

조 의원님을 더 궁핍하고 불리하게 만들어서는 안 되겠
지요.

그러나 두 사람의 탈출은 쉽지가 않았다. 한 차례 격전이
벌어진 다음 날, 권 동지는 총상을 입은 대원을 어깨에 둘러
메고 더 깊은 산속 유격대에 합류하였다.

자네나 김 선상이나 벌써 이마에 문신이 찍혔응께 집에
가 봐야 고통만 당할 것이여. 시상이 뒤바뀔 때까지 우리와
생사고락을 함께 할 수밖에 없것네.

삼수는 대원들의 의중을 대변하였다. 밖에서는 이미 산사
람으로 분류하였는지도 몰랐다. 하지만 이건 아니었다. 조
영과 김순열 선생은 이끌려 가면서 두 손을 힘주어 잡았다.
기회는 얼마든지 주어지기 마련이라고.

소용돌이

나는 그날 이후 아버지의 생사여부를 알 수 없었다. 해마다 감꽃은 피고 떨어졌다. 감꽃을 주워 모아 감꽃목걸이를 만들었다. 아버지가 돌아오시면 목에 걸어 드리겠다고. 그러나 허망하고 부질없는 짓이었다. 산산이 부서진 꿈이 되고 말았다. 전쟁이 터진 것이다.

진짜 전쟁인 갑다!

어머니는 몸을 부르르 떨며 어찌할 바를 몰랐다. 그렇잖아도 지난번 폭동 때 산 쪽에 위치한 집들을 소개시키고 불질러 주위가 삭막한 터라 전쟁의 공포는 가슴을 옥죄어 들게 하였다. 나도 덩달아 두려움에 떨었다. 그런데도 어머니는 피난을 가지 않았다. 마땅히 피난 갈 곳도 없었거니와, 행여나 아버지가 화약 냄새를 뒤집어쓰고 돌아오지 않을까하는 기다리는 마음이 자리하였다.

누가 아냐. 이 기회를 틈타 느그 아부지가 돌아올지.

어머니는 낮이나 밤이나 살벌한 바깥공기를 주시하며 아버지를 기다렸다.

세상은 갑자기 뒤바뀌었다.

뭔 놈의 시상이 풀대죽 끓으댓기 한다냐.

사람들은 심란한 가슴을 안고 동요하였다. 동굴 속의 박
쥐처럼 숨죽이고 있던 인사들이 제 세상을 만난 듯 선동구
호를 외치며 선량한 사람들을 한쪽으로 몰아갔고, 붉은 기
가 나부끼고 붉은 완장을 찬 사람들이 민심을 선도하였다.
또다시 보복의 피 흘림이 자행되었다. 그전보다 더 무자비
하고 잔인하였다. 죽창이 난무한 가운데 이성을 잃었고 혼
들이 빠져나갔다.

나는 주위의 살벌한 공기가 그저 두렵고 무서웠다. 잔뜩
웅크린 어머니의 모습이 더욱 그랬다. 추풍낙엽을 비질하
듯 언제 예고 없이 광풍이 짓쳐올지 몰라 전전긍긍하였다.
그때 구세주처럼 삼수아저씨가 나타났다. 위세가 당당하
였다.

고생이 많았지라우. 인자, 밝은 시상이 왔응께요.

밝은 시상이나 마나 애 아부지는 어떻고롬 되얏소?

어머니는 가슴에 쌓여 있던 원망과 고통을 내쏟으며 따지
듯 물었다.

걱정 마시오. 야전에서 부상당한 사람들을 돌보고 있응
께요.

삼수아저씨는 너부죽 웃음을 매달았다.

거기가 어디요?

어디라면 찾아갈 거요?

못 찾아가란 법도 없지라우. 이렇게 앉아서 두려움에 떨며 기다리느니 찾아나서기라도 해야 쓰것소.

어머니는 포르라니 역성을 내듯 삼수아저씨를 다잡았다.

가만있으시오. 기회가 나면 집으로 돌아올 것인께. 너무염려할 것 같아서 소식을 전하러 온 것이오.

허면, 처자식도 잊어뿔 채 그쪽 물이 들었다는 거요?

허허, 처자식을 왜 잊어뿔것소. 그 친구 속내는 아직도회색빛을 드리우고 있소만, 시상이 달라졌는디 별수 있을랍디요.

삼수아저씨는 어깨를 다독이듯 말하고 횡하니 돌아섰다. 삼수가 저런 면이 있었나? 어머니는 삼수아저씨의 돌변한 모습에 어안이 없어 하였다. 나는 삼수아저씨의 출현으로 한 가닥 희망을 가졌다. 아버지가 살아 있다는 것, 집으로 돌아올 기회를 엿보고 있다는 것이었다. 어머니도 그 같은 기대감으로 다소 안심하는 듯하였다. 세상은 인민재판이다, 학습이다, 숨 가쁘게 돌아갔고, 선동구호가 가슴을 때렸다. 어머니는 문을 닫아 건 채 아버지를 기다리는 마음으로 치성을 드렸다. 하긴, 사방을 둘러보아도 연약한 아녀자가 나설 만한 곳은 없었다.

나는 집 안에 갇혀 지내면서 배고픔을 이겨 낼 수 없었다. 보릿고개 때는 나물죽이라도 마음 편하게 먹을 수 있었는데, 잔뜩 위축된 살벌한 공기 속에서는 주먹밥을 먹어도 소화가 되지 않았다. 어머니도 마찬가지였다. 반찬새가 부실해서도 그랬지만 끼니를 들고 나서도 허접한 뱃구레 속에 들어찬 냉기류를 헛구역질로 토해 냈고, 씁쓰레한 입안을 헹구기 위해 냉수를 들이켰다. 물은 유일한 풍년거리였다. 아무리 마셔도 샘물은 조금도 줄어들지 않았다.

배가 고플수록 정신을 놓아서는 안 된다. 알것지야?

나는 어머니의 그 말을 밥알을 씹어 삼키듯 가슴속에 저장하였다. 아버지가 돌아올 날을 기다리며 배고픈 설움을 참아 냈다.

가을은 그런대로 굶주림을 면하게 하였다. 풋감이며, 밤이며, 메뚜기며, 주위의 나무열매와 비루먹은 벼이삭까지 허기진 배를 달래 주었다. 나에게 제일로 만만한 것은 풋감이었다. 두어 개만 따 먹어도 뱃속까지 떫어 창자가 뒤틀렸지만 간짓대로 손쉽게 딸 수 있는 게 풋감이었다. 밤사이 바람에 떨어진 풋감을 된장 속에 묻어 두기도 하였는데, 신통하게도 된장은 떫은맛을 없애 주었다. 홍시는 말할 것도 없었다. 아버지는 맨 먼저 나에게 홍시를 따 주곤 하였다. 우리 공주, 홍시 맛이 어떠냐? 아버지의 음성이 뒤따라와 뭉클 그리움이 솟기도 하였다.

 알밤을 줍거나 메뚜기를 잡는 것도 재미있었으나 어머니
가 별로 좋아하지 않았다. 위험하다는 것이었다. 어머니는
사람을 멀리하는 증세가 나타났다. 누구든 만나기를 꺼려
하였고, 누가 찾아오는 것을 달가워하지 않았다. 간혹 호수
에 돌멩이를 던지듯 삼수아저씨가 쌀 포대를 들고 찾아오
기라도 하면 굳은 얼굴로 주위를 의식하였다. 삼수아저씨는
어머니가 반기지 않는데도 아버지의 심부름이라며 넉살 좋
은 웃음을 흘렸다. 훗날, 어머니의 사람에 대한 기피증은 거
기서 비롯되었다.

 삼수아저씨 말이 나왔으니까 말인데, 어린 나로서는 삼수
아저씨가 무슨 일을 하는지 잘 몰랐다. 간혹 우리 집에 쌀
말이나 가져다주는 것으로 보아 상당히 권위적인 위치인
가 보았다. 어머니는 삼수아저씨에 대해 가타부타 말이 없
었다. 어쩌면 삼수아저씨로 하여 원망이 생겨나지 않았는가
짐작하였다. 왜냐하면 삼수아저씨가 아버지를 데리고 갔기
때문이었다. 아버지의 부재는 전적으로 삼수아저씨의 책임
이라는 것이었다. 나 역시 어머니의 생각과 같았다. 총상을
입은 김순열 선생의 상처를 치료해 주었으면 온전히 집으
로 돌아와야 하는데 아직까지 돌아오지 못한 까닭은 어디
에 있는가? 분명 무언가 피치 못할 사정이 있지 싶었다. 부

상당한 사람들을 돌본다고? 어머니는 삼수아저씨의 그 말에 아버지가 본의 아니게 억류되었을 것이라고 짐작하였다.

어쨌거나, 삼수아저씨는 아버지와의 우정을 소홀히 하지 않았다. 어머니가 굳게 대문을 걸어 잠갔는데도 마음을 썼다. 그런데 주위에서는 우리를 사시의 눈초리로 바라보았다. 아버지의 사상을 곡해한 것이다. 아버지가 삼수아저씨 이상으로 붉은 물이 들어 그림자를 내비치지 않는 채 삼수아저씨의 뒤에서 암약할 것이라고 하였다. 그 의구심은 전쟁이 끝나고 나서 더욱 확고한 올가미로 씌워져 어머니에게 모진 고통을 안겨 주었다.

전쟁의 양상은 해가 갈수록 살벌하게 돌아갔다. 처음에는 무혈입성하다시피 하여 붉은 물결로 출렁거리는가 싶더니, 연일 쌍방 간의 총격전이 벌어지고, 보복과 살상이 반복되었다. 상황이 그렇다 보니 서로가 불신하였고 적대시하였으며, 유혈이 낭자한 냉기류 속에서 말문을 닫았다. 모두가 목숨을 부지하기 위해 전전긍긍하는 가운데 반목과 불신만 화염처럼 자우룩하였다.

밤 손님? 그러면 낮에 찾아오는 우리들은 뭐야?

그 말과 함께 총개머리판이 어깻죽지에 날아들었다. 밤 손님들도 마찬가지였다. 우멍하게 짖는 개를 인정사정 볼 것 없이 때려죽이고 소 돼지를 끌고 가는가 하면 애먼 사람들에게 분풀이를 하였다. 이래저래 죽어나는 건 양민들이었다. 가장 혐오스럽고 공포심을 몰아오는 것은 가차 없는 손가락총이었다. 여순사건 때도 그랬지만 이쪽저쪽 우열이 갈릴 때마다 학교 운동장이나 공동묘지 앞에 사람들을 모아놓고 앞에 이끌려 나온 사람이 손가락으로 가리키는 사람을 무자비하게 즉결처분하였다.

시간이 더 흐르자 삼수아저씨가 행방을 감추었다. 삼수아저씨의 발자국 소리가 대문 밖에서 끊긴 것이다. 어디로 갔을까? 어머니는 삼수아저씨의 행방에 대해 겉으로는 신경을 쓰지 않았다. 앞으로 닥쳐올 상황을 주시하며 몸을 가누었다. 그러나 나는 의문을 곱씹었다. 그로 하여 아버지와의 가교가 단절되었기 때문이었다. 어쩌면 삼수아저씨가 간 곳은 아버지가 계신 곳이 아닐까?

세상은 뒤바뀌었다. 붉은 기가 꺾이고 태극기가 휘날렸다. 지금까지 숨죽이고 있던 인사들이 세상을 대신하였다. 보복과 살상이 똑같이 자행되었다. 손가락총이 불을 뿜었다. 암담한 먹장구름이 내리눌렀다. 누군가 앞에 나와 손가락으로 심장을 가리키면 사색이 된 사람을 지붕 위에 오르게 한 다음 방아쇠를 당겼다. 한 방의 총소리에 낙엽이 굴러 떨어지듯 하였고, 모든 사람들을 공포로 몰아넣었다.

더구나 무장공비와 내통한다는 이유를 들어 산 아래의 집들을 소개시키는 데서 나는 절망감으로 마음의 안정을 잃었다. 우리 집도 예외는 아니었다. 이미 아버지의 부재를 저쪽으로 못가름한 터라 방화까지 서슴지 않겠다는 으름장과 협박으로 가슴을 짓눌렀다. 어머니의 저항은 대단하였다. 어떠한 일이 있더라도 길거리에 나앉을 수 없다고 버티었다. 회유와 협박에 굴하지 않았다.

그 집은 별 볼일 없는 집이야. 대신 감시를 철저히 하라고. 대어가 걸려들지도 모르니께.

어머니의 강경한 저항에 그들은 작전을 변경하였다. 굳이 따지자면 소개시킬 대상이 아니었다. 마을과는 외따로 떨어져 있다지만 산속에 묻혀 있는 집은 아니었다. 생뚱한 트집이랄 수밖에 없었다.

느그 아부지가 살아 돌아오면 어디서 우리를 찾을 것이냐. 집이라도 온전히 지니고 있어야제.

어머니는 나를 끌어안으며 눈시울을 적셨다. 어머니의 눈물. 안으로 안으로 흐르는 어머니의 눈물은 정작 그때부터 시작되었다. 그와 함께 감시의 눈초리가 번득였다. 나는 감시의 눈초리가 번득일 때마다 전율하였다. 느닷없이 짓쳐들어와 마루 밑이고 장독대며 장롱까지 우악스럽게 마구잡이로 들쑤실 때면 가슴이 내려앉아 하얗게 질렸다.

참, 얄망궂제. 유령이라도 찾아왔단 말인가?

어머니는 한 차례 곤욕을 치를 때마다 정신을 추스르며 넋두리를 하였다. 정말이지, 아버지는 유령 같은 존재였다. 실체가 보이지 않는데도 그들은 보이지 않는 유령을 잡으려고 핏발을 세웠다. 어머니는 지서에 끌려가 심문을 받았고, 고문보다 더한 고통으로 가슴에 멍울이 졌다.

일제 때는 그래도 나라 위한 남편의 의기에 자부심이라도 가졌는디 이건 무슨 억하심정이라냐.

어머니는 꺼져 들어가는 육신을 가누며 오로지 아버지를 기다리는 마음으로 모진 시련을 이겨 나갔다.

*

전쟁이 끝났는데도 어머니의 시련은 계속되었다. 불려가고, 심문을 받고, 감시를 받았다. 감시의 눈초리는 멸시보다 더 잔인한 상실감과 모멸감을 주었다. 그때마다 어머니의 인내는 끝을 몰랐다. 아주 몸에 배어 버린 듯하였다. 모질게 정신을 추슬렀다.

어떠한 일이 있더라도 느그 아부지가 살아 돌아올 때까지 목숨을 부지해야겠다.

한차례 심문과 고문을 받고 돌아오면 어머니는 자지러지는 몸을 가누며 입술을 깨물었다. 아무도 위로해 줄 수 없는 전쟁의 상처.

느그 아부지를 찾아 나서야겠다.

어느 날, 어머니는 당차게 자리에서 일어났다. 지금까지
수긋하게 말이 없었는지라 나에게는 그 말이 황당하게 들
렸다. 어디서 찾는단 말인가? 생각만 해도 막막하고 기가
막힐 노릇이었다. 정신이 어떻게 되지 않았는가? 나는 실성
기가 든 것 아니냐고 고개를 갸웃하며 근심스러운 얼굴로
반문하였다. 그러나 어머니의 마음은 단호하였다. 나의 손
을 이끌고 집을 나섰다.

나는 세상이 뒤바뀌고 또 뒤바뀔 때까지 세상 구경을 하
지 못하였는지라 바깥 전경이 낯설기만 하였다. 이것이 내
가 사는 세상인가? 사방을 둘러보아도 을씨년스럽고 흉흉
하기만 하여 정감이 가지 않았다. 도로는 엉망이었고, 총알
이 숭숭 박힌 길거리의 무너진 담장은 볼썽사나웠다. 어느
한 곳 성한 데가 없었다. 그 위에 역겨운 냄새로 비위가 뒤
틀렸다.

시상에 이런 변이 있나. 아비지옥이 따로 없구나.

어머니는 침통한 표정을 지었다. 꼭 파장 뒤끝 쓰레기더
미로 널부러진 장터의 전경이었다. 나는 그 같은 참상에서
한 가닥 실망감을 가졌다. 어디에도 아버지는 없을 것 같
았다. 공동묘지에 생매장 당한 시체더미를 뒤진다 해도 아

버지를 찾을 수 없을 것이라는 회의가 가슴에 차올랐다. 그러자 왈칵 구토증이 일었다. 헛구역질과는 다른 구역질 이었다.

어머니는 산 고개를 넘어 삼수네 집을 찾았다. 이 길은 언젠가 별빛을 헤아리며 아버지의 등에 업혀 넘어왔던 산 고개였다. 삼수네가 살던 곳은 더욱 처참하였다. 드문드문 소개시킨 집들은 잿더미로 변하였고, 나무들은 흉물스럽게 불에 타 널브러져 있었다. 불 타고 남은 주춧돌이며 장독대가 애잔한 삶의 그루터기였다는 것을 허허롭게 말해 주고 있었다. 을씨년스럽게 우짖는 까마귀소리에 마음이 무겁게 내려앉았다.

삼수네 집이라고 온전할 리 없었다. 흔적도 없이 사라지고 없었다. 홀로 남은 가마굴뚝이 처절하게 삼수네가 살았던 집이라고 말해 주었다.

다들 어디로 갔는가?

어머니는 시신이라도 찾을 요량으로 두리번거렸다. 나는 폭삭 내려앉은 공방에서 막사발을 발견하였다. 투박한 대로 정겨웠다. 삼수아저씨의 체취가 그대로 묻어났다. 나는 그 가운데 예쁘고 온전한 것을 두어 개 손에 들었다.

그건 어따 쓰게?

어머니는 토심스럽게 눈을 흘겼다.

이 다음에 아부지가 돌아오시면 술잔으로 쓸 거야.

나는 행여나 빼앗길세라 등 뒤로 감추었다.

꿈도 야무치다. 그깟 것으로 술잔을 해?

어머니는 역성을 내며 나의 손을 잡아끌었다. 한길에 나선 어머니는 어느 방향으로 가야 할지 잠시 멈칫하였다.

삼수네, 이 여편네가 어디로 갔을고? 죽었는지 살았는지, 어쩌다 이런 운명을 짊어졌는지…….

어머니는 넋두리 끝에 방향을 잡아 나갔다. 한참을 더듬듯 산길을 휘돌아 장터목에 이르렀다. 나는 잠시 눈을 끔벅거리며 기억을 더듬었다. 낯설지가 않았다. 언젠가 아버지를 따라 삼수아저씨와 옹기전을 찾았던 장터목이었다. 나는 후두둑 반가움을 깨물었다. 어쩌면 아버지의 소식을 알 수 있을지도 모른다는 기대감이 차올랐다. 이곳 장터라 해서 온전할 리 없었다. 난장판이었다. 총탄자국으로 얼룩져 쓰러진 나무기둥이며 불탄 집들이며, 폐허 바로 그것이었다. 한걸음 내딛기가 주저스러웠다.

어머니는 한참을 헤매다 옹기전을 발견하였다. 옹기전도 온전하지 않았으나 옹기들이 남아 있어 쉽게 눈에 띄었다. 점포 역시 반파되다시피 하였는데, 임시방편으로 복구를 하였다. 사람이 살지 싶었다. 조심스럽게 문을 두드리자 한참 만에 늙수그레한 노인이 나타났다. 옹기전 주인장이었다. 살집이 좋은 호인풍의 주인 모습을 나는 어렴풋이 떠올렸다.

어디서 오셨는가요?

옹기전 주인장은 뜨막한 얼굴로 나와 어머니를 매슬러 보았다. 이 처참한 시국에 옹기를 사러 올 사람 같지 않았다. 장이 제대로 서야 팔리든지 말든지 할 터였다. 설령 장이 선다 해도 목구멍이 포도청이라고 옹기 따위는 눈 밖에 났다.

저, 조자 영자, 그 안사람 되구만이라우. 하도 오래되어 저도 격세지감이 드는구만요.

어머니는 어렵게 말문을 열었다.

야? 참말이당가요? 그 사이 시절이 그렇게 흘렀소. 아니지요. 시절이 사람을 궁핍하게 했소이다. 살아 있어 반갑구라.

옹기전 주인장은 놀란 눈으로 다시금 두 모녀를 반겼다.

하도 갑갑하고 해서 여기까지 발품을 했구만이라우.

어서 들어오시오. 그라고 본께 요녀석이 요렇고롬 컸소. 허허, 시절은 변화무쌍하고 혼란스러워도 자라는 아이는 무심지경이오.

옹기전 주인장은 나의 머리를 쓰다듬었다. 나는 그만 왈칵 눈물을 쏟을 뻔하였다. 오랜만에 구들장 같은 사람의 온정을 느껴 본 것이다.

어르신은 무사하셨구만요.

어머니는 정식으로 인사를 올렸다. 방 안 분위기도 예전
같지 않아 퀴퀴한 곰팡내가 났다.

여기라고 별다르겠소. 보시다시피 엉망진창이잖소. 동족
상잔, 그 피비린내 속에서 목숨이 경각이었소. 다행히 인심
을 잃지 않아 명줄을 이었소만……. 솔직허니 말해서 이 늙
은이를 어디다 쓰것소. 이쪽저쪽 쓸모가 없는 존재라서 목
숨부지를 하였소.

주인장의 말소리는 예전의 넉넉함을 지니고 있었다.

그래도 어디 그랬는감요. 갖다 붙이기에 따라 남녀노소
분별없이 끌어다 생매장하댓기 하였는디.

나라고 태평성세를 누렸것소. 시달림을 받을 만큼 받았지
요. 비상시국에는 사람의 인심만큼 무서운 것도 없습디다.
그놈의 허깨비 같은 사상이 무어라고 형제지간에도 등을
돌리고 어제까지만 해도 절친했던 이웃이 원수지간이 되고
요. 악몽이 따로 없었지요. 세상사가 허탈하기도 하고…….

그래도 그만하기 천만다행 아닌가라우.

허긴, 억울하게 죽은 사람들에게 비교하면 산목숨이 나은
지도 모르지요. 그쪽도 마음고생이 많았을 게요.

옹기전 주인장은 애잔한 눈길로 어머니를 위로하였다.

몇 번을 혀 깨물라고 했지라우. 팔자가 왜 이 모양인지 모

르겠구만요.

아녀자가 감당하기에는 고난한 시절이오.

어디 저만 겪는 비극인가요. 삼수네를 비롯하여 이 시상 여인네들이 시퍼렇게 멍이 들고 한이 서렸지라우.

나는 그 순간 어머니의 치마말기를 꼬옥 끌어 쥐었다. 금방이라도 눈물을 내비칠 것 같은 어머니의 울분을 감지하였기 때문이었다.

삼수 집은 어떤가 모르것소. 암만해도 직격탄을 맞았을 것인디…….

흔적도 없이 폭삭 내려앉았습디다. 죽었는지 살았는지도 모르겠고라우. 어르신은 삼수네 소식을 전혀 모르시오?

어머니는 변죽을 울리듯 가만스레 물었다.

마지막 교전이 있던 날, 삼수가 도깨비 형상으로 찾아왔더군요. 숨가쁜 상황이었지요. 가족을 보낼 텐께 잠시 부탁한다고 하였는디, 나 또한 바람 앞에 등불 격이었는지라 말은 그러마고 했지요. 그런디 오지 않았어요. 아직까지 소식이 없는 걸로 보아 무사했을 리가 없을 것 같소.

그 말을 듣는 순간 나도 모르게 몸을 부르르 떨었다. 노인이며, 임산부며, 처녀들이 덥수룩한 장정들과 함께 두루 묶음으로 굴비 엮듯 포승줄에 묶이어 뒷산 바위 등성이로 끌려가던 광경을 떠올린 것이다. 삼수네도 그 속에 끼었을까?

이 장터목만 하더라도 매일 죽어나듯 하였소. 어서 빨리
흉흉한 인심이 바로 돌아와야 할 것인디 큰일이오. 어린 느
그들이 올곧이 자라야 할 텐디 걱정이다.

옹기전 주인장은 측은한 눈길로 나를 어루었다.

저그, 삼수가 마지막으로 가면서 애 아부지 말은 안 합
디요?

어머니는 한줌 기대감으로 물었다.

다급한 경황이어서 미처 물어보지 못하였소. 어디로 갈
거냐니까 두문골에 들러 부상당한 대원들을 데리고 지리산
쪽으로 간다고 하더구만요.

애 아부지가 본의 아니게 그 무리들에게 휩쓸려 소식을
모르겠구만이라우.

조영이 부상당한 사람들과 같이 있었다면 삼수와 행동을
함께했을지도 모르겠소. 막연하게나마 그런 추측도 가능하
지 않겠소.

어머니는 그 말에 머리를 끄덕였다. 그렇게라도 가능성을
열어 놓고 싶어 하였다. 나는 어머니의 기대감에 회의적이
었다. 그 같은 상황이었다면 혼자 몸이라도 빠져나와 집으
로 돌아올 수 있지 않았을까. 아버지는 충분히 그럴 사람이
었다. 누구보다도 지혜롭고 가정적이라는 것을 아버지의 체
온에서 느꼈었다.

두문골을 한번 가 봐야겠구만이라우.

어머니는 단호하게 말하였다.

부질없는 헛걸음이오.

그래도 가 보고 싶으요. 약도나 좀 그려 주시오.

어머니의 집념에 옹기전 주인장은 간략하게 약도를 그려 주었다.

뭣하면 내가 앞장서 안내해 드리겠소만 상황이 좀 그렇소.

옹기전 주인장은 어머니를 애스러운 눈길로 바라보았다.

헌디, 두문골이 어떤 곳이다요?

첩첩산중이지요. 고려 후예들이 숨어 살면서 대대로 도자기를 빚었고, 일제 때는 의병들이 가마에서 무기를 달구었소. 조영과 삼수는 그때 그곳에 있었고요. 그러던 것이 일본 놈들이 의병을 소탕한답시고 초토화를 시키고, 그것도 모자라 광산 굴을 파다 말았소. 삼수 일행이 지리산 쪽으로 쫓겨 가면서 잠시 머물렀지 싶소.

그 말을 들으니께 꼭 찾아가 보고 싶구만요. 누가 아요. 애 아부지가 아직도 거기에 은신하고 있을지.

어머니의 바람은 한낱 부질없는 희망사항일 터였다. 아마 어느 산속 바위굴에 숨어있던 공비를 사로잡았다는 세간에 떠도는 소문을 떠올렸는지도 몰랐다.

그곳이라고 가만 내버려두었겠소.

그래도 헛일 삼아 가 볼라요. 또 궁금증이 일어나면 찾아 올라요.

언제라도 오시오.

옹기전 주인장은 문밖까지 배웅해 주었다. 장터목을 벗어 날 때까지 우리 두 모녀의 뒷모습을 지켜보았다.

엄니, 할아부지 맘이 넓고 넓데.

그런 마음이 아니었으면 온전히 살아남았것냐. 느그 아부 지도 줏대 있게 침중하게 있었더라면 변고가 생기지 않았을 것을⋯⋯. 아니다. 누구를 탓하것냐. 시국을 잘못 타고난 죄 고, 운명이제.

그 말속에는 어머니의 신세 한탄까지 곁들여 있었다.

*

두문골을 찾은 것은 그로부터 여섯 달이 지나서였다. 이 제 막 감꽃이 하나둘 떨어질 때였다. 한겨울에는 추위 때문 에 집을 나설 엄두를 내지 못하였고, 춘궁기는 춘궁기대로 고난하였다. 날씨는 화창하였다. 어머니는 불현듯 대문을 나섰다. 나는 가기 싫다고 떼를 썼지만 썰렁한 집안에 어린 나를 혼자 두고 갈 수 없다며 일으켜 세웠다.

어머니는 이틀 전, 지서에서 부름을 받았다. 지서 출입이라면 이골이 났는지라 무심한 얼굴로 집을 나섰다. 그리고 해가 설핏해서야 돌아왔다. 다른 날보다 시간이 길었다. 어머니는 저녁을 먹고 잠자리에 들면서, 말 마디마디를 씹어 삼키듯 하였다.

느그 아부지가 살아 있다는구나. 누군가 장터거리에서 본 사람이 영락없이 느그 아부지 같았다고 하더라는구나. 사라지는 방향이 언젠가 옹기전 주인장이 말하던 두문골 쪽이었다는디, 허깨비를 본 것이제. 비슷하게 닮고 닮은 사람이 얼마나 많냐. 일제 때도 그런 허깨비상으로 곤욕을 치렀다만.

그럼, 그 소식을 전해 줄라고 지서에서 오라 했는감?

나는 덩달아 가슴이 뛰었다.

서릿발보다 차가운 문초로 감당하기 힘든 고통을 안겨 주었다. 그 �땜새 더 모진 시달림을 받았지야. 느그 아부지를 완전히 산사람으로 매도하면서 간 곳을 추궁하지 않것냐. 생사람 잡는 것도 유만부득이제 아주 주리를 틀듯 하더구나.

그래서였는지 어머니는 말끝마다 앓는 소리를 하였다. 온몸이 퍼렇게 멍이 들었는지도 몰랐다.

이해가 안 가요. 살아 돌아올 거라면 떳떳하게 집에 왔것제. 아부지가 뭔 죄가 있다고.

그거사, 우리 생각이지야. 귀에 걸면 귀걸이, 코에 걸면 코걸이라고, 느그 아부지는 벌써 좌익선상에 새겨져 버렸다.

아부지가 살아 돌아와 해명하면 될 것 아닌감요.

이렇게 순진하긴. 한번 이마빡에 먹물을 새겨 넣었는디 온전히 지울 수 있것냐. 아니다. 무슨 수모를 당할지라도 살아 돌아왔으면 원도 한도 없겠다.

어머니는 나를 꼬옥 끌어안으며 땅이 꺼져라 한숨을 쉬었다.

다음 날, 어머니는 옹기전 주인장이 그려 준 꼬깃한 약도를 따라 두문골을 찾아들었다. 정말 첩첩산중이었다. 같은 고을에 이런 곳이 있었는가 싶었다.

아직도 멀었는가요?

쪼깐 더 올라가야 쓸 모양이다.

숨이 턱에 차서 물을라치면 어머니는 주위를 두리번거리며 나의 손을 잡아끌었다. 철쭉이 지천으로 피어난 그지없이 아름다운 산길인데도 그저 숨이 가빴다.

가만있거라. 저기가 부곡가마터인가 보다.

한참 산길을 오르던 어머니는 신기루를 발견한 듯 반가운 기색을 떠올렸다. 어머니가 가리키는 곳을 올려다보니 폐허로 쑥대밭이 되어 버린 곳에 쌓아올린 도자기 파편더미가 고갯마루의 서낭당을 떠올리게 하였다.

누가 있네요.

나는 파편더미 양지바른 쪽에서 졸고 있는 사내를 가리켰다.

두문골을 물어볼끄나?

어머니는 가까이 다가갔다. 사내는 세상 모르게 졸고 있었다. 남루한 땟물 흐르는 옷하며, 더부룩한 먼지 낀 머리칼하며, 구린내 비슷한 냄새하며 볼 것 없이 상거지였다. 도자기 파편무지는 탑을 쌓듯 정성스럽게 쌓여 있었다. 나는 사내의 구멍 뚫린 호주머니 속에서 비죽이 비어져 나온 막사발을 보는 순간 지난번 삼수아저씨 도자기 공방에서 가져온 막사발을 떠올렸다. 어머니는 잠든 사내를 깨우기가 난처하다는 듯 가만히 지켜보다가 발길을 돌렸다. 쉬이 잠에서 깨어날 것 같지 않아서였다.

저 사람도 얼마나 한이 맺혔으면 저 지경으로 도자기 파편을 모았을끄나. 틀림없이 전쟁통에 모든 것을 한꺼번에 잃은 성싶다.

어머니는 나름대로 판단하고 약도를 더듬거리며 두문골로 향하였다. 갑자기 내리쏟아지는 계곡물 소리가 별천지에 온 듯하였다. 세상과는 아득한 거리로 비켜난 산천경개였다.

정말 경치 한번 좋네이.

나는 저절로 감탄하였다. 파릇한 생명들이 한데 어울려 움 솟는데도 아직도 비릿한 살상의 상흔이 가시지 않은 저 아래 세상과는 딴판이었다.

이런 곳에서 세상 근심걱정 다 잊고 느그 아부지와 한평생 살았으면 얼마나 행복하것냐.

어머니는 가쁜 숨을 몰아쉬며 두문골로 들어섰다. 두문골은 정작 주위의 경개와는 달리 황폐하였다. 돼지우리 같은 막사가 그대로 방치되어 볼썽사나웠고, 계곡 건너에는 볼품없는 동굴이 아가리를 벌리고 있었다. 어디를 둘러보아도 사람의 기척을 찾아볼 수 없었다. 어머니는 동굴로 다가갔다. 웬 노인 하나가 동굴 입구에 앉아 하염없는 눈길로 돼지우리 같은 막사 쪽을 바라보고 있었다.

나는 깜짝 놀랐다. 도깨비가 아닌가 싶었다. 어머니도 오두망찰 걸음을 멈추었다.

사람이 살고 있구나!

어머니는 조심스럽게 다가갔다. 노인도 발자국소리를 듣고 눈길을 돌렸다.

이곳에 사시는지요?

어색한 침묵이 한동안 흐르고 나서야 어머니는 조심스레 물었다.

지금은 아니오만, 옛날에는 내가 살았던 무릉도원이었소.

무릉도원? 순간 나는 정신이 약간 이상한 게 아닌가, 고개를 갸웃하였다. 주위의 경관은 그렇다 치더라도 아무리 둘러보아도 무릉도원경은 상상할 수 없었다.

그럼, 옛 땅을 찾으러 오셨는감요?

맞소. 그런디 와서 본게 절망이오. 어떻게 변했는가 무거운 발걸음으로 찾아왔더니 일본 놈들에게 이 땅을 물려받은 사람은 만나주지도 않고, 보다시피 몰골이 말이 아니오.

그래라이. 무척이나 가슴 아프겠소.

어머니는 잘근 입술을 깨물었다.

댁은 무슨 연고로 이 깊고 험한 곳을 찾아왔소?

남편의 시신이라도 찾을 요량으로 왔구만이라우.

어머니는 에둘러 말하지 않고 솔직하게 말하였다.

남편을요? 혹시 여기서 광부로 일했거나 숨어살았던 사람을 찾아온 게요?

일제 때 의병활동을 했을 적에 이곳에서 은신해 있었다고 하드만요. 전쟁통에 행방이 묘연해서요.

의병이었다면 이름자가 어찌되는 거요?

노인은 깜짝 반기며 다급하게 물었다.

조영이라고 하구만이라우.

그래요? 이럴 수가! 삼수란 친구와 늘 함께하면서 부상당한 의병을 지성껏 치료하였지요. 사람이 아주 성실하였소.

애 아부지를 아신다니 여간 반가운 게 아니구만이라우. 삼수가 애 아부지를 산으로 끌어들여 간 곳을 모르는구만이라우.

허허, 나는 그런 줄을 전혀 몰랐소. 삼수, 그 사람 도자기나 열심히 빚을 것이제. 지가 무슨 해방군이라고. 제 분수를 알고 주제 파악을 제대로 해야 하는디. 그래야 죽어 제삿밥도 올곧이 받아 묵제. 더구나 친구 운명까지 망쳐 놓다니. 나는 이곳 가마터를 지켜 온 무인이란 사람이오.

무인은 혀를 끌끌 찼다. 나는 어렴풋하게 깨달았다. 삼수 아저씨가 이곳에 있을 때 이 노인에게서 도자기 기술을 배웠을 것이라고.

누구를 탓할 것 없이 시국이 사람을 혼란스럽게 하였지라우.

모두가 제정신을 지니고 있지 못했지요. 내려가십시다. 이제라도 너무 애쓰지 마시오. 살아 있으면 언젠가는 만날게요.

무인은 자리에서 일어났다. 무인은 의외로 허리가 꼿꼿하였다.

어디로 가시게요?

장터목 옹기전 주인장을 만나보고 가야겠소. 그 사람은 여전한지 모르겠어요.

몇 달 전에 만나 뵈었구만이라우. 두문골 약도도 그 어르신에게서 받았구만요.

그 친구가 살아 있다면 내 이곳으로 돌아올 가능성이 있지 싶소.

이 오지에다 가마를 일굴라고요?

내 조상의 얼이 깃든 곳을 저버릴 수 없지요.

지성이면 감천이라고 마음을 기울이면 소원이 이루어지겠지라우.

어머니는 자신에게 다짐하듯 말하였다.

일본 놈에게 이 땅을 물려받은 사람이 한사코 땅을 내줄 수 없다고 도리질쳐요. 광산 굴에서 무슨녀러 금은보화가 나올 거라고. 벌써 이런 수모를 두 번 당하였소. 한번은 일본 놈들 땜새 그랬고······.

무인은 울화가 치민다는 듯 입을 사려 물었다. 부곡 가마터에 이르자 도자기 파편무지 곁에서 졸고 있던 시커먼 사내가 땅을 파 뒤집고 있었다.

아까는 졸고 있던디 무엇에 쓰려고 저러는지······.

일본 놈들이 의병 은신처라고 저렇게 분탕질을 쳤어요. 저 녀석은 내 조카뻘 되는데 그때 어린 나이에 끌려 다니다 정신이 나갔소. 전쟁통에도 용케 살아남았소만 그때나 지금이나 도자기 조각을 찾아 모으오. 저 녀석 때문에라도 이곳으로 와야겠소. 다시는 이런 참혹한 환란이 없어야 할 텐디.

함께 데리고 갈께라우?

저저이 싫다는 거요. 눈물겹기도 하고, 저 녀석만 생각하면 자다가도 통곡을 하오. 가족이 몰살당한 그 참혹한 전경이 눈앞에 생생하게 다가오는 게요.

저보다 더한 불행을 겪었구만이라우.

어머니는 어떻게 위로해 주어야 좋을지 모르겠다는 표정을 지었다. 나는 무인 어른의 얼굴에 새겨진 비통한 음영을 가슴에 각인시켰다. 나비 한 쌍이 무심한 날갯짓으로 배추꽃술을 넘나들었다. 그러고 보니 봄을 일깨우는 만물은 무인이나 어머니나 도자기 파편을 모으는 사내와는 달리 무심한 경지로 생명을 나투고 있었다.

옹기전에 들렀다 가지 않겠소?

어머니는 선선히 무인의 뒤를 따랐다. 장터목은 여전히 활기가 없었다. 화사한 봄날인데도 을씨년스러운 기운이 감돌았다.

아니, 이게 누구여? 살아 있었구려.

내가 할 말이오. 용케 환란을 이겨냈구려.

옹기전 주인장과 무인은 반가움으로 얼싸안았다.

살아남은 게 복 받은 건지, 아니면 구차스러운 것인지 모르겠네. 두 분은 어떻게 만난 게요?

옹기전 주인장은 뒤에서 다소곳하게 인사를 올리는 어머니와 나를 발견하고 어리둥절한 표정이었다.

두문골에서 만났어요. 생각지도 못한 만남이었지요.

허어, 기어코 거기를 찾아갔구려. 괜히 실망만 더하였을 것인디.

아닙니다요. 마음이 조금은 시원합니다. 덕분에 어르신도 만났고요.

허긴, 인연은 만나게 되어 있지요.

옹기전 주인장은 훌쩍 자란 나의 머리를 살갑게 쓰다듬었다. 어머니는 해를 가늠하고 나서 두 사람만의 자리를 내주려는 듯 돌아가겠다고 하였다.

인자, 두 분을 뵈었응께 자주 찾아뵙도록 할라요.

어머니는 만류를 뿌리치고 선 자리에서 돌아섰다. 나는 어머니의 모진 행동이 못마땅하였다. 무엇보다 피로하였다.

허망한 바람

　그 사이 세월은 쉼 없이 흘렀다. 세월과 함께 세상은 많은 변화를 가져왔지만 소도댁은 아무런 변화가 없었다. 늘 고여 있는 물 그대로였다. 그렇다고 악취가 나거나 썩지는 않았다. 그런대로 숨을 쉬며 세상과는 동떨어진 생활을 하였다. 누가 찾는 이도 없었고, 바깥세상과 상통하지도 않았다. 그림자처럼 조용하였고 외로움을 고즈넉이 지니고 있었다. 소도댁은 그 같은 생활에 점점 익숙해졌다. 주위로부터 철저하게 외면당한 그 고적감을 스스로 마음 편하게 누렸다. 생활하는 데 크게 불편을 느끼지 않았다. 오히려 바람 없는 평화로움이었다.

　다만 한 가지 마음속에 변화가 온 것은 남편에 대한 집념이었다. 죽음을 기정사실로 매김한 것이다. 느그 아부지는 죽었다. 소도댁은 딸에게도 그 점을 인식시켰다. 그동안 여러 곳을 둘러보았고 촉각을 곤두세우며 남편의 생사를 알아보았으나, 그 어디에도 남편이 살아 있다는 뚜렷한 확신을 지닐 수 없었다. 소도댁의 결론과는 달리 기관에서는 아직도 행방불명이라는 낙인을 찍고서 조영을 감시의 대상으로 삼았다. 오라 가라 하지 않으면서도 숨통을 조였다. 담당경찰이 바뀔 때마다 호구조사를 하듯 찾아와 괜한 사람을 긴장감으로 몰아넣었다. 더욱 억울한 것은 선거철이 돌아올 때마다 한 표를 행사할 수 있는 엄연한 유권자인데도 이장, 반장이 권리행사를 대신한 것이다. 죄인이 따로 없었다. 하지만 소도댁은 이미 이골이 난 상태였다.

알아서 하거라. 내 마음속에는 남편의 존재가 사장되었응께.

소도댁은 싸늘한 가슴으로 자신을 추슬렀다.

한 가지 위안은 딸이 말썽 없이 자란다는 것이었다. 애비 없는 자식, 붉은 물이 든 자식이라고 눈총을 받고 따돌림을 받는데도 잘 견디어 냈다. 그게 고맙고 사랑스러웠다. 오냐. 너만은 알차고 실하게 키울구마. 소도댁은 모든 희망을 딸에게 걸었다. 그렇다고 큰 기대는 바라지 않았다. 몸도 마음도 튼실하게 자라 주기를 바랬다. 나무도 뿌리가 온전하지 못하면 잎이 시들고 열매가 부실하듯, 상처를 안고 자라면 그만큼 불행할 터였다.

하지만 문제는 주위의 환경이었다. 고립무원한 공간 속에서 굳건한 자생력을 키우기란 쉬운 일이 아니었다. 자신도 모르게 움츠러들고 주위의 눈치를 살피게 되고 사소한 일에도 민감하게 반응하며 금방 울적한 심사를 짊어졌다. 딸은 늦은 나이에 학교에 들어가면서부터 말없는 아이가 되었다. 짓궂은 아이들의 놀림을 잘 참아 내면서도 점점 말을 잃어 갔다. 그렇다고 공부를 소홀히 하거나 엉뚱한 행동은 하지 않았다.

아무튼, 소도댁은 주위의 냉대에 무관심한 얼굴로 생활하였다. 절해의 고도에서 산다고 생각하였다. 소도댁은 자신에게 주어진 공간 속에서 매사를 조금도 소홀함 없이 열심히 가꾸고 일구면서 쓸데없는 잡념을 부수어 나갔다. 고난하고 어두운 질곡에서 체득한 것은 헛된 망상과 공상, 분노와 원망 따위는 결코 이익이 될 수 없다는 것이었다. 무엇보다 몸을 상하게 하였고 정신을 피폐롭게 하였다. 그래서 남편의 존재를 잊고자 하였고, 땀 흘리며 일에 매달렸다. 이마에 맺힌 땀방울은 천근 무게만큼이나 마음을 편안하게 가라앉혔다.

그런데 어느 날, 잔잔한 연못에 돌멩이 하나가 파문을 일으켰다. 전혀 예기치 못한 파문이었다. 소도댁은 후두둑 몸을 떨었다. 삼수가 살아 있다는 것이었다. 믿을 수가 없었다. 산사람이 되어 어느 하늘 아래 고혼이 되었는지 모를 위인이 버젓이 살아 있다니.

삼수의 소식을 전해 들은 것은 옹기전 주인장으로부터

였다. 소도댁은 언제부터인가 남편이 약재상을 열었던 가까운 장을 놔두고 무넘이재를 넘어, 보다 먼 거리의 옹기전 주인장이 있는 장터목을 찾았다. 남편이 약재상을 하였던 곳을 바라보면 괜스레 목이 메었고, 주위의 곱지 않은 시선을 의식해서였다. 그래서 옹기전 주인장이 있는 장터목을 찾았는데, 장을 보러 간댔자 한 달에 한 번, 아니면 두 달 터울이었다. 장에 가서도 특별한 일이 아니면 옹기전 주인장을 만나지 않았다. 옹기전 주인장의 애잔한 눈길이 부담스러워서였다.

그날은 반찬 담을 옹기가 필요해서 옹기전을 들렀다. 옹기전 주인장은 그 사이 주름살이 퍽이나 늘었다. 아들에게 점포를 맡기고 뒷짐을 진 채 멀찍이 서 있었다.

오, 마침 잘 오셨소. 어째 소식이 없다 했더니 여전하시구랴.

옹기전 주인장은 전에 없이 반겼다.

좋은 일이라도 있는게비오.

소도댁은 나부시 인사를 하였다.

좋은 일이다마다요. 희한한 소식이 있구만요.

제게요?

소도댁은 가슴속에서 숨죽이고 있던 파도말이 출렁거렸다.

놀라지는 마시오. 삼수가 살아 있소.

뜬금없이 그것이 뭔 소리다요?

소도댁은 아찔한 현기증을 일으켰다.

전향을 했다는구려.

전향을요? 누가 그럽디요?

소도댁은 도저히 믿어지지 않았다. 가슴을 진정시키며 튕기듯 반문하였다.

아래께 무인이 두문골에 들렀다가 내게 와서 귀띔을 해줍디다. 시상을 살다 보니 별 희한한 일도 다 보겠어요.

어디에 있다 합디까?

소도댁은 성급하게 물었다. 숨이 턱 막혔다.

무인 밑에서 정식으로 도자기 기술을 익히면서 숨죽이고 있다는군요.

식솔들은요?

어디 갔것소. 함께 지내겠지라우. 삼수한테 가면 조영 소식도 들을 수 있지 싶소.

그래야겠구만이라우. 정말 믿어지지가 않으요.

그럴 것이오. 토끼가 용궁에서 살아온 듯하니께요.

옹기전 주인장도 실감이 나지 않는다는 얼굴이었다.

무인께서는 두문골을 되찾았는감요?

소도댁은 부곡가마터에서 땅을 파 뒤집으며 도자기 파편

을 쌓아 올리던 실성한 사내를 떠올렸다.

땅 가진 놈이 한사코 노다지를 캘 거라고 황소고집을 부리오. 그놈도 참 어리석고 한심스럽기가 그지없소. 이곳도 일제 때는 사금광이었소. 그런디 지금은 보다시피 파장 아니오. 헛물욕을 탐하면 자리보존을 못하는디 맹탕맞기가……. 암튼, 삼수를 만나 보시오. 의리 없게 혼자 살아 왔을 때는 그만한 사연이 있을 것 아니오.

옹기전 주인장은 무인의 주소를 적어 주었다. 소도댁은 주소를 안고 집으로 돌아왔다. 잠이 오지 않았다. 가슴이 방망이질로 뛰고 생각의 갈래를 종잡을 수 없었다. 이마에 미열이 차오르면서 두통이 일었다.

엄니, 뭔 일이오? 장에 가서 음식을 잘못 묵었는가요?

식중독은 아닌께 염려 놓거라. 몸이 쪼깐 피로하고 부실한 갑다.

소도댁은 이마에 찬물 찜질을 해 주는 딸의 마음씨가 고마웠다. 그렇게 서너 날을 누워 지낸 소도댁은 날을 받아 집을 나섰다. 가는 내내 속이 울렁거렸다. 삼수는 어떻게 살아 돌아왔을까? 소도댁은 물어물어 무인의 집을 찾아들었다. 무인은 소도댁을 알아보고 반겨 맞았다.

그렇지 않아도 기다리고 있었소. 어이, 삼수? 이리 나와 보게나.

무인은 삼수를 불렀다. 작업실에서 삼수가 덥수룩한 모습으로 나타났다.

오메! 참말로 살아 있었구만이라우.

소도댁은 목울음을 삼켰다.

가만있으시오. 소도댁 아니시오?

삼수는 말문이 막히는지 장승처럼 붙박혔다.

자, 자, 마음들을 늦추어 잡고 이리 차분히 올라와 앉으시오.

무인은 등을 토닥거리듯 소도댁을 방으로 들게 하였다. 넋 나간 듯 붙박혀 있던 삼수도 정신을 차리고 뒤따라 들어왔다.

그동안 별일 없었고요?

이 사람아, 그간의 마음고생을 무얼로 다 표현할 수 있겠는가. 간장이 다 썩어났을 것이네.

그렇지요. 모든 게 악몽이었으니께요.

삼수는 한숨을 내쉬며 천장을 올려다보았다. 만감이 서린 듯하였다. 잠시 침묵이 흘렀다. 그 사이 차가 나왔다.

애 아부지는 어찌 되었는지요?

소도댁은 마음을 안정시킨 다음 조용히 물었다.

거, 뭐시냐. 우리가 부상당한 대원을 둘러업고 지리산 쪽으로 퇴각하는 중이었지라우. 정미소 아들이 지휘하는 대열로 합류하기 위해서였지요. 가는 도중 한 차례 총격전이 벌어졌고, 더욱 궁지로 내몰린 우리는 나중에서야 조영과 김순열 선상이 합류하지 못했다는 것을 알았구만요.

그럼, 거기서 사살되었다는 건가요?

아니라우. 사실을 확인하기 위해 은밀히 수색을 하였지만 흔적이 없었어라우. 그 자리에서 총상을 입었다면 하다못해 핏자국이라도 있었을 것인디, 전혀 파악이 되지 않았구만이라우. 비가 내린 뒤였지만.

혹시 생포된 건 아닐까라우?

소도댁은 목이 말랐다. 차 한 잔을 마셨다.

그건 모르것소. 우리와 뒤처진 끝에 생포되었는지. 아니면 다른 잔류 대원들과 합류하였는지. 상황이 하도 급박해서 더 이상 뒤돌아볼 엄두를 내지 못하였소.

그 점은 충분히 이해가 가요만, 어쨌거나 원망스럽소.

입이 열 개라도 할 말이 없구만이라우. 애시당초 저로 인하여 그 친구가 그런 운명에 빠졌응께요.

삼수는 죄인만 같았다. 조영을 순순히 집으로 돌려보냈어야 하였는데 무슨 충성을 하겠다고 붙잡아 두었는지. 조영과 김순열 선생은 사회주의 사상에 귀를 기울였지만 전쟁 자체를 회의하였다. 동족상잔의 비극은 두고두고 치유될 수 없을 것이라 생각하였다. 전쟁이 끝난 지금 한반도의 허

리가 갈라져 남북분단이 고착화된 현실을 볼 때, 두 사람이
앞날을 내다본 역사인식은 옳았다.

이 사람아, 지금 후회한들 무슨 소용이 있나. 자네는 이래
저래 죄인이네.

알고 있구만요. 죽은 목숨이라 생각하고 살고 있지 않소.

삼수는 무인의 지청구에 고개를 떨구었다.

무슨 맘으로 전향을 하였소? 목숨이 그렇게도 아깝습
디요?

소도댁은 가시 돋힌 한마디를 하였다.

처자식이 눈에 밟혀서라우. 천신만고 끝에 지리산에 들어
갔을 때는 합류하기로 하였던 정미소 아들은 행방을 알 수
없었고, 대원들이 죽어 나자빠진 가운데 나 혼자 갈 곳이 없
었소. 더는 굶주림을 이겨 내지 못하고 마을로 내려갔다가
백기를 들고 말았소. 서푼어치 사상보다 처자식이 더 중요
하더구만요. 생사의 기로에서 문득 그 생각이 듭디다.

그랬다면 할 말이 없소만, 집은 잿더미가 되었고 삼수네
는 종적을 감추었던디, 식솔들은 어떻게 찾았소?

전향을 하고 나서 찾아 헤맸지라우. 몇 달 걸린 끝에 여자
만 바닷가에서 갯벌 둘러쓰고 목숨을 부지하고 있는 것을
발견하였소.

삼수는 그 대목에 이르러 울컥 목이 메이는가 보았다.

지금 어디 있소?

가마 뒤쪽에 있구만요. 무인께서 물심양면으로 돌보아 준 덕택으로 살고 있소.

삼수네를 만나 보것소.

소도댁은 모둠으로 일어나 가마 뒤편 까대기 움막에 들어섰다. 삼수네는 뗏물 흐르는 모습으로 쭈그리고 앉아 보릿가루 반죽을 하고 있었다. 처지가 곤궁해 보였다. 삼수네는 소도댁을 발견하고 허겁지겁 얼싸안았다.

소도댁! 이렇게 살아서 만나보는구려.

나는 자네가 집과 함께 잿더미 속에 묻힌 줄 알았네.

워메, 떠올리고 싶지 않네. 그야말로 구사일생이었네.

삼수네는 그렁하게 눈물을 매달았다.

우리 집에라도 찾아오지 그랬는가?

마음은 굴뚝 같았네만 자네 집도 온전하랴 싶어 무조건 멀리 달아나기로 하였네.

그래서 여자만까지 흘러갔는가?

정신없이 발길 닿는 대로 간 곳이 그곳이었네. 사지(死地)를 헤매다 본께 그래도 바닷가가 배고픔을 면해 주데. 죽고 사는 것은 하늘에 맡기고 우선 자식들 배나 채워 주고 보자고 갯벌을 둘러썼네.

삼수네는 그간의 고생이 울컥 치받쳐 눈물을 찍어냈다.

용케 자네 신랑이 찾아냈구랴.

그러게 말이네. 애 아부지가 살아 있으리라곤 꿈에도 생각지 못하였네. 어느 날, 천막 앞에 시커먼 물체가 나타나드란 말시. 참말로 꿈인가 생시인가, 심봉사 임당수에 빠진 심청이를 본 듯하였네. 우리를 얼마나 찾아 헤맸는지 몰골이 말이 아니데. 어떻고롬 우리를 찾았느냐니까 친정 육촌동생이 바닷가 갯벌을 다 뒤져 보라고 하더라네. 내가 여자만으로 흘러들어 가기 전 잠깐 장도라는 섬에서 갯물을 둘러썼느니. 아슴프레 육촌동생이 그곳으로 시집갔다는 것을 촉망 중에도 기억해 낸 거네. 사람이 살라면 염치도 양심의 가책도 없드만.

친정 쪽에서 자네를 더 경원시했것제.

소도댁은 자신의 처지를 떠올렸다. 남편이 행방불명된 뒤로 친정과는 담을 쌓고 살았다. 어디 친정뿐이랴. 시갓댁은 물론 사돈 팔촌에 이르기까지 연줄연줄 걸리는 사람들은 차가운 시선으로 고개를 돌렸다. 무슨 해충이나 된다는 듯 상종을 꺼렸다.

말도 말게나. 지금도 그렇지만 수시로 지서에 불려가 빨갱이 여편네라고 고문과 수모를 당하고, 죄인도 그런 죄인이 없었네. 친정에서도 집안 망해먹을 년이라고 발도 들여놓지 못하게 하였네. 그런디도 염치불구하고 친정 육촌동생

을 찾아갔더니만 역시나 못 볼 사람 취급을 하데. 그러면서
더 넓고 낯선 여자만으로 떠나라고 내쫓다시피 하데. 그게
좋지 싶어 애들을 앞세우고 비치적 걸음으로 여자만에 이르
렀는디, 모든 게 낯설어 오히려 마음 편하데. 자기만 부지런
하면 얼마든지 살 수 있었고, 자식들까지 갯벌에 엎어져 주
린 배를 채웠네.

고생은 했어도 자네는 신랑이 살아 돌아왔네만……

소도댁은 삼수네의 넋두리가 그냥 씹히지 않았다.

그라고 본께 자네에게는 크나큰 죄인만 같네. 자네 신랑
도 함께 살아 왔으면 좋을 것인디, 위로할 말이 없네.

팔자소관 아니겠는가. 자네는 신랑 복이 있어 천신만고
끝에 다시 만났고, 나는 팔자가 공방살이 들어 생과부 신
세네.

너무 비관하지 말게. 누가 아는가? 난데없이 두억시니처
럼 나타날지.

시절이 얼마나 흘렀는가. 살아 있으면 진즉 돌아왔것제.

그렇게 말하니께 할 말이 없네만……

삼수네는 코를 핑 풀어 던졌다. 괜히 콧날이 시큰해 오면
서 소도댁이 짜안하였다. 아무리 어쩌니저쩌니 해싸도 남편
없이 홀로 지새는 것만큼 외롭고 서러울 수가 없었다. 든든
한 버팀목, 가장은 그런 존재였다.

자네 신랑은 기술도 있고 해서 사는 데는 지장이 없것네.

말도 마소. 누가 도자기를 사 가야 말이제. 거지꼴이네. 그깐 놈의 것 훌훌 버리고 여자만에 가서 갯벌 둘러쓰자 해도 황소고집을 부리네.

누가 아는가. 머지않아 살림을 달리할지.

폴새 글렀네. 기대는 하지 않네만 생사를 넘나들었웅께 더부살이 인생쯤으로 생각하며 사는 수밖에. 전력이 있어어디 가서 가슴 쫙 벌리고 살것는가. 이마빡에 문신이 새겨져 있는디. 있는 듯 없는 듯 숨죽이고 살 수밖에.

삼수네는 보릿가루 반죽을 끌어당겼다.

*

소도댁은 삼수를 만나 보고 집으로 돌아온 날로 앓아누웠다. 만신이 든 것처럼 오만삭신이 쑤시면서 정신이 어지러웠다. 삼수네 집에서 하룻밤 묵으면서 다시금 절망을 짓씹었다. 남편은 삼수와 지내면서 지극정성으로 부상당한 대원들을 돌보았다고 하였다. 누구를 위해 같은 동족끼리 총칼을 들이대며 피를 흘려야 하는가? 먹장구름 같은 회의와 반문을 억누르지 못하면서도 극진히 환자를 치료하였다는 것이었다.

모든 대원들이 참말로 감동했었구만요. 그런디 한순간 종적을 알 수 없어 모두가 형제를 잃은 듯 가슴 아파하였소. 내 가슴은 갈기갈기 찢어졌고요.

삼수의 비감 어린 말이 송곳처럼 소도댁의 가슴을 찔렀다.

난 말이요. 고향땅을 밟을 수 없소. 한눈에 들어오는 거리지만 멀게만 느껴지요. 돌팔매 맞기 딱 알맞지요. 그러나 조영은 다르요. 스스로 한 점 부끄러움이 없는 만큼 성큼 집에 들어설 것이요. 따지고 보면 너무나 억울한 죽음들이 많았소. 아무 죄 없이 희생당한 사람들이 얼마나 많은지 모르요. 그러자면 살아 있어야지라우. 조영은 이쪽저쪽에서 무차별 희생당한 사람들의 증인이 되어야 역사가 바로 설 것이오. 누구보다도 정직한 마음으로 부상병을 대하며 자신이 짊어진 운명을 감내하였소.

소도댁은 삼수의 말을 듣는 순간 가슴을 쥐어뜯었다. 스스로 탈출을 시도하지 못한 고지식한 양반…….

엄니, 어디가 아프요? 어디를 갔다 왔는디 그러요?

딸은 근심 어린 눈으로 소도댁을 지켜보았다.

점을 치고 왔다.

소도댁은 헛소리처럼 말하였다. 뜬금없는 소리였다.

무슨 점이요?

느그 아부지가…….

소도댁은 혼몽의 나락으로 떨어졌다. 의식이 돌아왔을 때
는 다음 날 정오였다. 햇살이 문지방에 비쳐 들었다. 딸은
근심 어린 눈으로 내려다보았다.

학교는 안 가고 있었냐?

엄니가 이 지경인디 어떻게 학교를 간단 말이요.

딸은 기어코 울먹였다.

어여, 울지 마라.

소도댁은 몸을 가누었다.

무슨 점을 보았길래 제정신을 못 차리는 거요?

내가 그러디야?

아부지 땜새 점을 보러 갔담시러.

그것도 점일 수 있겠다. 아주 독한 점.

소도댁은 맵싸한 기운으로 정신을 차리고자 하였다. 열에
들뜬 지난밤이 매캐한 연기 속을 허기지게 헤맨 듯하였다.

다시는 그런 점은 보지 마시요. 생사람 잡것네요.

오냐. 더 이상 볼 필요도 없다. 그냥 허망한 쏙소리바람이
었다.

소도댁은 딸의 마음을 토닥거렸다. 간밤, 비몽사몽 간에
하얗게 눈 내린 벌판을 딸의 손을 잡고 한없이 걸었다. 또렷
하게 남겨진 발자국만 걸어온 길을 말없이 말해 주었다. 그

래, 눈 내리는 허허벌판에서 우리 모녀만 걸어가야 하는구
나. 소도댁은 마음을 추스렸다. 눈앞에 광활한 대지가 펼쳐
지고 그 길을 홀로 걸어가야 한다는 아득함이 눈을 아프게
하였다.

엄니, 다시는 몸져눕지 마시요. 내가 똑 죽것네.

오냐, 오냐. 굳건히 너랑 살란다. 시상이 이보다 더 험상
궂고 비참하게 짓누를지라도 무너지기야 하것냐.

소도댁의 눈앞에는 오로지 새하얀 눈길만 보였다. 하지만
딸의 장래를 위해서라도 일어나야 한다. 비록 눈밭일망정
푸릇하게 나무를 심자. 소도댁은 자리를 털고 일어났다. 햇
살이 눈부셨다.

어머나, 감꽃이 떨어졌네.

뒤따라 나온 딸은 맨발로 뛰어갔다. 계절은 어김없이 돌
아오고 계절 따라 피어나는 꽃도 한 치 오차가 없었다. 그
러나 세상사는 그 같은 자연의 순리를 망각하거나 거슬렸
다. 딸은 치마폭에 감꽃을 주워 담았다. 그리고 감꽃목걸이
를 만들었다. 소도댁은 그 모습을 바라보다말고 마음을 여
미었다. 감꽃이 떨어질 때 정한수를 떠놓듯 당신을 기리리
라. 소도댁은 정갈하게 목욕재계한 다음 제사 음식을 장만
하였다.

엄니, 갑자기 뭘 하시오?

딸은 소도댁의 그 모습을 보고 의아해하였다.

오늘부터 느그 아부지 제삿날은 감꽃 떨어지는 날이다. 그렇게 알거라.

뭔, 소리요? 아부지는 살아 돌아오실 건디…….

잔말 말고 곱다시 새겨들어. 느그 아부지는 이 세상 어디에도 없응께.

점쟁이가 그럽디요?

오냐, 참말로 용한 점쟁이더라.

아무리 그래도 그렇제. 점쟁이 말을 다 믿어요?

딸은 샐쭉 토라졌다. 소도댁은 그러거나 말거나 제사음식을 장만하였다. 그리고 소박한 차림으로 제사를 지냈다.

인자, 당신은 영원히 저세상 사람이오. 오늘로 당신은 저승고혼이니 사바세계를 중음신으로 떠돌지 마시오.

소도댁은 경건하게 빌었다. 딸이 가만히 제사상 위에 감꽃목걸이를 올려놓았다.

그걸 올려놓으니께 한껏 어울린다.

아부지는 살아 돌아오실 거요. 난 돌아오시라고 기도하는 마음으로 감꽃목걸이를 올려놓았응께요.

니가 뭘 안다고. 이것도 부질없고 청승맞은 짓인지 모르겠다.

소도댁은 토심스러운 나머지 돌아앉았다.

예기치 못한 출현

나는 감꽃이 떨어질 때면 어김없이 감꽃을 주워 감꽃목걸이를 만들었다. 어머니는 아버지의 영정 앞에 정갈하게 제사상을 차려 올렸다. 나는 의식을 치르듯 감꽃목걸이를 아버지의 영정 앞에 올렸다.

지성스럽기도 하다. 그런다고 죽은 사람이 살아 돌아올 것 같으냐?

어머니는 나의 속내를 헤아리고서 또르르 눈을 흘겼다. 그럴 때마다 나는 아버지가 살아 돌아올 것이라고 마음속으로 다짐하였다. 환한 미소를 지으며 대문을 들어설 것이라고.

엄니는 몰라요.

나는 어머니의 체념을 불만스러워하였다. 점을 보고 와서 열병을 앓고 난 뒤, 아버지에 대한 그리움과 기다림의 깃대를 사정없이 꺾어 버리고 나서 체념으로 돌아선 어머니의 마음을 이해할 수 없었다. 아무리 용하다지만 점쟁이의 말에 그렇게 현혹되다니……

어머니의 심정은 조금도 변함이 없었다. 해마다 감꽃이 떨어지면 아버지의 기제사를 올렸다. 의무감인가, 아니면 지아비를 사랑해서인가. 나 또한 세월과 함께 어머니의 의식(儀式)을 무심한 마음으로 받아들였다. 연례행사처럼, 감꽃목걸이를 만들어 아버지의 영정 앞에 올려놓으며 살아 돌아오기를 기원하였다. 나에게 있어 기도문이자 신념의 마력을 불러 모으는 행위였다.

그와 함께 또래들과 점점 멀어졌다. 그야말로 외톨이었다. 내 쪽에서 다가가면 징그러운 뱀처럼 물러났고, 또래들이 다가오면 내 쪽에서 앵도라진 자존심으로 외면하였다. 붉은 물이 든 자식이래. 또래들은 걸핏하면 돌멩이로 내 머리를 치려고 하였다. 그럴 때면 몹시도 억울하였고 서러웠으며 분노가 차올랐다. 참아야 한다. 무슨 말을 하더라도 꾹꾹 참거라. 어머니는 그때마다 목이 잠긴 소리로 나를 다독였다.

또래들뿐만 아니었다. 동네 어른들도 짐짓 외면하고 지나쳤다. 못 볼 것을 본 듯한 그 눈빛에서 때로는 배신감을 느끼기도 하였다. 아버지가 계실 때는 배앓이만 해도 찾아와 하소연하였고, 약 한 뿌리만 내주어도 감지덕지하더니 이제는 아주 몹쓸 사람으로 매도하였다. 아버지의 이름을 떠올리기조차 꺼려하였다. 어머니는 그 점을 조금도 섭섭해하거나 마음에 두지 않았다. 어머니 또한 이웃들을 소 닭 보듯 대하였다. 그리고 세월이 갈수록 침묵으로 다져 누르며 내색을 하지 않았다.

마을사람들은 그렇다 치고, 더욱 난감한 것은 친척들이었다. 애초부터 어머니는 시갓집이고 친정집이고 철저히 담을 쌓고 지냈는지라 거의 왕래가 없었다. 명절 때도 발걸음을 하지 않았고, 누구 한 사람 찾아오지 않았다. 그래서였을까, 명절 때면 몹시도 외롭고 고적하였다. 설날에는 서러울 정도로 추위를 탔다.

어느 때였던가. 외가 쪽 누군가가 상을 당하여 어머니는 모처럼 내키지 않는 무거운 걸음으로 문상을 갔다. 나는 어려서 어머니의 등에 업혀 외갓집을 가고 난 이래로 처음으로 외갓집을 방문한 셈이었다.

많이도 컸구나!

외할머니는 눈가에 째죽거리는 물기를 닦으며 나의 머리를 한숨으로 쓰다듬었다.

크는 아이인디 그럼 난쟁이 콩만 해라우.

어머니는 날선 소리를 하며 문상을 하였다. 어머니에게 달갑게 말을 거는 사람은 없었다.

배고프겠다. 너나 뭘 좀 배불리 묵거라.

외할머니는 나를 음식광 한쪽에 데리고 가 이것저것 눈치껏 푸짐하게 음식을 차려 주었다. 나는 배가 고팠는지라 허겁지겁 먹었다.

니가 소도댁 딸이구나. 느그 애비 닮아 곱상하고 이쁘장하다만, 장차 니 신세가 어쩔끄나. 애비 잘못 만난 것도 죄이니라.

누군가 혀 꼬부라진 소리로 이마를 들이대며 혀를 찼다. 지독한 술 냄새를 풍겼다.

어린 것에게 무슨 몹쓸 말을 하시오?

어머니가 눈에 불꽃을 일으키며 친척 사내를 밀쳐 냈다. 그리고 나의 손을 와락 잡아끌고 외갓집을 벗어났다. 치마폭에 갈기 사나운 높새바람이 일었다. 어머니는 그 뒤로 아예 친정 쪽으로 고개도 돌리지 않았다.

또 어느 해였던가. 본가에 혼례식이 있었다. 어머니는 어쩔 수 없다는 듯 본가를 찾았다. 나는 사촌들과 낯이 설어 서먹하기만 하였다. 어머니는 본가에서도 따돌림을 받았다. 물 위의 기름처럼 맨숭하게 겉돌았다. 나는 친근하게 발붙일 곳이 없어 한갓진 곳에서 외로움을 깨물었다.

왜, 그러고 있느냐? 사촌들하고 같이 어울려 놀제. 원수녀러 시국. 이쁘게 낳았다만 고단한 신세로다. 느그 아부지 땜새 우리마저 마음고생을 했다만 느그만 하것냐. 몹쓸녀러 인사, 세상에 없는 참한 성품을 지녔으면서 무슨 놈의 붉은 물에 매몰될 것이냐.

큰어머니가 지나치다 말고 짜안한 눈으로 나를 어루었다. 어머니의 재촉에 못 이겨 해거름에 돌아오면서 큰어머니의 말을 곱씹었다.

엄니, 아부지가 진짜 붉은 물에 매몰됐는가라우?

누가 그러디야?

어머니는 포르라니 감정을 일으키며 민감하게 받아들였다.

큰어무니가 그러데.

또 다른 말은 없었고야?

아부지 땜새 큰집 작은집도 고생이 많았다고 하드만.

어린 것에게 할 말 못할 말이 따로 있제.

어머니는 그 말 뒤끝에 본가마저도 발길을 아주 끊었다. 철저히 외톨이로 지냈다. 나도 무주공산에서 노닐기는 마찬가지였는데, 어느덧 그 같은 환경에 적응하여 불편을 몰랐다. 어머니와도 하루에 기껏 몇 마디였지만 갈등이라든가 불만스러움은 없었다. 나름대로 나만의 공간 속에서 자유를 누렸다. 아무도 침해할 수 없는 공간이었다.

어머니도 그 점을 묵인하였다. 어찌 생각하면 우리 집은 망망대해에 떠 있는 외로운 섬이었다. 나는 점점 외로운 환경에 길들여졌다. 오히려 번잡한 곳이 싫었다. 주위 사람들에게 침울하고 말없는 아이로 나를 각인시켜서였을까, 나의 공간은 한없이 드넓었다. 누가 방해하지도 않았고 잠식하지도 않았다. 온갖 사물을 대하며 상상력을 마음껏 펼쳐나가는 가운데 나만의 세계를 설정하였다. 땅속에서 움 솟는 머위꽃을 보고도 감탄을 금치 못하였으며, 붉게 피어나는 꽃들을 바라보며 그 강인한 생명력을 붙들고 하루를 보낼 수 있었다. 벌, 나비, 산새들의 지저귐과 날갯짓을 바라보며 자연의 위대함과 넉넉함을 가슴에 지니었다.

*

나는 주위와 소원한 가운데 평화로움을 누렸다. 말없는 자연과 만물의 속삭임에 동화되어 광활한 대지를 벗으로 삼았다. 그렇게 의식해서가 아니라 자연스럽게 마음과 대지의 훈김이 하나로 합일하였다. 어머니도 마찬가지였다. 근심걱정을 여읜 듯 말없이 부지런하였다. 가끔 피로하거나 잠 못 이루고 뒤척일 때는 한숨이 새어 나왔으나, 그것은 어머니의 몸에 배어 버린 습관이었다. 한숨이라도 짓지 않는다면 어찌 정한으로 문드러지고 곰삭은 여인네의 가슴이라 할 수 있겠는가.

그런데 그 평화로움도 얼마 가지 못하였다. 한 사내의 출현으로 출렁 파도가 일었다. 굉장한 파도였다. 어머니와 나는 쓰나미와도 같은 그 파도를 감당할 수 없었다. 거센 물살에 난파당한 기분이었다. 다른 사람 아닌 김순열 선생이었다. 정말 청천벽력과도 같은 출현이었다.

놀라실 줄 알았습니다. 저도 저어하는 마음으로 찾아왔습니다. 진즉 찾아뵈었어야 했는데 제 사정이 그랬습니다.

김순열 선생은 차분한 음성으로 말하였다. 한쪽 다리가 불편한 듯하였다. 헛깨비는 아닌 듯싶었다. 어머니는 한동안 말문이 막혔다. 세상에나! 다 잊고, 다 포기하고 살아왔는데 어인 일인가.

용케 살아 계셨구만이라우.

어머니는 넋을 잃고 있다가 눈물을 주루룩 내쏟았다. 눈물도 메말라 버린 어머니로서는 마치 아버지가 살아 돌아온 듯한 착각에 빠진 듯하였다.

아득하고 기막힌 운명이었습니다. 살아 있다는 게 기적만 같습니다. 의원님의 보살핌이 아니었다면 살아날 수 없었을 것입니다.

김순열 선생은 아버지더러 의원이라고 하였다. 그 호칭이 나의 가슴 한쪽을 뿌듯하게 하였다. 어머니는 무슨 말부터 해야 할지 몰라 저고리 고름으로 눈시울을 찍어냈다.

의원님과는 산속에서도 동고동락하였습니다. 저의 상처

때문에 빠져나갈 수 없었거니와 마음이 통하였습니다.

그 말은 삼수한테 이미 들었구만이라우.

삼수요?

김순열 선생은 삼수 말이 나오자 크게 반문하였다.

모르고 있었는감요? 삼수는 목숨 부지하려고 전향했습디다. 한 번 만났구만요.

그래요? 충격이 컸겠습니다.

넋이 다 나갔지라우. 몇 날을 앓아 누었응께요.

나는 비로소 어머니가 몽유병자처럼 앓아 누웠던 때를 이해하였다. 점을 보러 간 게 아니라 삼수아저씨를 만났던 것이다.

삼수, 참 우직하였습니다. 끝까지 우정을 저버리지 않았고요. 우리가 탈출할 수 있었던 것도 삼수의 우정 때문이었는지도 모릅니다.

그럼, 삼수 말대로 대열에서 두 분이 이탈하였구만요?

탈출이었지요. 뒤처져 가면서 기회를 엿보았어요. 그 같은 계획은 오래전부터 은밀하게 추진하였고요.

김순열 선생은 그날의 악몽을 떠올리고서 으쓱 몸을 한 번 추슬렀다. 빗속에서 뒤처져 걷던 두 사람은 가파른 산등성이를 지날 때 총성이 울림과 동시에, 기회는 이때다 싶어 한데 뒤엉킨 채 산 아래로 굴렀다. 나무둥치에 부딪치고 바위 모서리에 으깨지면서 내리굴러 떨어졌다. 두 사람보다 앞서 걷던 삼수는 충분히 두 사람의 탈출을 눈치챘을 것이다. 만신창이가 된 두 사람은 바위굴을 찾아들었다. 음습한 바위굴이었다. 바위굴 천장에서 물방울이 떨어졌다. 두 사람은 떨어지는 물방울에 이마를 부시며 정신을 잃었다.

애 아부지는 깨어나지 못했는감요?

어머니의 얼굴 한켠에 먹장구름이 뒤덮였다. 나도 그 말을 듣는 순간 무언가가 울컥 솟구쳐 오르며 숨이 막혔다.

우리는 며칠 만에 깨어났어요. 바위굴 천장에서 떨어지는 물방울이 살린 셈이었지요.

조영은 의식이 돌아오자 자신도 사경을 헤매면서 포복걸음으로 바위굴 주위의 풀뿌리를 채취하여 헐거운 배를 채우게 하였고, 약초를 구해 상처를 치료하고 원기를 돋우어 주었다. 조영은 정말 의인(醫人)이었다. 김순열 선생을 또 한 번 사지에서 구해 준 셈이었다. 조영의 피나는 노력과 정성이 아니었으면 바위굴 속에서 목숨을 잃었을 것이다.

그렇게 한 달여 바위굴 속에서 몸을 조리한 다음 산을 내려가기로 하였다. 하지만 섣불리 행동할 수는 없었다. 잘못하여 발각되는 날에는 사살될 것이었다. 어디를 둘러보아도 궁지에 몰린 생쥐 꼴이었다. 조영과 김순열 선생은 조심스럽게 지형정찰을 하였다. 산기슭에 둥지를 튼 집들은 소

개되었고, 어느 곳에서 총탄이 날아올지 몰랐다. 겨우 혈로
를 발견한 두 사람은 폭우가 쏟아지는 밤을 이용하여 산을
내려왔다.

혈로를 찾아 도착한 곳은 대여섯 채의 움막집이 모여 사
는 산속이었다. 피난민들인가 생각하였는데 그게 아니었다.
하나같이 육신이 정상적인 사람들이 아니었다. 악취마저 풍
겨났다. 미처 피난을 가지 못한 병든 자들인가 생각하였는
데 그것 또한 아니었다. 그들은 한센 환자들이었다. 한센 환
자라는 이유 하나만으로 그곳까지 끌려와 집단사살의 위기
에 놓였었는데, 갑자기 교전이 벌어지는 바람에 그들을 내
팽개친 채 퇴각하였다는 것이었다. 그러니까 이들은 양쪽의
빗발치는 총알 속에서 살아남은 것이다. 그렇지 않아도 온
전한 육신들이 아닌데, 굶주림과 공포로 차마 눈뜨고 볼 수
없는 버려진 존재였다.

의원님, 아무래도 잘못 찾아든 것 같습니다.

그러게요. 여우굴을 벗어나 호랑이굴을 찾아든 셈이오.

간신히 산을 내려온 두 사람은 그들 앞에서 또 한 번 절
망하였다. 김순열 선생은 뒤도 돌아보지 않고 그곳을 벗어
나려고 하였다. 그 순간 조영이 팔을 붙들었다.

김 선생, 이곳이 더 안전할지 모르겠소. 그리고 저들을 치
료해 줍시다. 저들도 같은 동족 아니오. 도저히 눈 뜨고 그

냥 돌아갈 수 없겠소. 이곳에 눌러 지내면서 차차 갈 길을
정합시다.

김순열 선생은 조영의 말에 마음을 돌렸다. 조영의 뿌리
칠 수 없는 인간애가 전율처럼 가슴을 파고들었다.

조영의 헌신적인 봉사는 눈물겨웠다. 피고름을 짜내고 주
위의 약초를 채취하여 악취를 제거하였다. 처음에는 그들
도 경계의 눈초리를 번득였는데 차츰 조영의 정성을 받아들
이고 신뢰하였다. 열악한 환경 속에서 산야의 약초로 한센
환자를 치료한다는 것은 무리였으나 그들은 조영의 정성에
마음의 위안을 찾았다.

애 아부지와는 함께 그곳을 나오지 않았는가요?

어머니는 조급해하였다.

지금 생각하면 억지로라도 끝까지 행동을 같이했어야 했
는데 후회막급입니다.

두 사람은 일 년여 동안 그들과 함께 생활하였다. 김순열
선생은 그들과 친숙해지면서 점차 마음을 열었다. 한센 환
자 중에는 지식인도 있어 대화가 통하였다. 무엇보다 조영
의 지극한 치료로 청결함을 유지하였고 그들의 표정 또한
사뭇 밝아졌다. 자신들의 운명을 저주하고 아무 죄 없이 형
벌을 내려 준 신을 불신하면서 스스로를 부정하고 회의하
는 가운데 진정한 삶은 무엇인가? 의문부호를 화두처럼 가

슴에 담고 있었다. 그런 그들을 바라보노라면 벼랑 끝에 위태롭게 뿌리내린 소나무가 연상되었다.

그곳에서 헤어졌단 말인가요?

그런 셈입니다.

똑 부러지게 말해도 무엇할 것인디, 그게 무슨 말이다요?

소도댁은 말머리를 더듬거리는 김순열 선생의 말에 조급해했다.

그동안 두 사람은 주위의 상황과 세상의 흐름을 어느 정도 감지하였다. 세상에 내려가서 전향을 하던가, 자수를 하던가, 그것도 아니면 법의 심판에 맡겨도 된다는 것을 알았다. 김순열 선생은 언제까지 하세월 그곳에 머물고 싶지 않았다. 자신의 존재를 내보이며 떳떳하게 새로운 인생을 살고 싶었다. 처자식이 기다리고 있는 조영의 마음은 더하였다.

그런디 왜 함께 행동하지 않았는감요?

어느 날, 기회를 보아 제 생각을 말했습니다. 의원님은 두말없이 머리를 끄덕였어요. 그러면서 자신은 좀 더 머물러야겠다고 하더군요.

김순열 선생은 그 마음을 이해하면서도 조금은 불만스러웠다. 이럴 때 과감한 행동과 용기가 필요한 법인데 무얼 망설이고 주저하는가? 한센 환자들을 위해서? 집으로 돌아가

면 불이익을 당할까 봐서? 사실 조영은 붉은 물이 들지 않
았다. 인정에 이끌렸으며 인간애가 우러난 의무감에 사로잡
혔고 우정을 저버리지 못하였다. 우유부단해서가 아니라 세
상인심이 조영을 어느 한쪽으로 몰아세웠다. 손가락총에 의
해 못가름을 당한 것이다. 그 점을 왜 떳떳하게 말할 수 없
는가? 함께 동고동락한 사람으로서 극구 나서서 변명할 수
있었다. 어떠한 수모와 불이익을 당할지라도. 그러나 조영
의 생각은 달랐다. 차마 박정하게 한센 환자들을 외면할 수
없었다. 의술을 가진 사람으로서의 양심을 마음에 두었다.

김 선생 먼저 내려가시오. 나는 좀 더 동정을 보아가면서
사태의 추이를 지켜보겠소. 그리고 저들을 두고 매몰차게
떠날 수 없겠어요. 두 사람이 한꺼번에 떠나간다면 얼마나
섭섭하겠소. 저들을 간호해야겠어요. 나중에 사태의 추이를
보아가면서 김 선생이 나를 불러도 될 것이고……. 내 마음
알겠소?

조영은 선을 긋듯 말하였다. 김순열 선생은 조영의 마음
이 확고하다는 것을 알았다. 어쩌면 자신이 내려가 먼저 매
를 맞은 다음 조영을 불러내어 구명운동을 하여도 좋을 듯
싶었다.

그래서 혼자 내려왔구만이라우.

무거운 발걸음으로 저만 내려왔습니다. 사지에 끌려 내려

온 듯하였지요.

　김순열 선생은 하산과 동시에 몇 차례 혹독한 심문 끝에
방면되었고, 몇 번의 탄원과 절망을 맛본 뒤에 자유의 몸이
되었다. 그렇다고 완전한 자유의 몸은 아니었다. 어디를 가
더라도 그림자처럼 지나온 전력이 뒤따라 다녔다. 어쨌거
나, 우여곡절 끝에 방면이 된 김순열 선생은 조영을 불러내
야겠다고 마음먹었는데도 보이지 않는 제약이 많아 쉽사리
기회가 오지 않았다. 그러다 얼마 전, 이래서는 안 되겠다
싶어 그곳을 더듬거리며 찾아갔다. 없었다. 사방을 둘러보
았지만 흔적도 없이 사라지고 없었다. 잡목만 무성하게 얼
크러져 있었다. 한센 환자들에게 무슨 일이 일어났는가? 순
간 대성통곡을 하고 싶었다. 너무 늦게 찾아온 것이다.

　정신을 가다듬은 김순열 선생은 조영의 행방을 수소문하
였다. 산 아래 마을사람들은 빛바랜 기억처럼 망각의 강물
속에 그들을 던져버린 지 오래였다. 그들의 종적을 아무도
몰랐다. 어떤 사람은 무더기로 살해되었을 것이라 하였고,
어느 노인네는 강제로 내쫓김을 당하였다고도 하였다. 어느
쪽이 진실인지 가늠할 수 없었다. 면사무소나 파출소에 물
어보고 확인해 봐도 한센 환자들이 집단 사살되었거나 강
제로 내쫓김을 당하였다는 흔적은 없었다. 알다가도 모를
일이었다.

절망이 따로 없네요.

어머니는 금방이라도 무너져 내릴 것 같았다. 살아 있다는 기대감을 지녀야 하는가? 이미 저세상 사람이라고 포기하지 않았는가. 살아 있다면 어떠한 상황에 처했더라도 돌아왔을 것이다. 그보다 더한 사람도 숨죽이고 살고 있지 않는가. 어머니는 이 세상 사람이 아니라고 가슴에 못을 박듯 단정한 모양이었다. 나도 가슴이 북받쳐 올랐지만 어머니의 마음과는 달랐다. 어딘가에 살아 있을 것이라는 믿음 같은 게 가슴 한쪽에 자리하였다. 그 순간 아버지의 음성이 아득한 곳에서 들려왔기 때문이었다. 우리 공주 기다려라! 그 소리를 이명처럼 들으며 잘근 입술을 깨물었다.

저도 기대감이 사라졌습니다만, 그렇다고 속절없이 절망하지는 않습니다. 그들의 행적을 찾아나설 겁니다. 그때 의원님의 치료를 받았던 한센 환자 가운데 한 사람이라도 만날 수 있다면 소식을 알 수 있을 것입니다.

김순열 선생의 말 속에는 다분히 위로 차원의 소망이 깃들어 있었다.

그 사람들이 흔적도 없이 사라졌는디 어디 가서 찾을 것이오.

어머니는 시종 부정적이었다.

찾아봐야지요. 그보다 더한 절체절명의 순간에도 살아 남

왔는데 설마 그렇게 헛되이 최후를 마쳤겠습니까. 저에게는
평생을 갚아도 못 다 갚을 생명의 은인이고요.

금메요. 저는 접어 뿔랍니다.

어머니는 더 이상 미련을 갖지 않겠다는 얼굴이었다. 김
순열 선생은 그 뒤로도 서너 번 우리 집을 방문하였다. 아버
지에 대한 은공과 지난날을 기리기 위해서였다. 두툼한 선
물꾸러미에서 그 점을 쉽게 읽을 수 있었다. 그리고 절름거
리는 걸음으로 한센 환자들의 주거지를 찾아다니며 아버지
에 대해 수소문한다고 하였다.

굳세게 사셔야 합니다. 너도 착하고 예쁘게 자라야 한다.

김순열 선생은 착잡한 눈길로 위로하였다.

어쩔 것이오. 모진녀러 시상. 두 다리 개없고 뒷짐지고 살
수는 없지요.

어머니는 독기가 묻어나는 음성으로 자신을 다잡았다. 정
말이지, 어머니는 아드득 자신을 쥐어뜯으며 삶의 망태를
이고지고 곱사춤을 추듯 지근지근 지신밟기를 하였다. 처
절할 정도로 피멍울이 들만큼 육신을 혹사시켰다. 해원굿
을 하듯 외로움과 고통을 풀어 던지며 어머니만의 삶을 구
축하였다. 아닌 게 아니라 어머니는 김순열 선생을 만난 뒤
에도 감꽃이 떨어지면 경건하게 제사를 올렸다. 어머니의
그 마음은 모질다기보다는 정한과 그리움으로 문드러진 억

288

하심정이었다. 자세히 들여다보면 서릿발처럼 단호한 그 내면에 해무 같은 그리움과 기다림의 촉수가 비죽이 내비치고 있었다.

둥지를 떠나는 새

소도댁은 딸에게 변화가 온 것을 느꼈다. 육체적으로나 정신적으로나 성장의 속도가 빠르게 다가왔다. 생리가 시작되고 가슴이 뭉싯하고 엉덩이가 부풀더니 정신세계가 나날이 달라졌다. 그렇게 자라기를 기도하는 마음으로 은근히 바랐지만 소도댁은 딸의 성숙한 미태에서 알 수 없는 불안감을 느꼈다. 얼마 안 있으면 어미 곁을 떠날 것이라는 불안감이 자리한 것이다. 알에서 깨어난 새끼제비가 어느 날 훌쩍 둥지를 떠나는 모습을 예사로 보지 않았다. 딸도 그런 날이 오리라. 언제까지 곁에 머물러 있을 수도, 붙잡아 둘 수도 없는 게 삶의 순환과정이었다.

그래, 보내야 할 때는 보내야제. 소도댁은 나날이 변모해 가는 딸의 모습을 바라보며 한편으로는 흐뭇하였다.

인자, 너도 시집갈 준비를 해야겠다.

엄니, 무슨 그런 말을 하시오?

니가 암만 그래싸도 시집 갈 때는 가야 한다.

소도댁은 생쿵 돌아앉는 딸의 뒷모습에서 불현듯 처녀

시절을 떠올렸다. 부모님께서 시집을 가라고 하였을 때 딸처럼 샐쭉 토라졌었다. 그런데 남편을 보는 순간 알 수 없는 설레임으로 후드득 치마말기를 부여잡았다. 봐라. 그것을 두고 천생연분이라고 하는 거다. 당숙모의 그 말을 듣는 순간 볼기짝을 한 대 얻어맞은 기분이었다. 천생연분이라……?

소도댁은 남편의 얼굴이 눈앞에 다가오자 금방 마음이 차갑게 식어 내렸다. 죽었는가, 살았는가? 살아 있다면 어디메서 숨죽이고 사는 걸까. 소도댁은 한 점 흰구름처럼 떠가는 남편의 영상을 한숨 죽여 짓눌렀다. 부질없는 망상일러라.

엄니, 내일 모레가 설인디 대목장 보러 안 갈 거요?

가야지야. 혼자 가기는 짐이 무거울 것이고 같이 가자꾸나.

소도댁은 정신을 되돌리며 장을 보기 위해 집을 나섰다. 눈발이 희끗거렸다. 소도댁으로서는 명절 돌아오는 것이 제일로 싫었다. 찾아오는 사람 없이 모녀가 썰렁한 기분으로 명절을 지낼 때마다 토심스럽기만 하였다. 밥 한 그릇 올려놓을지라도 명절인지라 정성을 담을 수밖에 없었고, 그러다 보면 한 움큼 회의가 들면서 조용히 나앉았다. 그래서 오늘도 장보기를 마뜩찮아 하였는지 몰랐다.

눈이 제법 올 모양이요.

딸은 눈송이를 머금었다.

눈이라도 펑펑 쏟아졌으면 좋겠다. 명절인데도 대문 밖에 인적이 끊길 바에야 눈이라도 내리면 마음 푸근하지 싶다.

눈사람을 만들어야겠네요.

딸은 금방 동심으로 돌아갔다. 어린 시절 아버지와 즐겨 눈사람을 만들었다. 이건 엄니고, 이건 아부지고, 이건 우리 공주야. 이쁘지? 아버지의 음성이 이명처럼 들리면서 지난날을 잘근 깨물었다.

다 큰 것이 생각한다는 게.

소도댁은 딸의 귓불을 된통 흘겼다. 햇살 들이치면 금방 녹아 없어질 눈사람을 만들어 무엇하게. 부질없는 짓거리였다. 아니다. 남편은 눈사람처럼 땅속으로 녹아내렸을 것이다.

엄니요. 사람은 언제 어디서나 희망을 버려서는 안 된다고 했어요. 저는 아부지가 살아계실 거라고 믿어요. 눈사람을 만들면서 그렇게 기원할래요.

쓰잘데없는 망념이다. 살아있다면 우리들 앞에 안 나타났것냐?

이산가족이 얼마나 많아요. 우리만 기다림과 그리움으로

세월을 이고 있는감요.

잔생이도 철이 없는 것.

소도댁은 또르르 눈을 흘기며 머퉁을 주었다. 눈보라는 더욱 짓궂게 휘날렸다. 눈이 내리는데도 대목장이어서 제법 북적거렸다. 떡방아간이 제일로 붐볐다. 소도댁은 생선, 나물류, 육류 따위를 사들고 옹기전을 들어섰다. 오랜만에 온 셈이었다. 옹기전 주인장은 세월의 무게에 짓눌려 더욱 노쇠하였고, 옹기전을 전적으로 맡아 하는 아들도 중년이 되었다.

어서 오시오. 어떻게 지내셨소?

옹기전 주인장은 질화로를 안고 있다가 반겨 맞았다. 옹기그릇마다 흰눈이 소복이 쌓이기 시작하였다.

설장을 보러 왔던마는 날씨가 손님맞이를 합니다.

설 명절에 눈이 내리는 것도 좋지요. 풍년이 든다고 하지 않던가요. 따님이 몰라보게 성장하였구랴. 시집갈 때가 되얏구만.

옹기전 주인장은 새삼스러운 눈으로 딸을 올려다보았다.

중매라도 서 주실라요?

좋지요. 걱정 마시오. 좋은 자리 하나 물색해 봅시다.

옹기전 주인장은 흔연하게 대답하였다.

너무 버거운 곳은 부담이 큽니다. 그저 아등바등해야

지요.

혼사가 기울면 말썽이 일어나는 법이오. 당사자도 시집살이가 고단하고. 어디 둘러보면 알맞은 자리가 있을 게요.

암튼, 신경을 써 주시오.

소도댁은 아예 다짐을 놓았다. 눈길을 나설 때는 딸의 혼삿말은 생각지도 못하였다.

지내기는 어떻소?

꿈속에서 금강산을 구경할 만큼 여유작작 지내요.

허허, 그 말속에 무언가가 맺혀 있구려.

옹기전 주인장은 파안대소하였다. 며느리가 떡국을 내왔다. 소고기를 다져 넣은 떡국은 입맛에 척 맞았다. 금방 몸과 마음이 추위에서 풀려났다.

저그, 무인 어르신은 소식이 없는가라우?

겨울 들어 한 번도 오지 않았소. 설 쇠고 오겠다는 기별이 왔는디, 무슨 전할 말이라도 있으시오?

그냥 안부를 물은 거요.

삼수 소식이 듣고 싶은 거지요? 그 사람 무인으로부터 떨어져나가 도자기 공방을 새로 열었다고 합디다. 죽은댓기 무인에게 도자기 기술을 전수받더니만 나름대로 일가를 이룬 셈이오.

듣던 중 반가운 소식이네요.

그러게요. 삼수 생각을 하면 조영의 모습이 떠올라 마음이 아프요. 온전하게 약재상을 하였더라면 구제창생을 하였을 것인디, 아까운 인물이오.

타고난 운명 아니것소. 저는 남편의 존재는 접어 뿐 지 오래요.

왜 아니겠소만, 사람의 마음이 한량없는 무심지경에 이를 수는 없을 것이오.

옹기전 주인장은 소도댁의 마음을 헤아렸다. 딸을 시집보내자 한 것도 따지고 보면 남편의 영상을 더 멀리 아득한 명계로 떠나보내고 싶은 원망에서일 것이다. 상사로 문드러진 저 차가운 모습. 소도댁을 대하면 겨울 호수를 떠올리게 하였다.

소도댁이 자리에서 일어나려는데 옹기전 주인장은 소도댁의 마음 언저리를 연민 어리게 어룬 때문인지 투박하게 생긴 기름병 한 개를 선물하였다. 옹기전을 나온 소도댁은 딸을 앞세우고 장터목을 벗어났다. 친정집을 찾듯 유일하게 길목을 트고 말문을 여는 곳은 옹기전이었다.

엄니는 희떠운 소리나 하기 위해 장에 오자고 했는가?

잠자코 걷던 딸이 퉁명스럽게 내뱉었다.

인륜지대사가 어째서 희떠운 소리냐. 할 말을 한 것이제.

내가 언제 시집가겠다고 목매달던가요?

니가 바로 질정 없는 소리를 한다. 사람은 자고로 순리를 따르는 법이다.

그래도 나는 싫네요. 우리 집 감꽃이 어디에 또 있을라든가.

감꽃은 어디 가나 지천이다.

소도댁은 딸의 말에 찌르르 가슴이 아파 왔다. 니, 아부지 영상을 어느 감나무 아래에서 붙들 수 있을끄나……

엄니하고는 말 안 할라요.

딸은 앵돌아진 채 눈길을 밟았다. 소도댁은 옹기전 주인장이 선물한 기름병을 매만졌다. 살아 있는 자의 훈김. 그러자 아직도 남편이 채취한 약초를 마루방에 매달아 놓은 것을 상기하였다. 따스한 훈김을 느껴 볼 수 없었기에 망각 속에 묻어 두었는지 몰랐다. 소도댁은 갑자기 그 가운데 아무거나 한 가지 약초를 꺼내어 뜨거운 물에 우려내어 훌훌 마시고 싶었다.

집으로 돌아온 소도댁은 서둘러 마루방에서 금방이라도 형체 없이 부스러질 것 같은 약초를 꺼내어 펄펄 끓인 다음 후후 불어 가며 추위를 털어냈다.

이건 무슨 약초 맛이요? 맛이 참 미묘하네요.

나도 모르것다. 하도 오래되어서 그런 맛이 나것지야.

어디서 났는디요?

니는 알 것 없고, 그냥 보약이거니 하고 마시거라.

소도댁은 순간 끓인 물을 냅다 던져 버리고 싶은 충동을 가까스로 참아 냈다. 이 무슨 청승인가. 속빈 강정만도 못한 심사가 아닌가. 딸은 그 마음을 아는지 모르는지 눈보라 치는 창밖을 바라보며 느긋한 얼굴로 차를 음미하였다.

설날 아침은 세상이 온통 흰 눈으로 뒤덮혔다. 왕래하는 사람의 발자국 하나 없는 대문 밖은 잔설을 나부끼는 바람 소리만 전설을 불러왔다. 백설로 뒤덮인 가없는 대지. 소도 댁은 조용히 차례를 지냈다. 딸은 소리 없이 방문을 나서더니 눈뭉치를 굴렸다. 어느 사이에 눈사람 셋을 만들었다. 소도댁은 눈을 흘기려다 말고 잔잔한 눈길로 보아 넘겼다. 딸이 만든 저 눈사람도 내년쯤에는 보지 못할지도 모른다. 딸이 시집가면 텅 빈 마당가에 흰 눈만 소복이 쌓일 것이다. 그러자 애잔한 마음이 문풍지처럼 가슴을 울렸다. 세월은 그렇게 무심한 것인가. 가는 세월 속에 옛일은 하나씩 지워지고 묻히어 망각 속으로 사라짐에랴.

*

봄이 오고, 딸의 혼사가 착착 진행되었다. 옹기전 주인장이 적극적으로 중매를 선 때문이었다. 딸은 눈높이로 올려다보이는 곳은 한사코 마다하였다.

엄니요, 그런 곳은 싫으요. 시집을 가서 눈 아래로 밟히는
설움은 수모요.

왜, 아니냐. 우리 처지를 생각해야제.

소도댁도 딸과 같은 생각이었다. 욕심을 부린다고 될 일
은 아니었다. 걸핏하면 애비의 사상을 들먹이며 딸을 곤혹
스럽게 할 것이었다. 세상의 가늠자는 일방통행으로 유통되
기 마련이어서 아버지가 씌워 준 연좌제라는 가시관을 거두
어들일 수는 없을 터였다.

참 마음씨들이 비단결이오. 나보다 못한 곳에 시집가서
한 살림 이루는 것도 삶의 보람이지요.

최후로 내세우는 신랑감을 사위로 결정하자 옹기전 주인
장은 흔연한 빛을 띠었다. 집안이 내세울 것 없었고, 부모님
을 모시고 농사를 짓는 가난한 농사꾼이었다. 그쪽이 마음
에 드는 것은 심성이 고와서였다. 부지런한 만큼 아내를 위
하지 싶었다. 결혼은 오는 가을에 올리기로 하였다. 혼사는
멀리 잡아 봐야 좋지 않은 말만 오고 간다고 저쪽에서 채근
댔으나, 딸이 한사코 아버지 기일을 지내고 나서 시집가겠
다고 뻗댔다.

시집가고 나서도 얼마든지 아부지 기일에 올 수 있을 것
인디 그러냐?

그때는 위치가 다른께요. 그리고 시집가는 게 뭐 그리 급하요. 어차피 정한수 떠 놓고 결혼식 올릴 것인디…….

내 마음도 너를 곁에 더 두고 싶다만 저쪽에서 보채싸서.

소도댁은 여름 문턱에 다다른 마른 햇살 아래 짙푸르게 변해 가는 초록잎들을 어루만졌다. 예외 없이 올해도 여린 감잎 사이로 숨바꼭질하듯 감꽃이 피어나기 시작하였다. 한 차례 바람이 일렁이고 우수수 감꽃이 떨어질 때, 소도댁은 제사음식을 장만하였다. 딸은 기다렸다는 듯 감꽃을 광주리에 주워 담았다. 그리고 정성스레 감꽃목걸이를 만들었다. 그 어느 때보다도 정성스러웠다. 처연하기까지 하였다. 말없는 가운데 소도댁은 남편의 혼백을 기렸고, 딸은 아버지가 살아 돌아오기를 기원하였다.

당신의 딸이 벌써 자라서 올가을에 시집을 가요. 서러움을 잔뜩 짊어지고요. 딸의 장래를 저 먼 곳에서도 지켜 주시오. 서럽게 자랐소.

소도댁은 지성으로 제사상을 차려 올렸다. 딸은 정성으로 만든 감꽃목걸이를 영정 앞에 놓았다.

시집을 가기 전 마지막으로 감꽃목걸이를 만들어 올립니다. 오늘에 이르도록 살아 돌아오실 줄 모르니 목이 메입니다. 죽은 자가 살아 돌아온다는 전설을 믿어요, 아부지! 시집을 가고 나서도 감꽃이 떨어질 때면 아부지가 살아 돌아오기를 기다리겠습니다. 이 딸의 염원을 저버리지 마셔요.

딸은 기도하며 절을 올렸다. 모녀의 한 차례 의식은 비나리요, 씻김굿이었다.

살포시 여름으로 들어섰다. 여름날의 밤하늘은 유난히 은하수가 선명하였다. 견우성과 직녀성이 은하수를 사이에 두고 칠월 칠석날을 기다렸다. 하늘의 직녀성도 일 년에 한 번 견우성을 만나 보는디, 우리 낭군은 어디메서 헤매고 있을끄나. 구천에라도 찾아 나서고 싶네라. 소도댁은 은하수를 만감 어린 눈으로 바라보았다. 딸도 처녀시절의 마지막 여름을 알토란같이 보내기 위해 매사를 정갈하고 섬세하게 수를 놓듯 보냈다.

오곡이 무르익은 가을이 왔다. 아무리 간소한 혼례식이라도 대사임에랴. 소도댁은 신경이 쓰였다. 그러나 딸은 무심하였다. 치장을 바라지도 않았고 혼숫감을 탐하지도 않았다. 소도댁이 오히려 민망한 마음이 들었다.

왜, 그리 태평하냐. 마음이 설렐 것인디.

달이 뜨고 진다 해서 변한 게 있습디요. 가면 가는 거지요.

어쨌거나, 신랑 바라보고 신실하게 살아야 한다.

염려 놓으시오. 남부럽지 않게 살림을 일굴 텐께요.

딸은 혼사가 코앞에 다가왔는데도 흔연한 얼굴이었다. 소도댁은 딸의 그 마음이 한편으로는 고마웠다. 울고불고 하는 것보다 몇 배 나았다.

혼례식은 정말 간소하였다. 저쪽에서도 가난한 살림살이는 마찬가지여서 그야말로 정한수 떠 놓고 혼례를 올리다시피 하였다. 고맙게도 옹기전 주인장과 무인이 참석하였다. 삼수는 아직까지 얼굴을 내보일 수 없다면서 축의금 대신 진돗개 새끼 한 마리를 보내 왔다. 하필이면 진돗개냐고 의아해하자, 무인은 소도댁 혼자 외롭고 쓸쓸하게 지내는데 더없는 동무가 될 것이라고 하였다. 삼수다웠다. 피식 웃음마저 들었다.

*

딸을 시집보내고 난 소도댁은 조용하게 묻혀 지냈다. 딸이 없는 집안은 적막강산이었다. 딸의 존재가 그렇게 큰 줄 몰랐다. 어디를 둘러봐도 허전하고 쓸쓸하였다. 유일하게 진돗개 새끼가 쫄랑거리며 온 집 안을 헤집고 다녔다. 삼수가 우직한 대로 뭘 알기는 아는 모양이네. 소도댁은 강아지를 쓰다듬으며 실없는 웃음을 머금었다. 강아지와 지내는 동안 딸의 시집살이가 걱정되었다. 아무리 가난하게 살아도 들녘이 넉넉하고 호수의 물이 찰랑거리면 풍족한 마음이 든

다고 하였다. 그러나 그곳은 너무나 척박한 곳이어서 마음
에 걸렸다.

딸의 소식은 듣지 못하였다. 겨울이어서 사람의 왕래가
뜸한 까닭도 있었으나 굳이 알려고도 하지 않았다. 사위가
믿음직스러워 마음을 놓이게 하였다.

장모님께서 혼자 외롭겠습니다. 그 생각을 하면 죄만 같
습니다요.

사위의 어수룩한 말이 살갑게 들렸다. 겨울은 깊어 갔다.
다른 해보다 까닭 없이 자주 눈이 내렸다. 철없는 강아지만
추위도 잊은 채 눈밭을 뛰어다녔다. 불현듯 눈사람을 만들
던 딸의 모습이 눈앞에 다가왔다. 이제는 눈사람을 만들던
딸 대신 강아지가 세상을 일깨우는구나. 소도댁은 처량한
눈길로 강아지의 발자국을 눈으로 좇았다.

눈 덮인 산야에 달빛이 휘영청 밝으면 삼라만상이 새하얗
게 반사되었다. 자신도 모르게 밭은기침이 나왔다. 그때마
다 고문 후유증이 되살아나 온몸이 퍼렇게 멍이 든 것처럼
삭신이 쑤시고 통증이 찾아왔다. 이제는 삭아진 삭정이처럼
전쟁의 몸서리쳐지는 상흔을 잊을 법도 한데 시시때때로 육
신이 망각을 일깨웠다. 이성을 잃은 광기 어린 살육, 고막을
째는 듯한 총성, 살기 어린 반목, 잿더미로 변한 집들, 꼬리
사린 굶주린 개들, 한없이 공포에 질린 아이들의 퀭한 눈동

자, 피난 대열들, 산사람들, 그리고 군화 소리……. 그런 날이면 도리 없이 꿈속을 헤매듯 몽유병자가 되었다. 병일래라. 소도댁은 자신을 추스르며 고독을 깨물었다. 한센 병자들 속에 휩쓸려 간 남편의 영상이 눈밭에 하얗게 표백되어 눈사람 형상으로 다가서는 신기루 현상을 붙들었다. 그럴 적마다 도리 없이 예리한 바늘 끝으로 허벅지를 찌르던 청상 과부의 한을 잘근 깨물었다. 겨울나기는 정말 고통스러웠다.

그렇다고 봄이라 해서 별다를 게 없었다. 따사로운 봄볕 아래 나른하게 졸고 있는 강아지를 보노라면 자신도 모르게 마음이 헤풀어졌다. 녹작지근하게 헤풀어지는 병근이었다. 기운을 차리고 입맛을 돋우기 위해 여린 나물을 뜯었다. 새 쑥이며, 머위, 고사리, 냉이, 달래, 따위를 캐고, 채전밭에는 상치, 아욱, 쑥갓 등 봄채소 씨앗을 뿌렸다. 그렇게라도 몸을 움직이지 않으면 따사로운 봄볕 아래 삭신이 녹작지근하게 녹아내릴 것만 같았다. 어무니요, 참말로 서럽도록 외롭지요? 어무니 속을 왜 모르겠어요. 눈만 뜨면 어무니 생각으로 가슴이 메이요. 딸의 목소리가 이명처럼 들렸다. 오냐, 오냐. 괜찮다. 너 없이도 밥 꾹꾹 다져 묵으면서 아무 탈 없이 잘 지내고 있다. 소도댁은 속으로 손사래를 치며 먼 산바라기를 하였다.

끝머리 :

신기루

내가 친정을 찾은 것은 감꽃이 떨어질 때였다. 이상하였다. 친정 감나무에 열린 감꽃과 시댁 감나무에서 떨어진 감꽃 맛이 그렇게 다를 수가 없었다. 달착지근하면서도 입술 위에 떫은 여운이 감도는 맛. 나는 친정집에 들어서자마자 감꽃부터 주웠다. 그리고 정성스레 감꽃목걸이를 만들었다.

참 포시랍게도 군다.

어머니는 그 모습을 바라보며 눈을 흘겼다. 그러면서도 아버지의 제사음식을 정갈하게 장만하였다.

강아지가 다 컸네요.

나는 토실하게 자란 개를 쓰다듬었다. 개는 나를 보자마자 꼬리를 흔들었다.

그 녀석이 제법 날 위한다. 헌디, 넌 왜 모습이 그 모양이냐?

어머니는 근심 어리게 나의 얼굴을 살폈다.

며칠 전에 유산을 했구만요.

나는 풀 죽은 소리로 고개를 떨구었다.

뭐라고 했냐?

어머니는 얼굴색이 변하였다.

나라고 그러고 싶어 그랬겠어요.

시집살이가 너무 고된 게로구나.

어머니는 지레 넘겨짚었다. 가난한 집에서 매사가 고된 것은 정한 이치 아닌가.

시집살이가 꼭 고돼서 그런 것은 아닐 것이오.

암튼, 몸조리를 좀 해야겠다.

어머니는 이참에 나를 붙들어 놓을 참이었다. 나도 친정집에서 오래 머물고 싶었다. 시집살이라고 정신없는 가운데 노을빛이 물들면 매번 어머니가 눈에 밟혔다. 혼자 하루를 어떻게 보냈을까. 끼니는 제대로 찾아 먹는지, 몸은 건강한지 마음에 걸렸다. 그렇다고 한달음에 달려갈 수도 없어 가만히 눈시울을 훔쳤다. 신랑은 그 마음을 아는지 모르는지 무심하게 보아 넘겼다. 믿음직하고 신실한 반면 겉으로 정감을 나타내지 않았다.

나는 아버지 영정 앞에 감꽃목걸이를 올렸다. 아직도 나는 아버지의 죽음을 믿지 않았다. 마음속으로 아버지가 살아 돌아올 것이라는 믿음을 저버리지 않았다.

감꽃목걸이를 보지 못할 거라고 생각했던마는 새로운 마음이 든다.

어머니는 착잡한 얼굴로 말하였다.

어떠한 일이 있더라도 감꽃이 떨어질 때면 꼭 올라요.

나는 다짐을 놓듯 아버지의 영정을 향해 절을 올렸다.

다음 날, 어머니는 약속대로 장터목에 나가 곰국거리를 사오고 닭백숙을 장만하였다. 모처럼 집 안에 기름기가 감돌았다. 딸을 위한 어머니의 정성만큼 소중한 것도 없으리라. 나는 어머니가 마련해 준 보식으로 한껏 몸을 보양하였다.

아버지가 계셨더라면 훨씬 몸보신에 좋은 약재를 사용하였을 것인디…….

어머니는 생각이 맺혔는지 넌지시 그 말을 들먹이며 한숨을 죽였다. 어머니가 아무리 아버지의 죽음을 기정사실로 인정하더라도 집안 가득 아버지의 존재가 숨 쉬고 있는 셈이었다.

나까지 보양을 하니께 근력이 생긴다.

엄니도 건강해야지요. 혼자 계실수록 건강이 제일이요.

그렇지야. 혼자 병들어 앓는 것만큼이나 서럽고 고통스러운 것도 없을 것이다. 절망이 따로 없어야.

나는 보름여를 친정집에서 눌러 지냈다. 시댁에서 기다리지 싫어 가슴이 조였으나 어머니는 더 머물기를 바랐다. 아니나 다를까, 신랑이 곧장 데리러 왔다. 농번기로 일손이 딸리는 터라 마냥 기다릴 수 없어서였다.

아직 몸이 부실한 것 같으니 잘 살펴 주게.

어머니는 딸을 보내면서 사위에게 몇 번이고 다짐을 놓았다.

염려 마시게라우. 걱정이 되어 왔구만요.

신랑은 괜스레 죄송스러운 마음으로 머리를 숙였다. 나는 한없이 뒤따라오는 어머니의 눈길을 의식하며 시댁으로 향하였다. 보름여의 친정집은 아무도 넘보지 않는 평화로운 공간이었다. 언제 또 오랴. 일 년을 기다려야 하나. 나는 허심한 발걸음으로 신랑의 뒤를 따랐다.

나의 바람과는 무관하게 친정걸음이 자주 이루어졌다. 유산의 아픔을 겪을 때마다 친정집에서 몸조리를 하였다.

어째 그리 자궁이 부실하다냐.

어머니는 시름겨워하였다. 유산은 여자로서 죄인일 수밖에 없었다. 근본적으로 무언가 잘못된 게 틀림없었다. 시댁에서는 나를 바라보는 눈길이 달라졌다. 이제는 더 이상 자손을 기대할 수 없겠다는 공기가 팽배하였다. 생산을 못하는 여자. 여자로서 그 얼마나 불행한 일인가.

친정에 가서 제대로 여자구실을 할 수 있도록 조리하거라.

시어머니의 그 말은 사형선고보다 더한 것이었다. 더 이상 기대하고 바랄 수 없으니 씨종자를 튼실하게 점지해 줄 시앗을 보겠다는 뜻이 내비쳤다. 그런데도 나는 오히려 홀가분하였다. 그간의 시집살이가 고돼서 그런 것은 아니었다. 가장 듣기 힘든 것은 아버지의 사상과 유산을 연결시키는 말이었다.

그 애비가 붉은 물이 들었다고 하더니만 조상님께서 그 점을 알고 생산을 중지시킨 모양인감.

억지에 가까운 시어머니의 추론은 얼토당토 않는 모욕이나 다를 바 없었다. 어찌 그런 황당한 논리를 내세울 수 있단 말인가. 서천 소가 웃을 일이었다.

나는 그렇게 각을 세우고 등 떠미는 시어머니의 행위가 한편으로는 고마웠다. 세상사 근심걱정 다 묻어 버리고 어머니와 조용하고 오붓하게 지내고 싶었다. 어머니는 말없이 나의 마음을 받아 주었다.

니 팔자에 자식 인연이 없는게비다.

그 한마디가 전부였다. 나는 다시금 감나무 그늘 아래에서 지난날처럼 소일하였다. 진돗개는 어느덧 새끼를 두 번째 낳았다. 복슬복슬한 세 마리의 강아지 모습이 귀엽기만 하였다. 나는 감꽃목걸이를 만들어 어미 개와 새끼 강아지에게 걸어 주었다. 똘망똘망한 것이 살아있는 인형이었다.

그 녀석들, 감꽃목걸이가 좋은가 보다.

어머니는 시름한 눈길로 나의 속내를 들여다보았다. 너는 무슨 팔자이기에 자식 하나 생산할 수 없느냐. 어머니의 애스러워하는 눈길을 나는 덤덤하게 받아들였다. 나의 불행은 거기에 그치지 않았다. 신랑이 사고를 당하였다는 비보를 전해 들었다. 산에서 땔나무를 하여 소달구지에 잔뜩 싣고 경사진 비탈길을 내려오다 내리굴렀다고 하였다. 신랑은 병원으로 옮기는 도중 숨을 거두었다. 허망한 죽음이었다.

장례를 치르고 나자 그나마 매어 있던 고삐가 뭉텅 끊겨져 나간 것 같았다. 시어머니는 아이 못 낳고 서방 잡아먹은 년이라고 대 놓고 눈을 흘겼다. 여자로 태어났기에 그런 수모를 감내해야 하는가. 나는 그 길로 시댁과는 미련을 끊고 아예 친정집으로 돌아왔다. 어머니와의 생활은 예전으로 돌아갔다. 조용한 침묵 속에서 세월을 이고 한 해 한 해 나이를 먹었다.

*

더디게만 느껴지는 세월은 속절없이 흘렀다. 해마다 감꽃이 떨어질 때면 어머니는 아버지의 기제사를 지냈고, 나는 감꽃목걸이를 아버지의 영정 앞에 올리며 살아 돌아오시기를 기원하였다. 그 기원 속에는 세월이 마냥 정체되어 있었다. 어머니는 어느덧 이마의 주름살이 늘어났고, 나 또한 귀밑머리가 희끗하였다. 무상한 세월이었다. 어미 개도 늙어 죽었고 대를 이어 낳은 강아지들이 자라 집 안을 뛰어다니며 컹컹 짖어 댔다. 나는 어머니의 일을 대신하였다. 쉬이 피로를 느끼는 어머니를 되도록 편안하게 보살폈다.

나날이 기력이 부치는구나. 노망이 들지 않는 것만도 다행이다만…….

어머니는 늙음을 탓하지 않았다. 자제력을 잃은 것도 아니었다. 아직도 허리는 꼿꼿하였고 정신은 맑았다.

정신을 놓아서야 쓰것소. 엄니는 그렇게 살아왔으니께요.

우리 사는 시상이 청승맞다. 전생에 무슨 업보를 짊어졌는지…….

엄니요, 좋기만 하요. 세상을 여읜 듯 사는 것도 욕됨 없는 방편이요.

허기사, 귀거래사를 굳이 읊을 필요가 없지야.

어머니의 말에 나는 전적으로 공감하였다. 번뇌 망상이라든가, 회한마저 삭아져 버린 머리 위에 한 점 흰구름만 떠갈 뿐이었다.

기력이 나날이 쇠잔해 가는 어머니와의 하루하루는 정적 속의 일상이었다. 특별한 일도 없었고 충격적인 사건도 없었다. 가파르고 힘든 고갯길을 타고 넘어 평지에 이른 평온함만이 자리했다. 그러나 그 같은 생활은 영원히 지속되지 않았다. 나에게 이 세상에서 가장 슬픈 별리의 아픔이 찾아왔다. 어머니의 죽음이었다. 아버지의 부재는 언젠가 살아 돌아온다는 바람과 기다림으로 고난과 핍박 속에서도 슬픔을 삭일 수 있었는데, 어머니의 갑작스러운 죽음은 세상을 하얗게 만들었다. 눈 덮인 겨울 산야였다.

그 해에도 여린 잎새에서 수줍게 감꽃이 피어났다. 부끄러움을 탈 줄 아는 어린 소녀처럼 피어난 감꽃은 달착지근한 향기를 지니고서 술렁이는 바람에 흰눈처럼 떨어졌다. 나는 감나무 아래에서 귀를 쫑긋 세운 강아지와 감꽃을 주웠다.

올해는 감꽃이 해거리를 하는가 했더니 여전하구나. 나이든 감나무가 조금도 쇠약할 줄 모른다.

어머니는 감꽃을 정성스레 실에 꿰는 나를 그윽한 눈으로 바라보며 기둥에 기대앉아 나물새를 다듬었다. 나는 정성 들여 감꽃목걸이를 만들었다. 그때만큼은 온갖 시름과 잡념을 다 놓아 버렸다. 무심한 가슴 저 깊은 곳에 아버지의 영상이 떠오르면서 금방이라도 우리 공주, 어디 보자! 환하게 웃으며 대문을 들어설 것 같은 환영에 사로잡혔다. 나는 감꽃목걸이 하나를 다 만든 다음, 무릎을 베고 있는 강아지에게 목걸이를 만들어 주려고 바늘귀에 실을 매달고서 무심코 어머니를 바라보았다.

어머니는 나물새를 다듬다 말고 손을 멈춘 채 짙푸른 하늘가에 시선을 고정시키고서 먼산바라기를 하고 있었다. 무

슨 상념에 젖어 저리도 세상을 놓아 버렸을까. 나는 별다른
생각 없이 감꽃목걸이를 만들었다. 그리고 잠시 후, 무릎을
베고 있는 강아지의 목에 감꽃목걸이를 걸어 주고 자리에서
일어났다. 그때까지 어머니는 여전히 그 모습이었다.

엄니, 뭐하요?

나는 어머니의 상념을 일깨우며 다가갔다. 어머니는 말이
없었다. 이상하다. 나는 가까이 다가가 어머니를 일깨웠다.
숨을 쉬지 않았다. 아직도 나물새를 쥐고 있는 손은 따스한
데 숨이 멎어 있었다.

엄니요!

나는 어머니를 와락 끌어안았다. 어머니는 힘없이 나의
품에 쓰러져 안겼다. 세상에 이 무슨 날벼락인가. 나는 울음
을 내쏟았다. 눈을 말갛게 뜬 채 먼산바라기로 일생을 마감
하다니! 도저히 믿어지지가 않았다. 한마디 유언도 남기지
않고 그렇게 조용히 영원한 침묵에 잠길 줄이야. 어머니의
죽음은 나에게 가장 잔인하고 가혹한 형벌이었다. 어떠한
형벌보다도 정신과 육신을 아프게 저미었다. 어머니가 살아
온 한평생을 생각하면 죽음에 이르러 한마디 말이라도 남겼
어야 했다. 어쩌면 할 말이 없었는지도 몰랐다. 다 부질없는
것. 한마디 유언을 남겨서 무엇할 것인가.

나는 어머니의 말없는 뜻을 헤아리고 눈물을 거두었다.

장례를 치르고 나서 아버지의 영정 곁에 어머니의 영정을 나란히 놓았다. 그리고 감꽃목걸이를 두 사람 앞에 올렸다. 아버지에게 올리는 감꽃목걸이는 아버지가 살아 돌아올 것이라는 목마른 염원에서였고, 어머니 앞에 올린 감꽃목걸이는 극락왕생하시라는 기원이 서려 있었다. 이제는 어쩔 수 없이 해마다 감꽃이 떨어질 때면 두 분의 영정 앞에 그렇게 기다림과 명복을 비는 마음으로 감꽃목걸이를 올려놓을 수밖에 없을 것이다.

어머니가 없는 집 안은 더욱 적막하고 쓸쓸하였다. 사계절의 비바람만 무시로 들이쳤다. 나는 그전보다 더 바깥세상과 담을 쌓고 살았다. 마을사람들과도 전혀 왕래가 없었다. 더구나 젊은 사람들은 모두가 도시로 떠나고 노인네들만 사는 터라 마을은 골망골망 고사되어 가는 형상이었다. 나는 어머니가 없는 빈 공간 속에서 무넘스레 숨 쉬고 살았다. 그사이 유일한 말동무였던 어미개가 새끼를 낳다가 죽는 가슴 아픈 일도 겪었다. 잔인한 운명의 갈림길이었다. 눈을 뜨지 못하는 새끼들을 이불 속에서 살려 키웠다. 생명력은 참으로 경이로웠다. 똘망거리는 새끼들이 귀여웠다. 웃음이 사라졌는데도 녀석들의 재롱을 바라보노라면 나도 모르게 얼굴에 살포시 웃음꽃이 번졌다.

　　　　　　　　　　*

　그날도 뻐꾸기 울음소리에 실려 감꽃이 떨어졌다. 감나무 아래에서 감꽃을 실에 꿰고 있는데 강아지들이 긴장한 눈으로 귀를 쫑긋 세우며 제법 야무치게 짖어 댔다.

　계십니까?

　나직한 남자 목소리였다. 나는 그 목소리가 더없이 생경하게 들렸다. 찾아올 사람이라곤 아무도 없지 않는가. 대답이 없자 방문객은 대문을 밀치고 조심스럽게 들어섰다. 어깨에 묵직한 가방을 둘러멘 낯선 사내였다.

　실례합니다. 저 위쪽 고인돌 유적지를 취재차 지나치다가, 우람하게 하늘을 이고 서 있는 감나무가 마음에 들어와서 들렀습니다. 어린 시절 저의 할아버지께서 들려 주셨던 감나무집이 불현듯 떠올랐어요.

　우람한 감나무야 마을마다 지천이제. 어디 우리 집에만 있는 건가. 나는 순간 사내의 모습에서 아스라이 가슴 밑바닥에서 지펴 오르는 기억에도 흐릿한 영상을 숨죽여 누질렀다. 김순열 선생? 그럴 리가…….

　가만 계세요. 기념으로 사진 한 장 찍고 싶군요. 어쩜, 이렇게 예쁜 감꽃목걸이를 만드세요? 정말 아름다워요. 그 모습을 카메라에 담아야겠어요.

사내는 저 위쪽 산허리를 무지막지하게 까뒤집는 공사현장을 눈으로 가리키며 시간을 의식하였다. 풍문으로는 집단주거지 형태로 산재해 있는 고인돌들을 밀어제치고 골프장이 들어선다고 하였다. 사내는 가방에서 카메라를 꺼냈다. 그리고 감나무 주위를 맴돌며 아직도 심장이 가라앉지 않는 나를 향해 연신 셔터를 눌렀다. 강아지들까지 카메라에 담았다. 한참 카메라 셔터를 누르던 사내는 나의 곁에 앉으며 감꽃을 입에 머금었다.

　어쩜, 이렇게 향긋하지요? 떫으면서도 달착지근한 맛이 은근하네요. 그래요. 기억이 아슴한데요. 오래전에 어린 꽃사슴 섬에 살고 있는 한센 환자들의 애환을 담기 위해 취재차 갔었어요. 그곳에서 할아버지 한 분을 만났는데 그분도 감꽃목걸이를 만들고 있었어요. 주변 사람들의 말에 의하면 스스로 음성 한센 환자라는 점을 마음자리에 여미고서 한센 환자들을 위해 궂은일을 마다하지 않고 헌신해 왔다고 하였어요. 자신을 내보이지 않은 채 그림자처럼 산다고 하더군요.

　사내는 넘쳐흐르는 샘가에서 냉수 한 그릇을 마시고 대문을 나섰다. 나는 아직도 환몽에서 깨어나지 못한 채 바람처럼 왔다가 바람처럼 사라지는 사내의 뒷모습을 바라볼 수밖에 없었다. 사내는 무언가 여운을 남기고 떠났다. 그리고 그 말끝에 어린 꽃사슴 섬에 살고 있는 한센 환자들을 들먹이며, 감꽃목걸이를 만드는 노인을 상기시켰다. 왜, 좀 더 상세하게 물어보지 못하였을까. 나는 무심한 마음으로 사내를 더 붙들지 못한 것이 못내 아쉬웠다.

그로부터 여름이 가고 가을이 다가왔다. 알밤이 툭툭 불거지고 은행잎이 샛노랗게 떨어졌으며, 오곡이 무르익은 들판은 마음을 풍족하게 하였다. 나는 긴 장대로 감나무가지 끝에 매달린 홍시를 땄다. 그때였다. 요란한 굉음소리를 내며 오토바이를 탄 우체부가 두툼한 봉투를 배달하였다. 우체부가 내게 우편물을 배달한 것은 처음이었다. 나는 고개를 갸웃하며 한참을 들고 서 있었다. 우체부를 보고 질겁하며 짖던 개소리가 잠잠해지고, 시간이 제자리로 돌아온 뒤에야 나는 봉투를 조심스럽게 뜯었다. 사진이었다. 깜박 잊고 있었던 사내의 방문을 떠올렸다.

우람하게 하늘을 치받들고 서 있는 감나무와, 감꽃목걸이를 만들고 있는 나의 모습과 강아지들까지, 생생하고 실감 있게 찍은 사진들이었다. 그 속에 낯선 흑백사진 한 장이 들어 있었다. 밀짚모자를 눌러쓰고 감꽃목걸이를 목에 두른 노인이 처연한 자태로 앉아 있었다. 나는 신기루를 바라보듯 그 사진을 찬찬히 들여다보았다. 무언가 걷잡을 수 없는 감정의 소용돌이가 가슴을 휘저었다.

감꽃 떨어질 때

1판 1쇄 발행 2014년 7월 31일
  3쇄 발행 2015년 9월 22일

지은이 정형남
펴낸이 강수걸
편집장 권경옥
편집 양아름 문호영 정선재
디자인 권문경 박지민
펴낸곳 산지니
등록 2005년 2월 7일 제14-49호
주소 부산광역시 연제구 법원남로15번길 26 위너스빌딩 203호
전화 051-504-7070 | 팩스 051-507-7543
홈페이지 www.sanzinibook.com
전자우편 sanzini@sanzinibook.com
블로그 http://sanzinibook.tistory.com

＊책값은 뒤표지에 있습니다.
＊이 도서의 국립중앙도서관 출판시도서목록(CIP)은 e-CIP
홈페이지(http://www.nl.go.kr/ecip)에서 이용하실 수 있습니다.
(CIP 제어번호: CIP 2014021987)